SI NOS CHEMINS SE CROISENT

Titre original : After We Fall, 2016

Photo de couv : © Shutterstock
Couverture : Laetitia Kalafat

34-36, rue La Pérouse
75116 Paris
Collection dirigée par Franck Spengler
Ouvrage dirigé par Sylvie Gand

ISBN : 9782755639896
Dépôt légal : novembre 2018
Imprimé en Espagne

Melanie Harlow

SI NOS CHEMINS SE CROISENT

Traduit de l'anglais (américain)
par Fabienne Vidallet

Hugo Poche

NEW ROMANCE®

Pour J et C
dont l'amour et le courage m'ont inspirée.

Il ne nous est pas donné de seconde chance
pour nous permettre d'arranger les choses
mais pour nous prouver que, parfois,
la chute en vaut la peine.
Anonyme

CHAPITRE 1

MARGOT

Je ne lui ai pas jeté le clafoutis à la figure.

Je pense sincèrement que c'est tout ce qui vaut la peine d'être gardé en mémoire : la retenue extrême, le contrôle limite bouddhiste et la nature carrément royale avec laquelle j'ai contemplé le gâteau à la cerise avant de décider de ne pas y toucher. (Sachez cependant que c'est uniquement à cause de la chemise qu'il portait. J'avais beau être furieuse après lui, impossible de me résoudre à massacrer une chemise blanche comme neige et parfaitement amidonnée de chez Brooks Brothers. Je ne suis pas un monstre.)

Cela dit, on ne peut pas dire que balancer un plateau entier de scones – un à la fois et pas très bien – en direction de son ex-petit ami soit un comportement recommandable. J'en suis parfaitement consciente. Et tous ceux qui me connaissent bien vous diront que c'est totalement inattendu de ma part.

Moi, Margot Thurber Lewiston, suis très fière de ma capacité à contrôler mes émotions. À rester gracieuse sous la pression. *Keep calm and carry on*[1], merde. Je m'énerve rarement, et certainement pas dans une pièce pleine de gens qui financent la campagne sénatoriale coûteuse de mon père.

Pour tout dire, je n'ai jamais balancé de nourriture de toute ma vie. D'ailleurs, je n'ai jamais balancé grand-chose, ce qui explique pourquoi j'ai eu autant de mal à atteindre ma cible (Je me suis excusée abondamment auprès de Madame Biltmore pour les taches sur les nappes et pour le malheureux vase Belleek), et quoi qu'il en soit, je ne balance jamais rien à l'intérieur. Parce que j'ai été bien élevée. À l'ancienne, dans une famille riche, où l'on révère la décence, la courtoisie et – plus que tout – la discrétion.

Quoi qu'il arrive, nous ne causons jamais le moindre scandale.

À en croire ma mère, Margareth Whitney Thurber Lewiston (que tout le monde appelle Muffy), rien ne trahit davantage le mauvais goût – ou pire, les nouveaux riches – qu'un scandale.

Elle affirme qu'on parlera encore de ce que j'ai fait pendant des années.

Elle a probablement raison.

Mais je peux tout expliquer.

---

1. Littéralement : « Garde ton calme et continue. »

Tout a commencé par ce genre de texto que l'on n'aime pas recevoir d'un ancien petit ami un mardi à une heure du matin. Ni aucun autre jour d'ailleurs.

Tripp : Je dois absolument te voir.
Je suis dehors.

Moi : Il est très tard.
On ne peut pas discuter demain ?

Tripp : Non, je dois te voir ce soir.
S'il te plaît. J'ai besoin de toi.

Je contemple l'écran, sourcils froncés, en me de-mandant ce qu'il peut bien me vouloir. On a rompu il y a plus d'un an, et même si depuis notre relation est cordiale quoiqu'un peu tendue, nous n'avons jamais eu de conversation privée de vive voix depuis notre rupture.

Alors que je suis en train de me demander comment esquiver poliment sa demande, je reçois un nouveau SMS.

Tripp : S'il te plaît, Gogo.
C'est très important.

Je m'adoucis un peu en le voyant utiliser mon surnom, non pas parce que je l'aime, mais parce qu'il me rappelle des jours meilleurs. Nous nous connaissons depuis très longtemps, Tripp et moi ; nos familles sont très proches et il fut un temps où je pensais vraiment que nous passerions toute notre vie ensemble. Je peux donc bien me montrer aimable.

Moi : OK.
On se retrouve dans une minute.
Devant la porte d'entrée.

Je mets à profit cette minute pour défaire ma queue-de-cheval, enfiler un soutien-gorge sous le T-shirt aux couleurs de mon ancienne fac et un pantalon de pyjama en soie rose. Une lourde pluie d'été tambourine sur le toit de mon pavillon ; je descends les escaliers quatre à quatre avant d'ouvrir rapidement la porte mais, évidemment, Tripp est parfaitement sec.

– Salut.

Je m'efface pour les laisser entrer, lui et son parapluie dégoulinant. Une bouffée d'air chaud et humide l'accompagne et je referme rapidement la porte pour barrer la route à la touffeur avant d'allumer la lumière.

– Salut, répond-il.

Il pose son parapluie dans le pot prévu à cet effet près de la porte et passe la main dans ses cheveux châtains parfaitement coupés. Il porte une chemise rose dont il a relevé les manches et un bermuda blanc brodé de baleines vertes. Il possède un pantalon avec le même motif mais d'une autre couleur. Mon regard se pose sur ses habituelles chaussures bateau. Il ne porte pas de chaussettes.

– Merci de m'avoir ouvert.

– Que se passe-t-il ?

Je fais passer mes cheveux sur une épaule et croise les bras.

– Est-ce qu'on peut s'asseoir ? Je voudrais te parler.

Il sent le whisky et en le regardant de plus près, je me rends compte qu'il a les yeux injectés de sang.

– On ne peut pas parler ici ?

Il se dandine d'un pied sur l'autre.

– Écoute, je sais que ce qui s'est passé entre nous n'a pas été très cool.

– C'était l'année dernière. J'ai tourné la page.

C'est presque vrai. Il m'arrive encore parfois de ressentir de la tristesse quand je songe aux trois années que nous avons passées ensemble et à l'espoir que j'avais d'être fiancée (je serais même mariée, à présent). Ma psy affirme qu'en réalité ce n'est pas la perte de Tripp que je pleure, mais celle de la vie de rêve que j'avais imaginée pour nous. Je ne suis pas certaine de comprendre quelle est la différence.

– Peut-être que moi je n'ai pas tourné la page.

Je secoue la tête, stupéfaite.

– Quoi ?

– Et si moi, je n'avais pas tourné la page ? Si je ne m'étais pas remis de notre rupture ?

– Mais qu'est-ce que tu racontes ? C'est absurde, Tripp. Tu as tourné la page bien avant moi. C'est toi qui as refusé de m'épouser. Moi, j'étais prête.

– Je n'ai jamais dit ça. Ce n'était pas personnel, dit-il en avançant un peu son menton en galoche.

J'ai juste dit que je n'étais pas certain de vouloir me marier.

– Eh bien moi, j'étais sûre. Et il n'était pas question d'attendre que tu te décides. J'ai tourné la page, Tripp. Et toi aussi.

En réalité, je ne suis pas certaine de l'avoir vraiment fait : je n'ai eu aucune relation sérieuse depuis ma rupture avec lui. Mais lui, il s'est affiché avec une ribambelle d'étudiantes. Depuis peu, il sort avec une femme que mes amis ont baptisée Margot 2.0 puisqu'il s'agit d'une version plus jeune, plus blonde et plus plantureuse de moi-même. D'après Muffy, rien de tout cela n'a d'importance. C'est une parvenue ; elle ne conviendra donc jamais à Mimi et Deuce, les parents de Tripp.

– Et ta petite amie ? Est-ce qu'elle sait que tu es là ?

– Amber ? fait-il calmement en fronçant les sour-cils. Non, elle n'en a aucune idée. Elle croit que je suis avec mon père, et c'est vrai, j'étais avec lui un peu plutôt dans la soirée. Il…

Il fronce davantage les sourcils avant de déglutir.

– Il quoi ?

Pour la première fois, je commence à m'inquiéter un peu. Deuce a plus de soixante-dix ans, de la tension artérielle et un penchant pour les steaks très épais et les boissons très alcoolisées. Il a fait son troisième infarctus à la fin de l'année dernière.

– Est-ce que ton père va bien ?

– Oui. Ça va. Mais…

Il balance son poids d'un pied sur l'autre, et ses chaussures humides couinent sur le plancher. Je me rends soudain compte que je ne l'ai jamais vu aussi nerveux et gêné. En règle générale, c'est Monsieur J'ai Confiance en Moi, surtout s'il a bu un whisky de trop ; il a toute l'assurance d'un homme blanc, beau, riche et qui sort d'Harvard.

– Crache le morceau, Tripp, j'ordonne en étouffant un bâillement. Sinon, on discutera demain. Je suis fatiguée et je dois me lever tôt pour bosser. Si tu n'es pas en état de conduire, je t'appelle un taxi, parce que j'ai l'impression que tu as un peu…

– Épouse-moi, Margot ! fait-il soudain en se mettant à genoux devant moi. Je veux me marier. Avec toi.

– Quoi ?

Mon cœur tambourine fort dans ma poitrine. Est-il vraiment sincère ?

– Épouse-moi. S'il te plaît. Je suis désolé pour tout ce que j'ai fait.

Il enlace mes jambes et enfouit son visage contre mes genoux.

Je lui donne une tape sur l'épaule.

– Ça suffit, Tripp. Tu es bourré. Lève-toi.

– Je ne suis pas bourré. Je sais très bien ce que je dis. Je dois t'épouser.

Je cesse de le frapper et je contemple le sommet de son crâne.

– Comment ça, tu dois m'épouser ? Pourquoi ?

Il se fige un instant avant de se ressaisir.

– Je dois t'épouser parce que j'ai compris que tu étais la femme de ma vie. Nous sommes faits l'un pour l'autre. Tu as toujours été la bonne, Margot. Toujours.

D'accord, tout cela est pathétique, entre les chaussures qui couinent, ses yeux injectés de sang et le bermuda baleines, mais j'ai de la peine pour lui. Tripp n'a jamais été très doué pour exprimer ses sentiments. Et ce n'est pas vraiment mon fort non plus.

– Tripp, s'il te plaît. Lève-toi. Il faut que l'on discute.

– Jure-moi d'abord que tu m'épouseras. Regarde, j'ai une bague, fait-il soudain comme s'il venait juste de se rappeler qu'il l'avait dans la poche.

Il dégaine un petit écrin noir qu'il peine à ouvrir.

Je pousse une exclamation et pose la main sur ma bouche. La pierre énorme et brillante me fait de l'œil sur l'anneau incrusté de diamants. Je suis sûre qu'elle fait au moins deux carats, sa couleur est magnifique et d'une pureté incroyable.

– Mets-la, ordonne-t-il en la soulevant de son petit coussin en velours.

J'en ai envie. J'en ai terriblement envie. Mais je ne veux pas épouser Tripp.

Ce serait vraiment mal de ma part d'enfiler la bague alors que je sais que je vais refuser sa proposition, n'est-ce pas ?

Parce que je ne peux pas accepter. Malgré ce qu'il a dit, nous ne sommes pas faits l'un pour l'autre. Je ne l'aime plus.

Je devrais peut-être l'essayer, juste pour en être certaine, me dis-je. Après tout, peut-être qu'une fois que j'aurai la bague au doigt, de la musique retentira et qu'un arc-en-ciel apparaîtra dans mon entrée, accompagné d'un soleil radieux ? Peut-être qu'en réalité je l'aime toujours et que je ne le sais pas ? Je me mords la lèvre tout en lui tendant la main gauche et en le laissant me passer la bague à l'annulaire. Elle me va parfaitement. Il se relève et je frissonne.

Mais je n'entends aucune musique. Aucun arc-en-ciel dans l'entrée. Pas de soleil. Juste la pluie, le bruit grinçant de ses chaussures et la flaque qu'il est en train de laisser sur mon joli plancher, sans parler de son horrible bermuda baleines.

Je regarde ma main en soupirant avant de com-mencer à ôter l'anneau.

– Elle est magnifique, Tripp mais je ne peux pas…

Il pose sa main sur la mienne pour m'empêcher d'ôter la bague.

– Ne dis pas ça. S'il te plaît, ne dis pas ça. Tu dois absolument m'épouser.

Je me dégage de son étreinte, agacée, et enlève l'anneau.

– Je ne dois rien du tout.

– Je t'en supplie, Margot. S'il te plaît.

Sa voix se brise et je lis un réel désespoir dans son regard. Je ne l'ai pas vu comme ça depuis…

– Tripp, dis-je lentement. Dis-moi ce qu'il se passe vraiment ?

Des années plus tôt, il s'est débattu avec une addiction au jeu et s'est endetté de plusieurs centaines de milliers de dollars que son père a fini par payer. Mais je croyais qu'il avait arrêté de parier avant que l'on sorte ensemble.

Et puis, de toute façon, pourquoi du coup voudrait-il m'épouser ?

Il déglutit et je vois sa pomme d'Adam s'agiter.

– Rien. Je te jure, Margot. C'est juste que depuis que nous avons rompu, je suis très malheureux et très seul.

– Ce n'est pas l'impression que tu m'as donnée.

– Si. Je te le jure. Et je me suis très mal comporté avec toi.

– Ça, en revanche, je te l'accorde.

– Je suis désolé.

Il m'attire à lui mais je garde les mains le long de mon corps, la bague dans mon poing.

– On est faits l'un pour l'autre, tu le sais très bien. Quand on est ensemble, tout devient logique. On ne va pas tarder à avoir trente ans tous les deux, alors on devrait arrêter de coucher à droite et à gauche.

Je le repousse, fais un pas en arrière et croise de nouveau les bras.

– Ce n'est vraiment pas romantique. Pas du tout. Et tu es le seul à coucher à droite et à gauche, que je sache.

– Je suis désolé. Je m'y prends comme un manche. Mais… mais…

Il arrête soudain de respirer pendant une fraction de seconde.

– Tu me complètes, Margot.

Je résiste à l'envie de lui dire qu'il est en train de plagier de manière éhontée Jerry Maguire[2]. Je m'empare de l'écrin et range la bague à regret.

– Écoute, tout cela n'a aucun sens. Ça fait plus d'un an que nous avons rompu. Tu ne peux pas te pointer comme ça sans prévenir et me demander en mariage.

– Mais je veux absolument t'épouser, gémit-il sans me regarder dans les yeux.

– Ben alors, peut-être que tu devrais d'abord m'inviter à dîner.

Je lui rends la petite boîte, ravie de la façon dont je gère la situation. Un an plus tôt, j'aurais déjà envoyé des photos par texto de ma future bague de fiançailles à Jaime et Claire.

Il acquiesce, abattu, et rempoche l'écrin.

– Tu as raison. D'accord.

Je lui tends son parapluie et ne peux m'empêcher de l'étreindre brièvement. Je me rends bien compte que c'est très difficile pour lui – ce n'est pas facile pour un homme dans son genre d'admettre qu'il a tort et de demander pardon. Cela prouve qu'il a mûri et grandi, n'est-ce pas ?

---

2. Jerry Maguire est le nom du personnage principal d'un film éponyme de 1997. Il met en scène un agent sportif incarné par Tom Cruise.

– On en reparle dans un jour ou deux, d'accord ? Il faut que je réfléchisse.

J'ouvre la porte doucement ; il sort sans ajouter un mot. Il ouvre son parapluie. J'éteins la lumière et je regagne le salon d'où je le vois monter dans sa voiture. La pluie cascade sur la fenêtre et rend sa silhouette floue. Une fois que ses phares ont disparu dans la nuit, je remonte me coucher.

Bordel de merde, je pense en rabattant la couverture sur moi. Quel rebondissement hallucinant. Jamais, en un million d'années, je n'aurais pu imaginer que Tripp se pointerait chez moi au beau milieu de la nuit avec une bague de fiançailles en diamant pour me supplier de l'épouser. C'est à des années-lumière de son comportement d'il y a un an.

Une partie de moi lui en veut de ne s'être décidé que maintenant, mais une autre ne peut s'empêcher de se demander si finalement il n'avait pas raison. Et s'il avait juste eu besoin de temps ? Avais-je eu tort de lui mettre la pression quand il n'était pas prêt ? Avais-je agi de manière trop impulsive en lui disant « maintenant ou jamais » ? Avais-je trop insisté pour faire les choses selon mon planning à moi ?

Mais, on avait tout planifié ! Pendant trois ans, nous avions fantasmé tous les deux sur un mariage au country club, sur la maison de style colonial, les deux enfants, le bateau, le chien King-Charles… Je n'étais pas la seule à vouloir tout ça. Lui aussi.

Et maintenant, toutes ces questions qui reviennent. Est-ce que je le veux toujours ? Est-ce que je devrais réfléchir à sa proposition ? Il m'a agacée en parlant de mon trentième anniversaire, mais il n'a pas tort. Je fréquente un petit cercle et je n'ai rencontré personne de séduisant pendant une année. Combien de temps ai-je envie d'attendre avant d'entamer la phase suivante de ma vie ? Comme Muffy aime à me le rappeler, *les femmes Thurber se marient et font des enfants avant trente ans, Gogo. Même les lesbiennes.*

Je ne suis pas vraiment malheureuse. J'ai de supers amis, une famille dont je suis très proche, un nouveau job que j'adore et une maison géniale. Alors, pourquoi ai-je l'impression qu'il me manque quelque chose ?

J'ai beau être fatiguée, je ne m'endors pas tout de suite. Je joue avec l'annulaire de ma main gauche.

CHAPITRE 2

MARGOT

– Tu te moques de nous.

Jaime s'immobilise, son Martini à mi-chemin de ses lèvres. Claire a l'air choquée elle aussi, mais du coup, elle avale une gorgée supplémentaire de son cocktail.

– Pas du tout, réponds-je en secouant la tête, tout sourire.

– Pourquoi tu ne m'as rien dit plus tôt ? demande Jaime. On s'est vues ce matin au bureau et tu n'as rien raconté !

Jaime et moi travaillons chez Shine PR, une boîte de relations publiques et de marketing que nous avons fondée ensemble l'année dernière. Ses diplômes en psychologie et en marketing, et son passé dans la publicité font des merveilles avec mon réseau et mon expérience dans les relations publiques. Pour le moment, notre start-up se porte comme un charme. Nous avons déjà recruté une assistante pour s'occuper des réseaux sociaux et nous envisageons d'en embaucher une autre à la fin de l'année.

– Parce qu'on avait beaucoup de travail ce matin et que tu étais en réunion tout l'après-midi. Je me suis dit que je vous en parlerais à toutes les deux ce soir.

– Je suis bien contente que tu aies attendu, constate Claire. (Comme chaque mercredi soir, nous prenons un verre toutes les trois au Buhl Bar, un peu plus tôt que d'habitude parce que je dois me rendre à une soirée de levée de fonds pour mon père, plus tard dans la soirée.) Maintenant que vous travaillez ensemble toutes les deux et que vous vous voyez tous les jours, j'ai l'impression de manquer la moitié des commérages. Donc, il t'a vraiment demandée en mariage ?

– À genoux, avec une magnifique bague de fiançailles en diamant.

– Quelle surprise ! couine Claire.

– Quel connard, rétorque Jaime. J'espère que tu lui as bien dit où il pouvait se foutre la bague. Et bien profond.

Je prends une gorgée de mon Martini gin avant de répondre, en choisissant mes mots avec soin.

– Je n'ai rien fait de tel. Je me suis montrée aimable et compréhensive et j'ai été sympa avec lui.

– Mais pourquoi ? demande Jaime, ses grands yeux bleus écarquillés. Il s'est comporté comme un vrai trou du cul.

– Parce que je suis bien élevée. C'est vrai que c'est un trou du cul, mais il a fait amende honorable. Il m'a dit qu'il était désolé et il m'a suppliée de me remettre avec lui. Il m'a dit plein de choses gentilles.

Le regard de Jaime m'embarrasse et je me concentre sur mon cocktail. Elle me connaît trop bien. C'est le problème quand on est amie avec quelqu'un depuis la troisième : j'ai beau être une véritable experte en dissimulation des sentiments, je suis comme un livre ouvert pour elle.

– Moi, je trouve plutôt cool qu'il ait enfin compris ce qu'il avait fait, suggère Claire, éternelle optimiste. Même si c'est trop tard.

– Est-il vraiment trop tard ? j'ose, verbalisant la question qui me trotte dans la tête depuis le matin.

Un silence s'installe pendant qu'elles digèrent ce que je viens de dire.

– Comment ça ? demande Jaime sur un ton qui signifie « Je sais parfaitement ce que tu veux dire mais je n'arrive pas à y croire ».

– Crois-tu qu'il est trop tard pour nous ?

– Oh, putain, oui, rétorque-t-elle en tapant du poing sur le bar, ce qui fait des vagues à la surface de mon cocktail.

– Eh bien… Peut-être pas, fait Claire, songeuse. J'adore les histoires dans lesquelles les personnages ont une seconde chance.

– On n'est pas dans un film, réplique Jaime en se tournant vers elle. C'est la vraie vie et il s'est comporté comme un mufle.

– Mais les gens changent, proteste Claire. Regarde Quinn et toi. Tu avais juré que tu ne sortirais avec personne, et surtout pas avec lui, mais tu lui as quand même donné une chance.

– Ce n'est pas la même chose, répond Jaime, agacée. Et puis dois-je te rappeler que Quinn est un amant extraordinaire, alors que Tripp est une catastrophe au lit ? N'est-ce pas, Margot ?

Je grimace.

– Je n'irais pas jusqu'à utiliser le terme catastrophe. Disons qu'avec lui, le sexe était un peu… sans imagination. Cela dit, ce n'est peut-être pas le plus important. Peut-être qu'il y a des choses plus vitales dans une relation que le cul.

Jaime me lance un regard incrédule et cligne des yeux à plusieurs reprises.

– Genre quoi ?

– Genre des intérêts communs, réponds-je en me redressant. Et des liens familiaux. Une histoire qu'on partage. Des valeurs identiques.

Jaime lève les yeux au ciel.

– Donc vos deux familles sont arrivées ensemble sur le Mayflower[3] ou une connerie du genre. Et alors ? Si tu n'as pas eu envie de le déshabiller

3. Le Mayflower est un navire marchand qui conduisit en 1620 des migrants anglais originaires de Plymouth. Ils fondèrent une colonie dans le Massachusetts et sont considérés comme les pères fondateurs européens de ce qui deviendra les États-Unis.

avec les dents quand il s'est pointé chez toi hier soir, ça veut dire qu'il n'y a aucune alchimie entre vous.

Je réfléchis un instant. L'idée de lui arracher son bermuda baleines et sa chemise rose me fait rire.

– On n'est pas comme ça. On ne l'a jamais été. On est tous les deux plus… réservés. Un peu conservateurs, peut-être. Est-ce que j'aimerais m'éclater plus au lit ? Oui, bien sûr. (Je hausse les épaules) Mais j'ai presque trente ans. Je devrais peut-être moins me préoccuper de ce genre de choses.

– Trente ans ce n'est pas vieux, proteste Jaime. Je ne voudrais pas te voir revenir en arrière, Margot. Il y a un an, tu étais très malheureuse. Tu vas beaucoup mieux.

– Je suis d'accord. Mais je suis toujours la même. Je veux toujours ce que je voulais il y a un an. Je suis une femme traditionnelle. Je veux une vie traditionnelle, la même que celle que j'ai connue enfant. Un mari, une maison, une famille.

– Et tu en as tout à fait le droit, renchérit Claire en me tapotant la main. On ne te juge pas.

– Et Tripp me connaît, je constate, un peu ennuyée parce que c'est la vérité. La bague qu'il a choisie était parfaite. Il connaît mon style, il connaît mes goûts. Il a fait des études, il a un bon job, une bonne famille. Ces choses-là sont plus importantes que le cul.

Mais Jaime refuse de laisser tomber.

– Et la passion ? La connexion physique qui te renverse ? Tu ne veux pas avoir des papillons dans le ventre quand tu le vois entrer dans une pièce ? Tu ne veux pas que ton rythme cardiaque s'accélère quand il s'approche de toi ?

– Mais peut-être que je ne suis pas faite pour ça ?

J'exprime là une crainte qui rôde en général en silence dans mon esprit. Je poursuis :

– Peut-être que je ne suis pas une femme passionnée. Peut-être que personne ne peut tomber passionnément amoureux de moi. Est-ce que ça me condamne pour autant à rester seule toute ma vie ?

– Non, répond fermement Claire tout en lançant un regard noir à Jaime. Et si tu veux donner une seconde chance à Tripp, tu en as tout à fait le droit. On te soutiendra quoi que tu décides.

– Toi aussi ? je demande à Jaime.

– Évidemment, répond-elle, subitement radoucie, avant de poser la tête sur mon épaule. Je suis désolée. Tu sais que je t'adore, Gogo. Je veux juste que tu sois heureuse. Si tu penses que Tripp est l'homme de ta vie, alors fonce. Je serai toujours là pour toi.

– Merci. Je ne me suis pas encore décidée, dis-je en jetant un coup d'œil à mon téléphone pour regarder l'heure. Merde. Il faut que je rejoigne mon père.

– C'est un dîner ? demande Jamie en soulevant son verre.

– Non, juste un verre et un dessert avec des donateurs généreux.

– Comment va sa campagne ? demande Claire.

– Bien, je suppose. Je ne me suis pas vraiment investie vu que mes opinions politiques diffèrent des siennes, mais nous ne parlons pas de ce genre de choses.

Jaime secoue la tête.

– J'adore ta famille. Amuse-toi bien ce soir. Est-ce que Tripp sera là ?

Je pose un billet de vingt dollars sur le comptoir avant de terminer mon verre.

– Je n'en suis pas certaine. Mais je sais que son père est l'un des principaux donateurs, donc c'est possible. À quoi je ressemble ?

Elles jettent un coup d'œil à la robe fourreau bleu marine sans manche que je porte avec des escarpins *nude* et mon collier de perles préféré. Mes cheveux sont lisses, mes ongles manucurés et mes jambes épilées. Je rajouterai du rouge à lèvres dans la voiture, puisque ma grand-mère m'a appris à ne jamais me remaquiller en public.

– Tu es parfaite, affirme Claire. Très Grace Kelly.

Jaime hoche la tête.

– La Margot habituelle.

– Merci. À demain.

Je leur fais la bise et sors par l'arrière pour gagner le parking.

Tandis que je roule vers la grande maison où a lieu la collecte de fonds, dans cette rue privée bordée d'arbres, un sentiment étrange prend naissance au creux de mon ventre. Ce ne sont pas vraiment des papillons, plutôt l'intuition que quelque chose dans ma vie est sur le point de changer. J'éprouve exactement le même sentiment quand je coupe plus de cinq centimètres de cheveux chez le coiffeur, comme si j'étais à la fois effrayée et excitée.

Je m'arrête dans l'allée et tends les clés au voiturier, qui jette un regard appréciateur à la Mercedes 1972 bleu clair et parfaitement entretenue que ma grand-mère m'a offerte l'année dernière, quand elle a finalement décidé d'arrêter de conduire, puis j'entre dans la maison.

Le sentiment étrange s'intensifie lorsque j'aperçois Tripp sur ma droite dans le gigantesque salon. La pièce est si grande que même le piano à queue Steinway installé dans un coin a l'air parfaitement à sa place. Des canapés, des chaises et des banquettes sont disposés pour former de petits groupes et tous les meubles, toutes les tentures et même le tapis ont cet aspect légèrement fané, à peine usé, que l'on trouve dans toutes les maisons des familles qui sont riches depuis des siècles. C'est une façon de clamer : « Nous sommes riches à millions mais nous ne jetons rien tant que ça peut servir, et nous n'aimons pas les choses qui sont neuves et brillantes. »

Mon père est en train de serrer la main à quelqu'un à côté de la cheminée et ma mère boit un gin tonic, probablement son troisième, assise sur l'un des canapés, mais je décide de me diriger plutôt vers Tripp, tout en faisant de mon mieux pour transformer en nuée de papillons ce curieux sentiment qui a pris naissance au creux de mon ventre.

Il est en train de discuter avec un groupe de femmes à côté de la fenêtre : elles sont toutes suspendues à ses lèvres. Lorsque je m'approche, il recule d'un pas et je me rends soudain compte qu'il n'est pas tout seul. Amber est là aussi, dans une robe qui lui va presque bien, et elle a la main gauche tendue vers les autres, comme si elle leur montrait une…

Oh non.

Oh non, il n'a pas osé.

Impossible.

Il ne ferait pas ça.

Mais il l'a fait.

Il l'a fait. La bague qu'Amber porte au doigt est celle avec laquelle Tripp m'a demandée en mariage la veille au soir.

– C'était tellement romantique, roucoule-t-elle. Il est arrivé au beau milieu de la nuit et il a dit qu'il ne pouvait pas attendre plus longtemps parce qu'il était certain que j'étais la femme de sa vie.

Je manque m'étouffer. Je recule sans que personne ne m'aperçoive, tremblante de rage. Je trouve le bar et je commande un Martini gin. L'une des choses appréciables chez les riches, c'est qu'ils ne sont jamais à court de bon gin.

Hébétée, mon verre à la main, je sors sur la terrasse où mon frère aîné, Buck, me saute dessus pour me présenter à une ribambelle d'hommes en costume dont j'oublie immédiatement les noms et qui déblatèrent sur la politique et les bateaux.

La seule chose qui tourne en boucle dans mon esprit tandis que je bois tout en les écoutant d'une oreille distraite, c'est que Tripp est un vrai connard. Il a dû se rendre chez elle directement après être parti de chez moi hier soir. *C'est quoi son problème à ce type ?*

Lorsque les hommes finissent par rentrer pour se servir de nouveau du whisky, Buck se tourne vers moi.

– Que t'arrive-t-il ? Tu n'as pas décroché un mot de toute la conversation et à côté de toi, le visage de garce au repos de Muffy est tout à fait agréable à regarder.

– Désolée, mais quelque chose me turlupine.

Il m'adresse un sourire arrogant avant de terminer son whisky.

– Laisse-moi deviner. Les fiançailles de Tripp ? Je ne vois pas pourquoi ça t'atteint.

– Et pourquoi pas ? J'ai l'air d'une idiote, non ? Tout le monde sait que nous avons rompu parce que je voulais me marier et pas lui.

Je ne suis pas certaine d'avoir envie de lui raconter ce qui s'est passé la nuit dernière.

Il sirote une autre gorgée de son breuvage et secoue la tête.

– Il n'en a toujours pas envie. Mais son père a changé les conditions de l'héritage parce qu'il s'est remis à jouer. Il a trois cent mille dollars de dette ou un truc du genre. Son père lui a dit que s'il voulait l'argent, il fallait qu'il arrête de coucher à droite et à gauche, qu'il se marie et qu'il se range.

Je reste bouche bée. Arrêter de coucher à droite à gauche et se marier ? J'ai déjà entendu ça quelque part.

– Tu te moques de moi.

– Pas du tout. Je l'ai appris par un mec qui bosse pour Deuce et qui l'a entendu en parler avec ses avocats. (Il éclate de rire.) Quel gros con. Tu as évité une grosse catastrophe, voilà ce que je pense. (Il frappe légèrement son verre contre le mien.) Santé.

J'avale le reste de mon cocktail cul sec, furieuse.

– Excuse-moi.

Je dépose mon verre vide sur le plateau d'un serveur qui passe par là et me rends directement au bar pour en commander un deuxième. Je m'enferme ensuite dans le boudoir du premier étage, j'avale une longue gorgée, repose mon verre et me penche sur la coiffeuse en marbre. Je respire lourdement tout en me regardant dans le miroir. Je m'en veux, je me déteste.

Espèce d'idiote ! Bien sûr qu'il ne voulait pas de toi ! Il te l'avait dit l'année dernière ! Il voulait juste son argent et tu étais le moyen de l'obtenir. Espèce de femme ridicule, stupide et crédule qui envisageait de lui donner une seconde chance.

Mais je ne l'ai pas fait. Dieu merci. Sauf que maintenant, je suis pleine d'alcool, de frustration et de rage ; envers Tripp, envers moi-même et même envers Amber qui se laisse manipuler elle aussi. Pour une fois, j'aimerais être le genre de personne qui déballe ses sentiments en public, j'aimerais pouvoir lui faire honte devant tout le monde pour ce qu'il a fait, exposer son désespoir merdique et ses mensonges et le révéler vraiment tel qu'il est. J'en ai tellement envie que je tremble sans pouvoir me contôler.

Mais je ne peux pas.

Du moins, je ne le pouvais pas jusqu'à ce que je tombe sur Tripp et Amber entourés d'une petite cour dans la salle à manger, que le jeune homme comblé régale de l'histoire romantique de leurs fiançailles surprises.

– Avant qu'on se rencontre, il n'avait même pas envie de se marier un jour, se vante-t-elle. N'est-ce pas, mon chéri ?

– C'est vrai, ma poupée.

Ma poupée. Crétin. Je pose mon troisième verre vide sur le plancher ; il me semble du moins qu'il s'agit du plancher. À ce stade-là, tout est déjà un peu flou.

– Je suppose que j'avais juste besoin de trouver la femme parfaite, celle qui saurait me faire changer d'avis, répond-il tout en couvant Amber d'un regard empli d'une admiration parfaitement artificielle. Et quand on la trouve, on le sait.

La femme parfaite. J'ai dû pousser un petit grognement de mépris car plusieurs têtes se tournent vers moi. Mais je les ignore et je contemple les pâtisseries étalées sur la table et sur les dessertes, en faisant semblant de chercher ce que j'ai envie de déguster.

– La bague est magnifique, constate quelqu'un.

– N'est-ce pas ? répond Amber, ravie. Il l'a fait faire spécialement pour moi.

Fait faire pour elle. Mes mains se mettent à trembler et mes yeux se posent sur un plateau en argent recouvert de scones.

– C'est ça, répond Tripp en lui embrassant le dos de la main. Rien que pour toi.

Une seconde plus tard, je lui balance le premier scone, qui rate sa cible, son visage autosatisfait, et l'atteint en pleine poitrine.

Surpris, il lève les yeux juste à temps pour apercevoir le deuxième scone rebondir sur le lustre avant d'atterrir à ses pieds.

– Mais qu'est-ce que… ?

Les gens regardent autour d'eux et certains s'éloignent. Tant mieux, parce que le troisième scone fait tomber un vase qui s'écrase aux pieds de Tripp.

Il finit par m'apercevoir.

– Margot, qu'est-ce que tu fiches ?

J'en balance un autre.

– Trois ans ! j'explose alors que le scone percute son front.

Enfin ! Je fais un nouvel essai mais le suivant prend la direction d'Amber, qui s'écarte.

– Pendant trois ans, j'ai supporté tes histoires de golf sans intérêt, tes pantalons avec les petites baleines et ta minuscule bite dont tu ne sais même pas te servir !

Des gloussements parcourent l'assemblée. Tripp est tétanisé et je saisis l'occasion pour lui balancer un autre scone sur la poitrine.

– Aïe, fait-il, ce que je trouve hilarant. Arrête de me lancer des choses ! Et ma bite n'est pas minuscule ! Et je sais m'en servir !

– Elle est microscopique !

Je lui lance un autre scone mais il a bougé, du coup je le rate complètement et le gâteau rebondit sur le mur.

– Tu ne sais absolument pas ce qu'est un orgasme féminin ! Je devais toujours me finir toute seule, espèce de gros con !

J'entends des rires étouffés et je lui lance encore un scone. Cette fois-ci, il heurte une bougie qui malheureusement est allumée. Elle commence à brûler la nappe blanche, formant un petit trou avant que quelqu'un ne l'éteigne.

– Margot, est-ce que tu as complètement perdu la tête ? hurle Tripp, planqué derrière la table, les mains devant le visage pour se protéger, comme si je lui balançais des grenades et non des pâtisseries.

– Peut-être bien, je fulmine en tâtonnant à la recherche d'un scone, mais le plateau est vide. Peut-être bien, parce que j'avais décidé de te dire ce soir que j'étais prête à réfléchir à ta demande en mariage merdique.

Tripp devient blanc comme un linge.

– Quelle demande en mariage ? demande Amber, dont le regard passe alternativement de Tripp à moi.

J'ouvre la bouche. Je vois Tripp s'agiter.

C'est fabuleux.

– Margot, s'il te plaît. Ne fais pas ça, fait-il, le regard suppliant. Tu vas nous embarrasser tous les deux. Allons discuter en privé. J'avais une bonne raison de faire ce que j'ai fait.

Je n'ai aucune envie de lui parler en privé, plus jamais, et je sais déjà quelle est sa « bonne raison ». Mais il a raison. Si je raconte ce qu'il s'est passé la nuit dernière, je serai très gênée. Je viens juste de dire que j'étais prête à réfléchir à sa demande en mariage qui de toute façon était une arnaque.

Je baisse les yeux, j'aperçois le clafoutis à la cerise et je glisse la main dessous. J'envisage un instant de lui balancer une dernière chose. Quelqu'un dans l'assistance pousse un petit cri.

Mais je lève de nouveau les yeux sur Tripp et je suis envahie par une sensation de puissance qui me rend rapidement mon self-control. Ma dignité. Et mes bonnes manières.

Je suis Margot Thurber Lewiston, et j'ai la classe. Personne ne peut m'enlever ça.

Je me ressaisis autant que l'alcool que j'ai ingurgité me le permet, j'adopte une expression neutre et je me redresse.

– En réalité, vois-tu, je ne veux plus jamais te parler. Passez une bonne soirée. Lewiston sénateur !

Lorsque je m'éloigne, je l'entends dire :

– Bon sang, cette salope est complètement timbrée.

Je sais ce que vous pensez.

J'aurais dû lui balancer le clafoutis à la gueule.

CHAPITRE 3

JACK

Je n'arrive pas dormir. Ce n'est pas vraiment surprenant. Je suis de nature insomniaque et ça s'aggrave toujours au mois d'août. J'ai de la chance quand je dors deux heures par nuit.

– C'est à cause de la chaleur. Pourquoi ne viens-tu pas dormir quelques nuits chez nous ? a proposé ma belle-sœur Georgia la semaine dernière.

– J'ai une meilleure solution : tu pourrais installer la clim dans ton vieux chalet, est intervenu mon jeune frère, Pete. Installer une unité sous la fenêtre ne te coûterait pas cher.

Mais ce n'est pas la faute de la chaleur.

– C'est peut-être à cause de la lumière, avait dit Georgia l'année dernière. Si tu dormais dans une pièce obscure, ce serait plus simple.

Mais j'ai besoin de la lumière. Parfois, j'ai l'impression de ne pas pouvoir respirer tant que le soleil n'est pas levé. J'essaie de ne pas me mettre en colère lorsque les membres de ma famille me disent ce que je dois faire, ou quand ils essaient de résoudre mes problèmes avec des solutions simples alors que tout est si compliqué qu'ils ne comprendront jamais. Mais je ne parviens pas toujours à réfléchir avant de parler, ni à contrôler mon énervement.

Hier, par exemple, je me suis mis en rogne après Pete parce qu'il a surgi dans mon dos sans prévenir pendant que je réparais la clôture qui donne sur la forêt. Avec le recul, le balancer au sol en lui hurlant qu'il n'était qu'un « putain de sale enfoiré avec de la merde à la place du cerveau » était certainement un peu exagéré, mais bon sang… Il sait très bien qu'il ne faut pas me taper sur l'épaule sans avoir manifesté sa présence au préalable. C'est exactement pour cela que je n'écoute jamais de musique quand je travaille : je veux rester conscient de ce qui m'entoure. Je déteste qu'on me prenne par surprise.

La seule personne qui comprenait ça, c'était Steph. Il y a quelques années, ma famille m'a préparé une fête surprise pour mon trentième anniversaire, certainement parce qu'ils savaient que je refuserais tout événement social exigeant que je parle aux gens. Steph avait bien pris soin de tout me dévoiler dans les moindres détails à l'avance. Elle a essayé à de très nombreuses reprises de convaincre mes frères et mes parents que c'était une très mauvaise idée, mais ils ont rétorqué que « sortir de la maison » et « fêter ma vie » ne pourrait me faire que du bien.

Je n'y suis allé que parce que Steph m'a supplié. Au début, j'étais tellement furieux que j'ai même refusé de l'envisager, mais elle m'a expliqué que ma mère et ma tante étaient venues de Floride exprès, que ma belle-sœur avait préparé une *cassata*[4] et que ma nièce Olivia avait appris à jouer « Joyeux Anniversaire » au piano juste pour moi. J'avais beaucoup de mal à résister à Steph quand elle était très décidée et en plus, elle m'avait taillé une pipe incroyable ce matin-là.

Elle connaissait toutes mes faiblesses.

Allongé dans le noir, je joue avec mon alliance.

Ça me paraît impossible que ça fasse trois ans. Ses lunettes sont toujours sur la table de nuit, ses vêtements dans le placard et je m'attends toujours à la trouver à mes côtés lorsque je me retourne dans notre vieux lit qui grince pour étreindre sa petite silhouette.

Et puis, à l'inverse, j'ai l'impression qu'il s'est écoulé une éternité depuis la dernière fois que je l'ai entendue chanter sous la douche, que je l'ai regardée se préparer à aller se coucher ou que je me suis perdu dans son corps. Elle me demandait toujours d'y aller prudemment au début, elle prétendait que ma carrure lui faisait peur, même si nous étions ensemble depuis des années. J'ai toujours pensé qu'elle disait ça juste pour me flatter (ça marchait à chaque fois), même s'il est vrai qu'elle était

4. Une cassata est un gâteau d'origine sicilienne à base de ricotta, de génoise, de fruits confits et de pâte d'amande.

minuscule mais extrêmement bien proportionnée. Elle prétendait qu'elle avait huit kilos à perdre mais ça ne me dérangeait pas ; en réalité, j'adorais ses kilos en trop, j'adorais sentir son corps doux alors que le mien était dur, j'adorais ses courbes sous mes mains, mes lèvres et ma langue, j'adorais la façon dont elle me massait. J'adorais prendre soin d'elle.

Putain, que le sexe me manque. Tout me manque.

– Il faut vraiment que tu remettes le pied à l'étrier, a affirmé mon frère aîné, Brad, qui connaît toute l'histoire. J'ai bien envie de te présenter April, l'agent immobilier que nous venons tout juste d'engager à l'agence. Elle est super sexy, je suis certain que tu passerais un bon moment avec elle. Ou du moins, tu pourrais baiser.

Je l'ai envoyé chier.

Il est revenu à la charge la semaine dernière tandis que nous faisions un jogging ensemble sur l'un des sentiers qui bordent les dix-huit hectares de notre ferme.

– Oh, allez, ça fait trois ans. Tu ne veux même pas tourner la page. Quand vas-tu passer à autre chose ?

– Va te faire foutre, Brad, j'ai répondu en m'éloignant à longues foulées.

Je n'essaie même pas de tourner la page ? Survivre à chaque journée veut dire tourner la page. Me lever tous les matins veut dire tourner la page. Chaque fois que je respire, je tourne la page.

Quant à passer à autre chose, ça n'arrivera jamais. Il peut me présenter une ribambelle infinie de femmes sexy, ce ne sera qu'une perte de temps.

J'ai déjà rencontré l'amour de ma vie ; je la connaissais depuis l'enfance. Je l'ai épousée et je l'ai perdue.

Il n'y a pas de sursis pour ce genre de choses. Pas de rédemption. Pas de seconde chance.

De toute façon, je n'en veux pas.

CHAPITRE 4

MARGOT

– Tu es sûre que tu veux te charger de ce dossier ? demande Jaime en me tendant la chemise, un peu étonnée.

Je viens juste de me porter volontaire pour prendre en charge un nouveau compte qui implique quelques jours de voyage, beaucoup de recherches et peu de profit. Le client en question est une petite ferme familiale spécialisée dans l'agriculture durable. L'endroit idéal pour fuir la ville et ne croiser personne de ma connaissance.

– Une ferme, ce n'est pas vraiment ton genre.

– Et pourquoi ça ? je rétorque en rangeant le dossier dans mon sac. Dois-je te rappeler que j'ai fait de l'équitation ? Il doit me rester une paire de bottes quelque part.

– Ton cheval était pensionnaire dans un club de chasse. Là, je te parle d'une ferme.

– Et en quoi est-ce différent ? (J'agite une main en l'air.) Je suis certaine que je peux gérer une ferme. Et comme je te l'ai dit, Muffy prétend qu'il vaut mieux que je quitte la ville pendant un petit moment, au moins jusqu'à ce que les commérages cessent.

– Jusqu'à ce que les commérages cessent ? répète Jaime, en souriant, les bras croisés. Ça risque de prendre un bon bout de temps.

Elle ne plaisante pas. Cela date d'il y a presque une semaine, mais l'Incident des Scones, comme il a été baptisé, fait toujours des remous au country club, dont les membres n'avaient pas assisté à un scandale depuis des mois. « Tous ces bons comportements sont extrêmement ennuyeux », s'était plainte ma grand-mère au dîner la semaine précédente.

L'histoire a été embellie : Tripp a pris un scone dans les couilles (j'aime beaucoup cet ajout) et Amber m'a balancé un plateau de beignets à la tête (celui-là ne me plaît pas du tout en revanche). Les boulangeries locales vendent des scones à tour de bras, la boutique d'où venaient ceux que je lui ai lancés les a rebaptisés « L'héritière rejetée » (j'ai refusé de toucher des droits) et les gens adorent dire : « La vengeance est un jet de scones » dans les cocktails en ville.

Ma mère est hors d'elle : « Franchement, Margot, qui a envie de te fréquenter en ce moment ? », dit-elle, même si ma grand-mère, quant à elle, a positivement gloussé de joie quand on lui a raconté l'histoire. Mon père est plutôt perplexe et Buck est déçu de ne pas avoir assisté à l'incident.

Nous avons décidé qu'après des excuses sincères à Madame Biltmore (présentées le lendemain quand je suis revenue chercher ma Mercedes, puisque j'étais trop bourrée pour rentrer chez moi toute seule), il valait mieux que je me fasse oublier pour le reste de l'été. « Ou du moins jusqu'à ce quelqu'un d'autre fasse une grosse connerie, a murmuré ma grand-mère. Je vais ouvrir l'œil. Personne ne prête attention aux vieilles dames et nous voyons tout ».

– Dis-moi ce que tu sais sur ce client.

Je prends tout ce dont j'aurai besoin pendant les deux prochaines semaines. La ferme des frères Valentini est située dans un trou paumé du Michigan, à deux heures au nord de Détroit. J'ai loué un petit cottage sur le lac Huron à moins d'un kilomètre de chez eux et j'ai décidé que je profiterai de mon temps libre pour flemmarder dans une chaise longue, lire et réfléchir à ma vie.

– Pas grand-chose, admet Jaime, en se juchant sur mon bureau. La propriété appartient à trois frères. Quinn a rencontré l'un d'eux, Pete, et sa femme, Georgia, sur un petit marché local et ils ont discuté. Tu connais Quinn, il ne peut pas s'empêcher de parler à tout le monde.

Elle lève les yeux au ciel, mais je constate qu'elle rougit, ce qui se produit systématiquement quand elle parle de lui. Jaime préfère croire qu'elle n'est pas romantique, mais elle est folle amoureuse de Quinn.

– Bref, le mec a expliqué qu'ils avaient du mal à développer leur marque et à conquérir de nouveaux clients, même s'il ne l'a pas formulé en ces termes, et évidemment Quinn lui a dit un truc du genre : « Ma petite amie peut vous aider, c'est exactement ce qu'elle fait ! ». Il leur a donné ma carte de visite et Georgia m'a téléphoné la semaine dernière.

– Mais ils savent que c'est moi qui viens et pas toi ?

J'entasse des stylos et des surligneurs dans mon sac, ainsi que des post-it.

– Oui. Ça leur est égal. Ils ont grand besoin qu'on leur vienne en aide.

– Ce sont des fermiers aussi ?

Dans ma tête je les imagine comme Tante Em et Oncle Henry dans le Magicien d'Oz.

– Non. Je pense que Pete travaille sur la ferme mais c'est un autre frère qui s'occupe de tout. Georgia et Pete sont cuisiniers. (Elle penche la tête.) Ou du moins ils l'étaient. Mais je sais tout ça par Quinn, donc je te conseille fortement de lire le formulaire « Nouveau Client » qu'ils ont rempli et que je t'ai envoyé par mail cet après-midi. Il contient beaucoup plus d'infos.

– Je vais le faire, dis-je en rabattant le couvercle de mon ordinateur, que je range dans sa housse avant d'éteindre la lampe derrière moi. Je te tiendrai au courant et je te téléphonerai pour te demander ton avis.

– Parfait.

Elle se redresse, un sourire malicieux aux lèvres.

– Je vais essayer de t'imaginer dans une ferme. En train de traire une vache. De monter un tracteur. Ou peut-être un cow-boy.

Je lève les yeux au ciel et je la contourne.

– La seule chose que j'ai envie de monter est un cheval. Les tracteurs et les cow-boys ne m'intéressent pas.

– On ne sait jamais, affirme Jaime en me suivant hors de mon bureau. Peut-être qu'un petit tour dans le foin avec un jeune cow-boy fougueux tout en muscles et avec un accent de bouseux est juste ce qu'il te faut pour te sortir de ta disette sexuelle.

Je m'immobilise et je pivote vers elle, les mains sur les hanches.

– Je vais travailler, Jaime. Et ensuite, je me cacherai pour respirer un peu et je n'ai pas besoin qu'un homme, musclé ou non, m'aide pour cela.

Elle fait claquer sa langue, une lueur dans les yeux.

– Tu es froide comme un scone, tu le sais, ça ?

Je tourne les talons afin qu'elle ne puisse pas me voir sourire.

***

J'arrive à Lexington un peu après 19 heures et en ne m'étant trompée de route qu'une seule fois, ce qui est une grande victoire pour moi. Comme toutes les femmes de ma famille, je n'ai aucun sens de l'orientation. Je me demande comment nous faisions avant l'invention du GPS. « On appelait ça un chauffeur », a l'habitude de dire ma grand-mère.

La gérante m'a dit de lui téléphoner en arrivant afin qu'elle puisse venir me donner les clés. En l'attendant, je contourne le cottage pittoresque aux murs en bardeaux pour gagner la plage. Il fait doux, un peu venteux et les vagues se fracassent sur le rivage caillouteux. Je retiens mes cheveux qui volent au vent, j'enlève mes sandales et je gagne le lac. L'eau est glaciale sur mes pieds nus.

Je prends une profonde inspiration. L'air est humide et je sens le lac, les algues et une vague odeur de barbecue. Mon estomac se met à gronder. Est-ce que j'ai déjeuné ? Je ne m'en souviens plus. Mais ça sent vraiment très bon.

– Bonjour, fait une voix derrière moi. Madame Lewiston ?

Je pivote et me retrouve face à une femme robuste, entre deux âges, portant chapeau et lunettes de soleil et qui me fait un signe de la main. Elle tient des clés. Je remonte la plage dans sa direction, bien décidée à lui demander s'il y a un barbecue au cottage. Je n'en ai jamais utilisé, mais je suis certaine d'y parvenir grâce à un peu d'aide de la part de Google. De toute façon, il est temps pour moi de sortir de ma zone de confort.

Sans lancer quoi que ce soit.

***

La gérante, Ann, me donne la clé et me fait visiter le cottage. Le tour est rapide. Une chambre et une salle de bains sur l'arrière, un grand salon et une cuisine sur un côté et des baies vitrées qui donnent sur le lac. Mais le chalet est propre et lumineux, refait à neuf et décoré dans un style balnéaire : on pourrait presque être à Cape Cod. Je m'y sens comme chez moi. Après avoir défait ma valise, je gagne le petit supermarché que j'ai aperçu en traversant la ville afin de faire quelques courses. Il y a bien un barbecue sur la terrasse du cottage, mais Ann a avoué n'avoir aucune idée de l'endroit où se trouvent les instructions pour le mettre en route.

– C'est un barbecue standard, précise-t-elle comme si ça m'éclairait d'une quelconque manière. Il doit même y avoir du charbon et du liquide d'allumage dans le placard.

Du liquide d'allumage ? Seigneur, pour cuisiner ? Ça a l'air super dangereux. Je la remercie et lui promets de chercher, tout en me jurant de m'en tenir à la cuisine où je me contente d'appuyer sur les boutons du micro-ondes, de faire bouillir de l'eau, d'étaler du beurre de cacahuètes et de la gelée sur une tartine.

Je prépare la salade de poulet que j'ai trouvée en ville mais je fais quand même cuire des haricots verts que j'ai achetés sur un coup de tête parce que le panneau affirmait qu'ils étaient du coin, et ils se révèlent délicieux. Idem pour la pêche que je mange en dessert avec un peu de glace à la vanille. Je me demande si les légumes et les fruits, ou même le poulet, viennent de la ferme des frères Valentini, et je me dis soudain qu'il est étrange que je ne me sois jamais demandé d'où venait la nourriture que je trouve dans mon assiette.

D'un autre côté, ça fait partie du défi, non ? Pousser des gens dans mon genre à se questionner sur la provenance de la nourriture ? Et les convaincre que c'est important ?

J'y pense en dînant, puis je compulse le dossier pour en apprendre le plus possible sur la ferme et la famille qui la possède. Je prends aussi connaissance des infos que Jaime m'a transférées par mail et je lance des recherches sur des termes comme « certifié bio » et « agriculture durable », puis je tape sur Google « ferme des frères Valentini ».

Et là, je constate tout de suite que ça ne va pas être simple.

Ils ne sont pas présents sur les réseaux sociaux et leur site a vraiment besoin d'être mis à jour, voire entièrement refait. Il est désordonné et démodé, son ergonomie est une catastrophe et son contenu n'est guère engageant. Il n'a aucune personnalité.

En revanche, il contient une photo de famille.

Je l'agrandis et tente de deviner qui est qui. Le frère aîné a le front qui se dégarnit déjà, mais il est grand et beau et a l'air relativement en forme malgré sa petite brioche. Sa main est posée sur l'épaule d'une fillette aux dents de devant écartées qui semble avoir sept ou huit ans. À côté d'elle se tient un couple que je devine être celui que Quinn a rencontré au marché, Pete et Georgia. C'est le plus petit des trois frères, mais il a un sourire adorable et d'épais cheveux bruns. Sa femme, la seule blonde de la photo, a un teint de porcelaine ; elle est mince et légèrement plus grande que lui. Elle a les deux mains posées sur son ventre énorme de femme enceinte et je me demande quel âge a le bébé à présent. Tout au bout se trouve le troisième frère, le seul membre de la famille qui ne sourit pas. Je zoome davantage.

Bon sang. Je pourrais peut-être monter un cow-boy, après tout.

Il est grand, avec un torse musclé et une taille fine. Il porte un jean moulant et du fait de sa position – on a l'impression qu'il essaie de fuir l'objectif –, j'aperçois la rondeur de ses fesses. Les manches de sa chemise à carreaux sont relevées, dévoilant des avant-bras musclés. Il a les mêmes cheveux épais que son jeune frère, mais il les porte un peu plus longs, il est mal rasé et la ligne de sa mâchoire lui donne un air têtu. Deux rides verticales forment un creux entre ses sourcils. (Muffy dirait qu'il a besoin d'un « traitement esthétique », ce qui est un mot de passe pour désigner tous les produits hors de prix que son dermato lui injecte dans le visage tous les deux mois.)

Est-il aussi maussade qu'il en a l'air, ou la photo l'a-t-elle surpris à un mauvais moment ? Peut-être qu'il avait le soleil dans les yeux ou un truc du genre.

Je m’endors en écoutant le bruit des vagues, l’image de ses fesses toujours à l’esprit, et je rêve que je cueille des pêches mûres à souhait dans lesquelles je croque avec une délectation féroce.

CHAPITRE 5

JACK

– Attends une minute. Qu'est-ce que tu viens de dire ?

Mon frère et moi sommes assis à la table de la cuisine de Pete et Georgia : nous sommes en train de faire les comptes et Pete vient de parler d'un budget marketing.

– Pourquoi diable avons-nous besoin d'un budget marketing ?

– Eh bien, la consultante en relations publiques arrive demain et je suis certain qu'elle s'attend à être payée pour le temps qu'elle va passer ici, répond Brad.

Je les dévisage tous les deux.

– Quelle consultante ?

– Celle que nous avons engagée la semaine dernière pour nous aider à faire de la pub, répond Pete. Et pourrais-tu parler moins fort, s'il te plaît ? Cooper a fini par s'endormir.

– Je ne sais pas de quoi tu parles, je rétorque sèchement tout en essayant de baisser d'un ton.

Mon neveu d'un an, Cooper, a beaucoup de mal à s'endormir quand sa mère travaille. Je l'adore et je compatis.

– Je n'ai jamais accepté d'engager une connasse de consultante.

– C'est vrai, répond Brad sur un ton calme qui me rend furieux. Mais la majorité l'a emporté puisque nous dirigeons cette entreprise tous les trois, nous avons tous notre mot à dire.

– Et donc vous n'avez pas jugé bon de m'annoncer que vous le faisiez ?

Je me suis mis à crier de nouveau mais je ne peux pas m'en empêcher. Je déteste quand on me balance des choses comme ça.

– Dois-je te rappeler que c'est toi qui as quitté la pièce en claquant la porte après avoir été débouté ? répond Pete. On s'est assis à cette même table et on a discuté pendant un moment. Et on a décidé que ça valait le coup de dépenser un peu d'argent pour embaucher quelqu'un afin de nous aider à nous faire de la pub.

Je croise les bras.

– On n'en a pas les moyens.

– Mais on n'a pas les moyens non plus de ne rien faire, rétorque Brad. Papa était un bon fermier ; il avait des idées en avance sur son temps, mais c'était un piètre homme d'affaires et il nous a légué beaucoup de dettes. Et il a fallu racheter la part de maman quand elle a déménagé en Floride.

– Tu me prends pour quoi ? Un abruti ?

– Nous avons aussi des familles et nos propres factures à payer.

Ils ont des familles. Pas moi, et le fait qu'il me le rappelle me fait mal.

– Dis donc, ce n'est pas mon problème si tu as une ex-femme à qui tu dois verser une pension alimentaire. Tu aurais peut-être dû y penser avant de la tromper.

– Hé ! intervient Pete. Ne te comporte pas comme un con. On fait des super trucs ici, Jack, mais l'agriculture bio n'est pas donnée. Et à quoi serviront nos principes et notre travail si on ne parvient pas à survivre ?

– Et la compétition est beaucoup plus féroce à présent, renchérit Brad. Le marché est saturé. Nous devons faire tout ce que nous pouvons pour nous démarquer.

Je me rencogne dans mon siège, sourcils froncés. Je n'ai pas besoin qu'on me rappelle tout ça : la compétition, la saturation du marché, l'endettement, les hypothèques et tout ce qui figure sur la liste des Raisons Pour Lesquelles Les Fermiers Sont La Profession Qui Se Suicide Le Plus.

Pete pose la main sur sa poitrine.

– Écoute. Je suis un cuisinier, pas un homme d'affaires, Jack. Toi, tu es un ancien militaire, un agriculteur-né, et tu es très investi. Mais si nous voulons que cet endroit nous permette de vivre, il faut que nous commencions à penser en termes d'entreprise. (Son ton s'adoucit.) Je sais que ça a toujours été ton rêve et celui de Steph. Mais c'est plus que ça aujourd'hui, Jack. C'est une réalité. Pour nous tous. Et si tu veux garder la ferme, il va falloir que tu investisses.

– On te connaît, renchérit Brad. On sait très bien que tu préfères rester dans ton coin et faire les choses tout seul et à ta façon. Jusqu'à présent, on t'a laissé prendre toutes les décisions importantes et on t'a soutenu, même quand on savait que ça allait nous coûter cher. Tu sais très bien que j'étais disposé à vendre la ferme à ce producteur de soja. Je n'ai jamais voulu être agriculteur.

– Moi non plus, dit Pete. J'ai bien vu de quelle manière papa et maman se débattaient année après année et j'ai toujours voulu quelque chose de plus stable pour ma famille. Mais toi, tu avais une vision et elle était bonne. Et cela a suffi pour me convaincre de me réinstaller à la ferme et de t'aider. Et nous avons une histoire ici. Nous voulons que l'affaire prospère. Mais nous n'y arriverons pas si personne ne sait qu'elle existe.

Cooper se met soudain à pleurer dans le baby-phone posé sur le comptoir et Pete soupire.

– Eh merde.

Il fait mine de se lever mais je le prends de vitesse.

– C'est ma faute. Laisse-moi y aller.

Je suis soulagé d'avoir une excuse pour interrompre la discussion. J'éteins le baby-phone et je me dirige vers la chambre de Cooper. Dès que je le vois, ma mauvaise humeur disparaît et je le prends dans mes bras.

– Salut, mon pote.

Il continue à pleurer tandis que je me penche sur son berceau pour attraper le petit doudou que je lui ai offert quand il est né. C'est un carré bleu pâle d'environ trente centimètres de côté avec une tête de lapin. « Lapin » est l'un des rares mots que Cooper connaît et il ne se promène jamais sans son doudou.

J'étale le tissu sur mon épaule et Cooper se blottit contre lui, le pouce dans la bouche et se calme. Je m'installe sur le rocking-chair, son petit corps tiède contre moi, et je lui frotte le dos en fredonnant doucement. Il est un petit peu agité au départ, mais après quelques minutes, je le sens se détendre et son souffle se fait plus lent et plus profond. Je pose un baiser sur ses boucles châtain et inhale le parfum sucré du shampooing pour bébé, déchiré entre la joie d'être oncle et la tristesse infinie de ne pas être père.

J'ai toujours été proche du mien et sa mort m'a totalement dévasté.

Elle est survenue brutalement, à peine six mois après mon retour au pays. J'étais dans un sale état à ce moment-là, je bataillais encore pour digérer les choses que j'avais vues et faites lors de mes déploiements en Irak et en Afghanistan. J'essayais toujours de retrouver ma place à la maison tout en ne rêvant que de m'isoler. J'étais tellement sur les nerfs que chaque fois que je voyais un sac plastique sur la route, je paniquais. Je buvais trop, je perdais les pédales trop vite et je me débattais contre des cauchemars récurrents et une angoisse permanente. Et, au milieu de tout ça, mon père a fait un infarctus.

Je me suis senti impuissant. J'ai eu envie de baisser les bras. C'est Steph qui m'a éloigné du précipice. Je ne sais pas pourquoi : j'étais complètement perturbé et je ne m'étais jamais bien comporté avec elle quand elle était jeune. Elle, en revanche, avait toujours été là pour moi ; elle était amoureuse de moi depuis qu'elle avait six ans et elle refusait de laisser tomber juste parce que je n'étais plus moi-même.

– Il est hors de question que je te permette de te foutre en l'air, Jack Valentini, a-t-elle dit de son ton le plus ferme, du haut de son mètre cinquante-sept. Tu avais promis que tu reviendrais et tu l'as fait. Je t'avais juré de t'attendre et je suis là. Reste avec moi, a-t-elle ajouté sur un ton radouci.

Avec son soutien, j'ai consulté un médecin pour mes problèmes d'insomnie, un psy pour mon syndrome post-traumatique et j'ai arrêté de boire. J'ai réfléchi à ce que j'ingérais et j'ai lu des bouquins sur les bienfaits de la production bio, à la fois pour la manger et pour la faire pousser. Je me suis souvenu des convictions de mon père à propos de l'agriculture responsable et j'ai fait des recherches sur la façon d'adapter l'agriculture durable à une petite échelle. Ça m'a donné un but. C'était comme une façon d'honorer la mémoire de mon père et je ressentais un lien avec la nature que je n'avais jamais pu établir avec les gens.

Ça m'a pris du temps, mais je me suis finalement senti mieux. Je n'ai pas guéri. J'étais juste mieux. Et Steph ne m'a jamais quitté.

Nous nous sommes mariés l'année suivante.

Nous avons travaillé comme des brutes sur la ferme avec un plan pour racheter les parts de mes frères dans les cinq années suivantes.

Moins de deux ans plus tard, elle était morte.

Tu me manques tellement, Steph. Tu devrais être là avec moi. Je me suis toujours senti mieux quand tu étais à mes côtés.

Et voilà que je me retrouve coincé avec une étrangère qui va me dire quoi faire, qui va se mêler de ce qui ne la regarde pas et qui va vouloir changer les choses afin que nous puissions nous « démarquer ». Elle va certainement vouloir faire de la publicité et me demander de participer. Mais moi, je ne veux pas me démarquer. Je veux juste faire mon travail et mener une vie tranquille. Et puis, ce n'est pas comme si nous étions pauvres. On n'est pas riches non plus, mais on se débrouille. Mieux que nos propres parents. Je me lève et je recouche avec précaution Cooper dans son berceau. Je pose un baiser sur le bout de mes doigts avant de caresser son front une dernière fois et de me glisser hors de la chambre.

– Il dort ? me demande Pete, plein d'espoir, quand je pénètre dans la cuisine.

– Oui.

Je rallume le baby-phone.

– Merci. Tu t'y prends comme un chef avec lui.

Je hausse les épaules, même si en secret je suis ravi d'être aussi compétent avec cet enfant. Je suis complètement nul avec les adultes de la famille. Qu'est-ce que ça révèle de moi ?

– As-tu réfléchi à ce qu›on t'a dit ? demande Brad.

Je reste debout, les mains dans les poches.

– Je ne pense pas que ce soit nécessaire et je suis sûr que c'est cher. Et puis, qu'est-ce qu'une citadine comprend à la ferme ?

– Peut-être rien, admet Pete. On verra bien. Elle sera là demain à 13 heures pour un déjeuner de travail. Tu viens ?

Je fronce les sourcils. Je ne veux pas aller à cette réunion parce que ça voudrait dire que je cède, mais si je n'y vais pas, je n'aurai pas mon mot à dire et je ne saurai pas ce qu'ils ont décidé ni combien ils la payent. Quel est le pire ?

Je prendrai ma décision demain, mais je ne veux pas montrer de défaut dans ma cuirasse.

– Je m'en fous. Débrouillez-vous avec elle.

Je me dirige d'un pas vif vers la porte de la cuisine qui donne sur l'extérieur, mais je ne la claque pas pour ne pas réveiller Cooper.

Le soleil est en train de se coucher derrière les arbres tandis que je traverse le jardin. J'habite dans un vieux chalet de chasse blotti au milieu de la forêt et cela me convient parfaitement. Il faisait déjà partie de la propriété quand mes grands-parents ont acheté ce terrain, et mes parents y ont vécu au tout début de leur mariage ; après ça, ils l'ont utilisé comme maison d'invités. Quand je suis rentré, son intimité et sa simplicité m'ont plu et j'ai demandé si je pouvais l'occuper en payant un loyer. J'ai fait quelques améliorations structurelles et quand Steph a emménagé, elle a passé tout son temps libre à le rendre magnifique. Elle l'a repeint, elle l'a décoré avec des coussins et des photos encadrées. Elle disait que c'était notre petit endroit secret loin du monde. Elle ne voulait pas se cacher, cela dit, elle était sociable, mais elle savait que moi j'en avais besoin et ça lui allait très bien. Contrairement au reste de la famille, elle n'a jamais essayé de faire de moi quelqu'un que je ne suis pas.

Quand je rentre chez moi, le chat de Steph saute du rebord de la fenêtre et s'enroule autour de mes pieds.

– Salut, Bridget. Tu es contente de me voir… ?

Dès que je m'agenouille pour la caresser, je sens ma colère refluer. J'ai toujours été un homme à chien mais Steph y était allergique. Quand elle a rapporté un chaton chez nous quelques mois après notre mariage, j'ai protesté mais j'ai fini par l'aimer. Lorsque je fais des cauchemars, elle saute sur le lit et s'étale sur moi en ronronnant doucement. Elle me rappelle Steph : durant ces longues nuits difficiles, elle murmurait au creux de mon oreille tout en me frottant le dos.

Une fois que Bridget a eu son content d'attention, elle se dirige vers la cuisine d'un pas tranquille et je cherche quelque chose à faire, une tâche qui m'empêche d'aller me coucher. Mais je ne trouve rien. Je fais toujours la vaisselle après avoir mangé et je ne laisse jamais la lessive s'entasser. J'ai nettoyé la salle de bains deux jours plus tôt et passé la serpillière dans la cuisine pendant le week-end. Les étagères sont bien rangées, il n'y a aucune poussière sur les meubles et les vitres sont propres. Georgia est toujours stupéfaite de la façon dont je tiens mon intérieur.

– Tu pourrais donner des leçons à ton frère, a-t-elle l'habitude de dire. C'est un vrai cochon.

Il n'y a qu'une seule tâche que je refuse d'accomplir : vider le placard de Steph. Georgia a proposé de le faire. La sœur de Steph, Suzanne, aussi. Même ma mère a dit qu'elle serait ravie de venir m'aider depuis la Floride si je voulais que quelqu'un d'autre s'en charge.

Mais j'ai toujours refusé. Pour quoi faire ? Pour qu'il me soit plus facile de vivre tout seul sans elle ? Je ne veux pas que ce soit plus facile. Et si ma famille n'est pas capable de le comprendre, qu'elle aille se faire foutre. C'est ma souffrance. Je l'ai gagnée.

Et je veille jalousement sur elle.

CHAPITRE 6

MARGOT

Je frappe sur la moustiquaire de la porte de la ferme pittoresque de Pete et Georgia Valentini à 13 heures. Je patiente sur la véranda tout en examinant les alentours. La maison se dresse à environ cinq cents mètres de la grand-route à l'ouest, mais à l'est, sa façade domine le lac. Je suis venue en voiture, mais j'aurais pu facilement me rendre chez eux à pied. La maison elle-même est vieille mais bien entretenue ; elle a été récemment repeinte en blanc et des jardinières de fleurs sont suspendues sous la véranda. Des fauteuils confortables sont disposés de part et d'autre de l'entrée.

À gauche de la maison, j'aperçois des bouleaux, une balançoire et des jouets éparpillés sur la pelouse. Une immense grange rouge s'élève juste derrière les arbres, devant une autre bâtisse, blanche cette fois-ci. Sur la droite, je vois un garage bordé par une rangée de petits arbres. Des pommiers peut-être ?

Je distingue au-delà un petit sentier derrière lequel se dresse une vieille bâtisse victorienne qui m'a l'air abandonnée si j'en crois la peinture écaillée et le jardin en friches.

Je suis sur le point de frapper de nouveau quand la femme blonde que j'ai vue sur la photo ouvre la porte, un petit garçon potelé sur la hanche. Ses cheveux sont beaucoup plus courts, ils effleurent son menton et elle est bien plus mince que sur le cliché.

– Bonjour. Georgia ?

Elle m'adresse un grand sourire.

– Je suppose que vous êtes Margot. Entrez.

Je pénètre dans l'entrée et lui tends la main.

– Margot Lewiston.

Elle me serre fermement la main, puis ferme la porte et fait passer son fils d'une hanche à l'autre.

– Georgia Valentini. Voici Cooper. Je vais le coucher pour la sieste.

Je souris au petit garçon dodu.

– Fais de beaux rêves, Cooper.

– Allez donc à la cuisine, me dit Georgia en faisant un geste en direction du couloir. Pete est en train de préparer le déjeuner. Vous avez mangé ?

– Non. J'ai même sauté le petit déjeuner.

– Parfait. Je vous rejoins dans cinq minutes.

Elle grimpe l'escalier derrière elle et je me dirige vers la cuisine, où je trouve Pete en train de s'affairer derrière le plan de travail. Il porte un tablier et découpe des tomates avec une rapidité alarmante.

– Bonjour, lui dis-je en souriant quand il lève les yeux vers moi. Je suis Margot. Votre femme m'a dit de venir ici.

– Elle a bien fait. Bienvenue.

Il pose le couteau, s'essuie les mains sur un torchon et fait le tour du plan de travail pour me serrer la main.

– Pete Valentini. Je suis ravi de faire votre connaissance. Asseyez-vous.

– Merci.

Je m'installe sur l'un des tabourets devant le comptoir et je jette un regard autour de moi.

– Cette cuisine est très grande. Elle faisait partie de la maison originelle ?

Pete secoue la tête et reporte son attention sur son plat de légumes.

– Non. Mes parents l'ont ajoutée il y a vingt ans. Et comme vous pouvez vous en rendre compte, personne n'y a touché depuis.

Je me mets à rire.

– Ce n'est pas si terrible.

La déco est certes un peu datée, mais je suis habituée aux maisons où tout reste longtemps à l'identique.

– La maison date de quand ?

– Elle a environ cent ans. Ça a été, le trajet ?

– Oui. J'ai mis moins de deux heures.

– Vous logez à proximité ?

– Juste de l'autre côté de la rue, à quelques centaines de mètres du lac. J'ai eu de la chance.

Quelqu'un avait loué le cottage pour tout le mois d'août mais a annulé à la dernière minute.

– Vous êtes effectivement très chanceuse. C'est la haute saison, en ce moment.

J'admire la façon dont il se déplace dans la cuisine.

– J'ai cru comprendre que Georgia et vous étiez cuisiniers ?

– Nous l'étions quand nous nous sommes rencontrés à New York. Georgia dirige un restaurant en ville à présent, et je n'y cuisine que deux jours par semaine à cause du travail à la ferme. Je m'occupe aussi de Cooper. Quand nous avons déménagé ici il y a trois ans, nous espérions ouvrir un restaurant de ferme, mais… (Il soupire au moment où sa femme pénètre dans la cuisine.) Nous n'en sommes pas encore là.

– Mais on va y arriver, chéri. Une chose à la fois.

J'aime la façon dont elle lui sourit ; elle lui dit plus que des mots.

Pendant que Georgia dresse le couvert, nous discutons un peu de la région, des boutiques et des restaurants qu'ils me recommandent, et de la façon dont ils ont rencontré Quinn. Le frère aîné, Brad, nous rejoint rapidement. Il se montre aimable mais je le trouve plus formel que son jeune frère et sa belle-sœur. Il porte un costume, contrairement à eux qui sont en jeans et en T-shirt. Je jette des coups d'œil furtifs vers la porte de derrière en me demandant quand le troisième frère va faire son apparition, mais lorsque Pete suggère que nous passions à table, il ne s'est toujours pas montré.

– On n'attend pas Jack ? demande Georgia en jetant un regard par la fenêtre qui donne sur le jardin.

Pete et Brad échangent un regard et ne répondent pas tout de suite.

– Je ne suis pas sûr qu'il vienne, finit par dire Pete.

– Et j'ai des présentations à faire cet après-midi, je n'ai pas beaucoup de temps devant moi, fait Brad en enlevant sa veste et en la suspendant au dossier de sa chaise avant de s'asseoir.

– Oh. D'accord.

Georgia a l'air légèrement abattu pendant une seconde, puis elle me désigne une chaise et remplit quatre assiettes avec des parts de quiche, du bacon et des légumes frais.

– Tout vient de la ferme, explique-t-elle fièrement. Les œufs ont été pondus par nos poules, le bacon vient de nos cochons et les légumes des jardins.

– Waouh.

Je souris tout en dépliant la serviette que je pose sur mes genoux.

– C'est très…

Bam !

Le bruit que fait la porte de la cuisine en se refermant brutalement me fait sursauter. Je lève les yeux et le voilà. Jack Valentini. Il paraît encore plus grand et plus imposant que sur la photo du site. Peut-être parce que je suis assise. Ou à cause du T-shirt trempé de sueur, sur lequel est écrit en majuscules

ARMÉE (est-ce un vétéran ?), qui moule sa taille étroite, son torse musclé et ses biceps développés. Ou encore à cause de sa façon de se tenir : pieds écartés, torse en avant, poings serrés. On pourrait presque croire qu'il est venu là pour se battre.

Et à la façon dont il me dévisage, je devine qui est son adversaire. Si j'avais su, j'aurais apporté un plateau de scones avec moi.

– Jack, je suis contente que tu aies pu te joindre à nous, constate Georgia, ravie. Assieds-toi, je te sers une assiette.

– Je ne reste pas.

– Tu pourrais au moins saluer Margot Lewiston.

Pete fait de son mieux pour avoir l'air décontracté, mais je sens la tension qui l'anime.

– C'est la consultante dont nous avons parlé ensemble hier soir.

– J'avais deviné.

Jack me regarde fixement et croise les bras sans me saluer. Son expression est en partie dissimulée par le rebord de sa casquette noire, mais sa mâchoire serrée est parfaitement visible.

Est-ce un vrai connard ou est-il juste de mauvaise humeur ? Quoi qu'il en soit, c'est un client. Je me lève, je mets mon charme en action et j'agite la main.

– Je suis ravie de vous rencontrer. Il me tarde de travailler avec votre famille. Votre ferme est magnifique.

– J'étais justement en train d'expliquer à Margot que tout ce qu'elle va manger a poussé ou a été élevé ici, intervient Georgia dans un effort louable pour le faire participer à la conversation.

Je lui adresse un sourire.

– C'est très impressionnant. Hier soir, pendant que je dînais, il m'est soudain venu à l'idée que je ne m'étais jamais demandé d'où provenait ma nourriture, que ce soit au restaurant ou au supermarché.

– Vous n'êtes pas la seule, répond Pete en nous versant du vin. Mais je pense que si les gens étaient au courant des dangers de l'agriculture intensive pour les humains, pour les animaux et pour l'environnement, ils seraient plus attentifs à ce genre de choses.

– Et ils feraient attention à ce qu'ils font manger à leurs enfants, ajoute Georgia tout en s'installant à côté de moi. Jack m'a beaucoup appris sur les effets néfastes des pesticides, des antibiotiques et des additifs.

Un pleurnichement plaintif s'élève du baby-phone posé sur le comptoir, attirant l'attention de tout le monde. Georgia soupire et se relève.

– Je savais que c'était trop beau pour être vrai quand il n'a pas protesté. Je reviens.

– Je m'en charge.

Jack éteint le baby-phone et s'éloigne en direction des pleurs de l'enfant. Quand il passe devant moi, nos regards se croisent. Il détourne immédiatement les yeux, mais j'ai le temps de constater qu'il est très beau ; ou du moins qu'il le serait s'il avait l'air plus aimable. J'en ai le souffle coupé et il me faut un instant pour me ressaisir.

– Je ne vais pas t'en empêcher, dit Georgia en se rasseyant et en s'emparant de sa fourchette. Jack s'occupe très bien de Cooper, surtout quand il s'agit de l'endormir.

– On ne sait pas comment il s'y prend, explique Pete en riant. Je pense qu'il le drogue.

– Oh ça va, fait sa femme. Il est juste gentil et patient. Il lui chante des berceuses.

Il lui chante des berceuses ? J'ai du mal à l'imaginer.

– Est-ce que Jack a des enfants ?

Je lance un coup d'œil en direction de l'escalier. Le fermier beau gosse et taciturne qui a l'air d'avoir des talents cachés éveille ma curiosité.

– Non.

Quelque chose dans le ton attristé de Georgia éveille mon intérêt. Sa réponse a beau être monosyllabique, j'ai l'impression qu'elle dissimule une histoire.

– Allez, mangeons, ordonne Brad, impatient.

Nous nous concentrons sur nos assiettes et quelques minutes plus tard, Jack est de retour. Il traverse la cuisine en direction de la porte de service sans s'arrêter. Il lance cependant un regard dans ma direction et mon cœur se met à battre un petit peu plus vite.

– Pourquoi est-ce que tu ne t'assieds pas avec nous pendant une minute ? demande Georgia.

– Parce que j'ai du travail, rétorque-t-il sèchement, la main sur la poignée de la porte. Apparemment, je suis le seul à bosser aujourd'hui.

– On est en train de travailler, Jack, réplique Brad.

Jack émet un petit bruit à mi-chemin entre le reniflement et le grommellement.

– Je vous ai dit hier que ça ne m'intéressait pas.

Je comprends très bien à sa façon de me regarder que quand il dit « ça », il parle de moi. J'ai l'impression qu'il m'a giflée et je deviens écarlate.

– Barre-toi, répond Brad sur un ton tranchant.

– Avec plaisir.

Jack quitte la pièce sans un mot et lorsque la porte claque derrière lui, Pete soupire.

– Je suis désolé. Jack a… des problèmes.

Je suis toujours déstabilisée, mais j'essaie de me ressaisir.

– J'ai comme l'impression que j'en connais au moins un. Il ne veut pas m'embaucher ?

– Ça n'a rien à voir avec vous, répond Georgia du tac au tac. Jack se montre très protecteur envers la ferme. Il déteste qu'on lui dise ce qu'il doit faire.

– Surtout si les conseils viennent de gens qui ne sont pas d'ici, je parie.

Je comprends très bien sa réticence à mon égard, mais elle n'excuse pas sa rudesse.

Quel dommage qu'il soit aussi beau. C'est du gâchis.

– Jack ne comprend pas que nous dirigeons une ferme ET une entreprise à la fois, explique Brad, agacé. Et qu'une entreprise a besoin de marketing.

– Nous n'avons pas beaucoup d'argent, ajoute Pete, et je lis une véritable inquiétude dans son regard. Mais si vous pensez que vous pouvez nous aider, nous trouverons une façon de vous payer. Jack se contenterait volontiers de travailler la terre, de s'occuper des animaux et de ne jamais parler à personne, mais, décidément Georgia et moi avons d'autres rêves.

– Le restaurant de ferme.

Je lui souris tout en essayant de chasser Jack de mon esprit. C'est la partie de mon job que je préfère : aider les gens à développer leur entreprise et à atteindre leur but. Et je peux aider cette famille, j'en suis certaine. Ou du moins les membres de cette famille qui veulent bien de mon aide.

– Parlez-moi de ce restaurant. Je suis certaine de pouvoir respecter votre budget. Mais avant qu'on en arrive là, j'aimerais en apprendre davantage sur vous, votre famille, l'histoire de cet endroit et vos espoirs pour l'avenir. Cela m'aiderait beaucoup à mettre en place un projet.

Je savoure chaque bouchée du déjeuner tandis qu'ils m'expliquent tous les trois comment ils se sont retrouvés propriétaires de la ferme. Il est clair pour moi que Brad est le moins enthousiaste mais qu'il est prêt à permettre à ses frères de réussir.

Il m'explique qu'il espère qu'à terme, ils pourront lui racheter sa part.

– Au début, on s'était dit que ça pourrait arriver d'ici cinq ans, mais après la mort de Steph, personne n'a voulu embêter Jack avec ça.

Pour la première fois depuis le début du déjeuner, un silence gêné plane sur la table.

– Qui est Steph ?

– La femme de Jack, répond Georgia d'une voix si basse que j'entends le tic-tac de l'horloge résonner dans la pièce. Elle est morte il y a trois ans.

J'en ai le souffle coupé.

– Comment ?

– Elle a été percutée par une voiture. Le chauffeur était ivre.

– Oh mon Dieu ! C'est horrible.

J'éprouve un peu moins d'antipathie pour Jack, du coup.

Brad s'éclaircit la voix.

– Nous avons été très patients avec Jack. Comme vous pouvez vous en rendre compte, il en a vraiment besoin. Ne le prenez pas personnellement s'il est brusque avec vous ou s'il ne vous parle pas. Jack est tout sauf idiot. Il sait que s'il veut garder cette ferme, il va devoir accepter de l'aide. C'est juste qu'il n'en a pas envie.

J'acquiesce en espérant être à la hauteur de ce défi. J'ai envie de leur prouver que je peux le faire.

– Je vais faire de mon mieux. J'ai quelques questions à vous poser et quelques notes à prendre.

Georgia se lève pour débarrasser la table pendant que je sors mon bloc-notes de mon sac à main.

– Je finis de ranger et je me joins à vous.

– Très bien, dis-je. Merci beaucoup pour le déjeuner. C'était délicieux et j'ai adoré tout ce que vous avez raconté sur la ferme. Je suis très excitée à l'idée de commencer, dis-je en ôtant le capuchon de mon stylo. Discutons un peu de votre marque.

– Quelle marque ? demande Pete, surpris.

– Exactement, réponds-je en souriant.

***

Un peu plus tard, Georgia me raccompagne à ma voiture.

– Merci d'être venue jusqu'ici. Nous vous sommes très reconnaissants.

– Mais avec plaisir. L'endroit est magnifique. Il me tarde de le visiter et d'en apprendre davantage sur tout ça. Serait-il possible de visiter l'ensemble de la ferme ?

– Bien sûr. Pete peut s'en charger demain, dit-elle en fronçant les sourcils. Ce serait encore mieux que Jack le fasse, mais… il peut se montrer très difficile.

– Pas de problème.

Je ne veux absolument pas créer d'ennui avec le cadet des frères Valentini. Ma présence l'insupporte ; je suis certaine qu'il n'a pas envie de perdre du temps à me faire faire le tour du propriétaire.

Georgia secoue la tête.

– Si, c'est un problème. Je suis vraiment navrée qu'il se soit mal comporté avec vous aujourd'hui. C'est un type super, mais il le cache bien. Ces dernières années ont été très difficiles pour lui.

Comme nous sommes entre femmes et que je suis curieuse, je décide de lui poser quelques questions.

– J'ai remarqué qu'il portait un T-shirt de l'armée. Il est soldat ?

– Il l'a été, répond-elle en repoussant une mèche de cheveux blonds derrière son oreille. Il a été démobilisé il y a six ans. Mais il a servi en Irak et en Afghanistan et quand il est rentré, il… (Elle cherche ses mots.) Disons que le retour à la réalité a été très difficile.

– Comment ça ?

– Il est en proie à des angoisses. Mon père aussi était soldat, il a fait le Vietnam quand il était très jeune. Ça l'a poursuivi toute sa vie. Parfois, Jack me rappelle mon père. (Sa voix se fait songeuse.) Cyclothymique, renfermé, perpétuellement sur la défensive. Ils ont du mal à communiquer avec les autres. Et ils refoulent très profondément leurs sentiments. Mon père pouvait au moins compter sur ma mère, mais Jack n'a personne et ses frères se montrent parfois durs avec lui. Ils ne le comprennent pas. J'essaie de faire en sorte d'être celle à qui il peut se confier.

Mon cœur se serre.

– Quelle tristesse qu'il ait perdu sa femme.

– Il a été dévasté. Ils étaient très amoureux l'un de l'autre. Mais quoi qu'il en soit, poursuit-elle en agitant la main, ça ne lui donne pas le droit d'être désagréable avec vous.

– Non, mais je comprends mieux pourquoi. Merci de me l'avoir raconté. Je n'en dirai rien à personne.

– Merci, répond-elle en souriant.

Nous nous saluons et je lui précise que je la rappellerai le lendemain.

Tout en parcourant la faible distance qui me sépare du cottage, je réfléchis à notre conversation. Ils étaient très amoureux l'un de l'autre. Qu'est-ce que ça peut bien faire ? Tripp et moi sommes restés ensemble pendant trois ans mais je n'ai jamais eu l'impression d'être très amoureuse de lui, et je pense qu'il en était de même pour lui. « Très amoureux », voilà qui sonne comme quelque chose de passionné. Et visible pour les autres. *Peut-être qu'ils ne pouvaient pas s'empêcher de se toucher.*

Pendant un instant, je me demande comment est Jack au lit. Brutal ou tendre ? Égoïste ou généreux ? Rapide ou lent ? Ce corps dur et musclé… à quoi ressemble-t-il nu ? Qu'est-ce que je ressentirais s'il pesait de tout son poids sur moi ? Est-ce qu'il embrasse bien ? Est-ce qu'il utilise ses mains ? Est-ce qu'il en a une grosse ?

Mon estomac fait un looping et je me rends soudain compte que mon esprit a dévié : je pensais à Jack et à sa femme et voilà que j'imagine Jack avec moi. C'est quoi mon problème ? Il ne m'a même pas souri ! En réalité, il s'est même montré extrêmement mal élevé ! C'est sympa d'avoir des muscles, mais c'est encore mieux d'avoir de bonnes manières, et Jack en manque cruellement.

Cependant, ce que Georgia m'a raconté sur son compte me laisse penser qu'il vaut mieux que ses fanfaronnades grossières.

Quelqu'un qui est capable d'aimer passionnément a forcément un grand cœur, même s'il est caché sous d'épineuses couches de chagrin et d'amertume.

Je vais lui donner une seconde chance.

CHAPITRE 7

JACK

Je me tiens à l'écart de la maison tout l'après-midi, même si ça me rend dingue de penser qu'ils sont en train de parler de *ma* ferme et de faire des plans qui vont affecter son bien-être. Des plans qui vont m'affecter, moi. Évidemment, juridiquement parlant, je ne possède qu'un tiers de la ferme, mais mes frères n'y ont pas investi leur cœur et leur âme, contrairement à moi. Pete n'en a que pour son restaurant, et Brad serait ravi de diviser la terre et de la vendre.

Alors vas-y et défends-toi. Refuse.

Mais je ne peux pas faire ça. Je suis tout seul contre deux et je sais que je perdrais.

Et voilà maintenant qu'ils ont cette putain de Barbie de leur côté. Comment peuvent-ils croire un seul instant que cette femme connaît quoi que ce soit à l'agriculture ? Je suis persuadé qu'elle ne sait pas faire la différence entre un chien et un loup. Je devrais peut-être lui demander.

À cette idée, je souris. Je sors de l'écurie après être passé voir l'un des plus vieux chevaux qui supporte plus difficilement la chaleur que les autres. *Tu as déjà vu le loup, Barbie ?*

Je ricane en imaginant l'expression sur son visage. Je suis sûr qu'elle rougirait en écarquillant les yeux. Elle a de beaux yeux, je dois bien le reconnaître. Grands et bleus. Et un joli sourire.

Mais elle n'est pas mon genre. J'aime les femmes naturelles et pragmatiques. Celles qui ne se maquillent pas. Steph passait son temps en jeans et en bottes, et le soleil faisait ressortir ses taches de rousseur. Je ne suis même pas certain qu'elle ait jamais possédé un sèche-cheveux. Sa longue chevelure n'a jamais séché qu'à l'air libre.

Barbie portait un tailleur et certainement des talons hauts. La couleur de sa peau me laisse penser qu'elle ne voit jamais le soleil et ses lèvres étaient artificiellement roses. Elle a de jolis cheveux, cela dit. Lisses, brillants et dorés. Je me demande quel effet ça ferait de les caresser, de les enrouler autour de mon poignet et de les sentir effleurer mon torse nu.

Quand mon sexe répond à la question en frémissant, je m'oblige à la chasser de mes pensées et à passer à la tâche suivante.

Cette femme ne m'intéresse pas.

***

Vers 17 heures, Pete pénètre dans la petite serre que j'ai construite avec notre père et où je suis en train de préparer des graines de chou kale à planter. Il faut que je fasse tourner les plates-bandes ce week-end.

– Tu veux de l'aide ?

– J'ai presque terminé. Mais si tu as le temps, je veux bien que tu m'aides à réparer la clôture sur le côté ouest.

– Pas de problème.

On s'installe dans le 4x4 et on roule en silence. Je meurs d'envie de savoir ce qu'ils se sont dit pendant le déjeuner, mais je suis trop têtu pour demander et je pense que Pete est en train d'essayer de trouver un moyen d'évoquer le sujet sans me rendre furieux. Je cède le premier.

– Comment ça s'est passé avec Barbie marketing ?

Pete pousse un soupir.

– Elle est très sympa, Jack. Et intelligente. Je pense qu'elle va nous être d'une grande aide.

– Et ça va nous coûter combien ? Tu as vu sa bagnole ? Une Mercedes classique parfaitement conservée. Tu sais combien ça vaut, une voiture pareille ?

– Non.

– Moi non plus. Je suis prêt à parier que ça coûte une blinde.

– Tu sais, tu n'es pas obligé de te comporter ainsi. Personne ne conspire contre toi ni ne veut te voler quoi que ce soit.

– De toute façon, que veux-tu qu'on me vole ? Comme tu l'as dit toi-même, je ne possède pas cette ferme, je ne possède pas ma maison, je ne possède même pas une famille.

Je lui renvoie ses propres mots tout en immobilisant le véhicule devant la partie de la clôture qui a besoin d'être réparée.

Pete me dévisage un instant avant de secouer la tête.

– Je refuse de me disputer avec toi. Et j'arrête d'essayer de t'impliquer dans le projet. Si tu veux savoir quelles sont ses idées, tu n'as qu'à lui demander.

– Je m'en fous.

Mais c'est un mensonge.

– Très bien, répondit-il en sautant à bas du véhicule. Réparons cette clôture.

***

Je termine mon travail quotidien, je prends une douche et je prépare le dîner. Mais je suis si tendu que je décide d'aller en ville prendre une bière. Je choisis un petit pub, *L'Ancre marine*, et je m'assieds au bout du comptoir en espérant que je ne verrai personne de ma connaissance. Il n'y a rien de pire que d'avoir envie de boire tranquillement une bière en ressassant tout le mal que l'on pense de soi et d'être constamment interrompu par des gens qui ont envie de bavarder. Tout le monde me demande comment je vais avec un regard compatissant, mais en réalité, personne ne veut entendre la vérité. Ils veulent que je réponde que je vais très bien, puis retourner à leurs commérages ou mieux encore : en trouver de nouveaux à répandre.

On est vendredi soir, et l'endroit est bondé. Heureusement, les deux derniers tabourets au bout du bar sont libres, juste en face du téléviseur qui retransmet un match de base-ball. Je sirote ma bière en faisant semblant de m'intéresser au sort des Tigers afin que personne ne vienne s'installer à côté de moi. Mon plan fonctionne pendant environ dix minutes.

– Excusez-moi. Vous êtes bien Jack Valentini ?

Je jette un coup d'œil par-dessus mon épaule. C'est elle. De près, elle est encore plus jolie que je ne le pensais et ça n'améliore pas mon humeur.

– Ouais.

Elle m'adresse un sourire qui révèle de petites dents blanches parfaitement alignées entre ses lèvres laquées.

– Il me semblait bien que c'était vous, fait-elle en me tendant la main. Je m'appelle Margot Lewiston. De l'entreprise Shine PR. Nous nous sommes rencontrés tout à l'heure chez Pete et Georgia.

Je n'ai pas envie de la toucher, mais je ne vois pas comment faire autrement. Je serre la main qu'elle me tend. Ses doigts sont pâles et minces et les miens les enserrent facilement. Nos regards se croisent et quelque chose d'étrange se produit dans ma poitrine. Comme un sursaut.

Je dégage ma main. Que s'est-il passé ? Je reporte mon attention sur l'écran du téléviseur : j'espère qu'elle va comprendre l'allusion et me laisser tranquille.

Apparemment, non.

– Est-ce que ce siège est pris ? Je meurs d'envie de boire quelque chose de frais.

Elle s'installe sans attendre ma réponse. Du coin de l'œil, j'aperçois ses jambes qui dépassent d'un short court et ses pieds chaussés de sandales dont les lanières remontent sur ses mollets comme des sarments de vigne. Je m'agite nerveusement sur mon siège tandis que le barman s'approche d'elle en souriant.

– Bonsoir, dit-elle. Qu'avez-vous comme gin ?

Il énumère quelques noms. Rien à son goût.

– Bien. Et vos vins ?

Il lui tend un menu qu'elle parcourt brièvement avant de le faire glisser dans ma direction.

– Des recommandations ? Je vois qu'il y a du vin local. Je devrais en essayer un ?

– Prenez ce qui vous chante.

J'essaie de ne pas la regarder quand elle se penche vers moi. Je sens son parfum : quelque chose de fleuri, estival, sexy et probablement hors de prix. Je retiens mon souffle.

Elle me dévisage un instant avant de se rasseoir. Je pousse un soupir.

– Moi, j'ai quelque chose à vous recommander, intervient le barman, un mec d'une vingtaine d'années qui a l'air de penser qu'il pourra coucher avec elle s'il lui sert le bon Riesling.

– C'est très aimable à vous, répond-elle en lui rendant le menu.

Quelques minutes plus tard, elle déguste un verre de Pinot noir local et je termine rapidement ma bière : je sens qu'il faut que je m'éclipse le plus vite possible. Il y a quelque chose chez cette femme qui me rend nerveux. En fait, ce n'est pas elle qui me rend nerveux, mais ma propre réaction.

– Vous ne voulez pas que je sois là, n'est-ce pas Jack ? me demande-t-elle en me voyant déposer un billet de vingt dollars sur le bar.

– Ça n'a aucun rapport avec vous. J'ai fini ma bière. Je rentre, réponds-je en lui lançant un regard à la dérobée.

– Je ne parlais pas du bar, mais de la ville. De la ferme. Du fait que je travaille pour votre famille, explique-t-elle avec un sourire crispé. C'est évident. Inutile de nier.

Je fronce les sourcils tout en empochant la monnaie après avoir laissé un pourboire.

– Écoutez, ça n'a rien de personnel. Je pense juste que nous n'avons pas besoin de dépenser de l'argent pour nous faire de la publicité. Il y a plein de choses réelles dont nous avons besoin.

– Détrompez-vous, la publicité est un besoin réel. Quel est l'intérêt d'investir dans votre ferme si personne ne sait qu'elle existe ? Si personne ne sait ce que vous cultivez ? Quels animaux vous élevez ? Quels sont les bénéfices d'acheter local à de petites fermes qui pratiquent l'agriculture durable comme la vôtre ? J'ai passé tout l'après-midi à faire des recherches sur vos pratiques, sur les coûts et les bénéfices et sur les dangers de l'agriculture industrielle. Les gens ne sont au courant de rien de tout ça, Jack. Vous pouvez aider à les éclairer.

J'ouvre la bouche pour répondre, mais elle me coupe la parole en levant la main.

– Ne dites rien. Vous ne voulez éclairer personne. Très bien. Laissez-moi faire alors.

Elle se touche la poitrine juste en dessous de son collier de perles et mon esprit prend immédiatement un chemin interdit.

– Ou du moins laissez-moi vous expliquer quelles stratégies mettre en place et vos frères pourront s'en charger. Le fait est que vous avez raison. Je me suis contentée pour l'instant de faire quelques recherches préliminaires et la concurrence s'intensifie : il faut absolument vous démarquer.

– En faisant quoi ?

Je croise les bras et elle paraît troublée un instant. Elle les contemple pendant cinq bonnes secondes et le rouge lui monte lentement aux joues, puis elle plante de nouveau son regard droit dans le mien.

– Avez-vous pensé à l'agrotourisme ?

– Vous voulez que je prostitue ma ferme pour que des inconnus fourrent leur sale nez partout et se plaignent du prix prohibitif de mes tomates bizarres, alors que celles du supermarché sont à la fois plus jolies et moins chères ? Pas question.

– C'est l'un des segments en forte expansion de l'industrie du voyage ! poursuit-elle comme si je n'avais rien dit. (Il faut bien reconnaître qu'elle est tenace.) C'est une chance non seulement d'éduquer les gens mais aussi d'augmenter vos profits tout en leur proposant une *expérience.* Il y a une génération entière de jeunes gens qui se préoccupent vraiment de nourriture, qui sont prêts à payer plus cher pour manger des choses saines et qui accordent plus d'importance à l'expérience qu'aux choses elles-mêmes.

– Je ne comprends pas ce que vous dites.

– Je veux dire par là que l'important pour eux, c'est de *faire* des choses – et de se prendre en photo en train de les faire – et non pas d'acheter des voitures, des bijoux ou des produits high-tech. Ils sont prêts à payer pour ça. Donc, ils viennent à la ferme, ils vivent des expériences incroyables, authentiques et délicieuses, et ils postent des photos d'eux-mêmes sur les réseaux sociaux avec plein de hashtags amusants et tous leurs amis et tous leurs followers disent : « Hé, moi aussi je vais faire ça ou fabriquer ça ou manger ça ou acheter ça ». Et ensuite, ils font la publicité à votre place. Gratuitement ! s'exclame-t-elle avec un sourire qui illumine son visage. Vous ne trouvez pas ça génial ?

Génial ? La dernière chose dont j'ai envie, c'est bien de voir débarquer dans ma ferme des gens qui souhaitent que je les divertisse. Hors de question. Même si je sais bien que je n'ai pas le choix ; je suis sûr que Pete, Brad et Georgia vont adorer l'idée. Cela suffit à me rendre de nouveau furieux et amer. Sans compter que son parfum me chatouille les narines, que je ne peux pas m'empêcher de regarder le collier de perles qu'elle porte autour du cou et que chaque fois que nos regards se croisent, je sens mon ventre se serrer. Il faut que je me barre.

– Non. Ce que vous me proposez est un cauchemar. Je dois y aller.

Je n'écoute pas le petit pincement qui me serre le cœur quand je vois son visage se décomposer et je traverse le bar d'un bon pas.

Je ne veux plus la voir.

CHAPITRE 8

MARGOT

– Alors, comment ça se passe ? demande Jaime, que j'appelle en rentrant chez moi.

– Bien, je pense. J'ai rencontré les clients aujourd'hui et ils sont très sympas… Enfin, presque tous.

– Oh, oh. Quelqu'un a été désagréable avec toi ?

– Oui. Le frère cadet, Jack.

L'image de lui, assis à mes côtés au bar, surgit soudain dans mon esprit et mon cœur se met à battre un peu plus vite. Son T-shirt moulait son torse comme personne. Est-ce qu'il a remarqué la façon dont je l'ai maté ? J'aime beaucoup ses yeux aussi. Ils sont sombres mais pailletés d'or. Et il ne m'a pas échappé qu'il a regardé mes jambes. J'ai aussi noté qu'il a pris soin de ne pas s'approcher trop près de moi, et j'ai senti l'électricité qui l'a parcouru quand il m'a serré la main. Il se passe quelque chose. Pourquoi se comporte-t-il comme un abruti, alors ?

– Ce n'est pas celui qui est beau gosse ? J'ai vu la photo sur le site.

Je me mords la lèvre.

– Tu le trouves beau gosse ?

– Oui. Pas toi ?

– Si, réponds-je prudemment avant d'ajouter : mais ce n'est pas du tout mon genre.

– Pourquoi ça ?

– Eh bien, en dehors du fait que c'est un agriculteur mal rasé et suant qui a grand besoin d'aller chez le coiffeur, il est têtu, irritable et mal élevé.

En toute honnêteté, ses cheveux, sa barbe et sa transpiration ne m'ont pas gênée de toute la journée. Et ce soir, il était propre, coiffé, rasé et il sentait légèrement le feu de bois sur la plage. Je n'avais qu'une envie : me pencher vers lui pour le renifler.

Jaime éclate de rire.

– Pourquoi irritable ?

Tout en marchant, je lui raconte le déjeuner et ce que j'ai appris sur Jack. Quand j'en arrive à la partie concernant sa femme, elle ne peut s'empêcher de pousser un petit cri.

– Oh mon Dieu, comment est-ce arrivé ?

– Elle a été renversée par un chauffard ivre.

– C'est terrible.

– N'est-ce pas ? Il porte toujours son alliance. (Je l'ai remarqué lorsque nous étions au bar.) Georgia dit qu'ils étaient très amoureux.

– C’est vraiment affreux. Le pauvre type. C’est pour ça qu’on ne devrait jamais se marier. Il arrive toujours des trucs atroces.

– Est-ce que Quinn a encore évoqué l’idée de te demander en mariage ? je demande en souriant.

– Oui. Je te jure que s’il le fait encore, je le tue.

– Ne sois pas ridicule. Vous êtes fous amoureux l’un de l’autre, vous sortez ensemble depuis un an et demi et vous vivez en couple depuis des mois. Pourquoi ne pas vous marier ?

– Parce qu’on est heureux ! s’exclame-t-elle, comme si ça expliquait tout. Pourquoi est-ce qu’on foutrait tout en l’air ?

Je soupire en jetant un coup d’œil autour de moi. Ai-je mis aussi longtemps pour me rendre au bar ?

– D’accord. Comme tu veux. Ne te marie pas. Je pense que je suis perdue.

– Perdue où ?

J’arrête de marcher et je fais un tour complet sur moi-même. Je suis certaine que je n’ai pas vu ce parc à l’aller. Il n’y a rien de plus flippant qu’un terrain de jeu la nuit.

– Je me suis perdue en rentrant à pied à mon cottage. Je ne sais pas ce que j’ai fait, mais il n’y avait pas tant de virages tout à l’heure.

Jaime se met à rire.

– Raccroche et utilise Google Maps. N’oublie pas de m’envoyer un texto quand tu seras rentrée, histoire que je ne m’inquiète pas.

– OK.

– Et rappelle-moi demain matin afin que l'on discute de la stratégie marketing à mettre en place.

– Pas de problème. Je dois encore faire des recherches mais j'ai déjà quelques idées. Ils ont un petit budget.

Elle soupire.

– J'avais deviné.

– Mais ce n'est pas grave. Tu sais quoi ? Je veux vraiment les aider. Je suis prête à le faire bénévolement.

– Tu dois arrêter de faire des choses gratuitement, me gronde Jaime. Tu ne travailles plus pour ton père. Tu es une femme adulte qui dirige sa propre entreprise.

– Et ses propres placements, dis-je en riant doucemant. Ça m'est égal de faire des choses pour une bonne cause, et la leur me plaît. Et puis je ne le fais pas uniquement pour eux, mais pour la communauté, l'économie et le bien commun ! Savais-tu qu'il existe quelque chose qu'on appelle l'insécurité alimentaire ?

– Qu'est-ce que c'est ce truc ? Des tomates qui ont du mal à faire confiance à leur prochain ?

– C'est le manque d'accès à de la nourriture adéquate, nourrissante et abordable. Et ça n'arrive pas que dans les zones urbaines, mais aussi dans les zones rurales. Des gens qui grandissent au milieu de fermes peuvent très bien ne jamais manger ce qui a poussé juste à côté de chez eux ! Nous exportons ce que nous faisons pousser et nous importons ce que nous mangeons. C'est complètement dingue !

Elle éclate de rire.

– C'est toi qui as l'air un peu dingue.

– Désolée. Je suis tombée sur des statistiques concernant la pauvreté en faisant des recherches sur l'agriculture durable et la justice alimentaire.

– La justice alimentaire ?

– C'est le droit qu'ont les communautés à faire pousser, vendre et manger de la nourriture saine. C'est un mouvement de grande ampleur dont j'ignorais l'existence, mais je me sens très inspirée. Je veux m'investir.

– Pfff. Tu as vraiment le cœur tendre. Envoie-moi un SMS quand tu seras rentrée.

– D'accord. Bonne nuit.

Je raccroche et je tape l'adresse du cottage dans Google Maps. Tout en discutant avec Jaime, j'ai continué tout droit au lieu de tourner et j'ai raté ma rue. Je fais marche arrière, retrouve le bon chemin et lui envoie un texto pour la rassurer.

Un quart d'heure plus tard, j'éteins la lumière et je me couche, roulée en boule sur le côté. Dès que je ferme les yeux, Jack Valentini s'invite dans mon esprit et refuse de partir. Ça ne m'étonne pas tellement de lui.

Je m'allonge sur le dos. Il est tellement pénible.

A-t-il l'intention de rejeter toutes mes idées ?

Je me demande s'il a toujours été aussi grincheux. Lui arrive-t-il de rire ? Était-il différent avant la mort de sa femme ? Avant de s'engager dans l'armée ? N'y a-t-il qu'une chose qui le rend si différent de ses frères ou au contraire est-ce une conjonction de facteurs ?

Sur un coup de tête, je rallume la lampe et me lève pour aller chercher mon ordinateur portable. Je m'installe en tailleur sur le lit et tape « Stéphanie Valentini » dans la barre de recherches de Google, tout en me sentant un peu coupable de faire cela.

La recherche ne donne rien. Du coup, je rajoute « Michigan » et « percutée par un chauffard ivre ». Je me sens encore plus coupable. Mais ça marche. Je finis par tomber sur un article du journal local qui relate l'accident ; je clique sur le lien.

Deux photos apparaissent en haut de la page et je ne peux m'empêcher de poser la main sur ma bouche. À gauche, la photo d'identité d'une jolie brune avec de grands yeux marron et des fossettes. À droite, une photo de mariage de Jack et Steph. Je suis stupéfaite de le voir souriant et heureux, incroyablement beau.

Le titre me fait froid dans le dos : *Un homme déjà condamné deux fois pour conduite en état d'ivresse tue une femme avant de prendre la fuite.* Les détails sont répugnants. Elle travaillait comme serveuse dans un bar situé sur le bord de la route et sa voiture est tombée en panne en rentrant. Son téléphone n'avait plus de batterie et elle rentrait chez elle à pied, à environ six cents mètres de là, quand un chauffard ivre qui avait déjà été condamné et qui buvait de l'alcool au volant l'a percutée. Il a pris la fuite, mais sa voiture s'est retrouvée dans un fossé environ trois kilomètres plus loin. Un autre conducteur a assisté à l'accident et a appelé les secours. Steph a été héliportée à l'hôpital, mais elle est morte quelques heures plus tard. Le chauffard a été arrêté et sa caution fixée à un million de dollars.

Je relis l'article et je contemple la photo de mariage pendant un long moment. Je finis par refermer mon ordinateur, le mets à charger et me recouche.

Pas étonnant, je songe. Pas étonnant qu'il soit comme il est. Ce genre de perte, plus celle de son père et ce qui lui est arrivé quand il était à l'armée… Tout cela endurcirait n'importe qui.

Je me sens coupable : ma présence aggrave encore plus son mal-être. Je n'ai pas été sympa avec lui ce soir. C'est ma faute. Il faut que j'arrive à le convaincre que je m'intéresse vraiment à ce qu'il fait et que je veux réellement l'aider. Mais pour cela, il faut que je trouve une approche moins directe. Que faudrait-il que je fasse pour qu'il me perçoive différemment ? Pour qu'il me voie comme une amie ?

Ou plus…

Non. Arrête ça *tout de suite, Margot. C'est un client, bon sang ! Il porte toujours son alliance ! Il te plaît, d'accord. Tu as de la peine pour lui, OK. Tu veux l'aider à valoriser sa ferme, d'accord. Mais ça suffit.*

Je me retourne en soupirant et j'essaie d'arrêter de penser à lui.

Mais je m'agite toute la nuit.

***

À 5 h 30, j'abandonne toute velléité de dormir et j'enfile un short, un débardeur et des baskets. Si je ne peux pas dormir, autant aller courir. Je me dis que je pourrais remonter jusqu'à la route, puis emprunter le sentier qui mène à la ferme des Valentini afin d'explorer un peu l'endroit.

Je m'attache les cheveux, ferme la porte, glisse la clé du cottage dans la poche de mon short et m'éloigne à petites foulées. Dans mon dos, le soleil se lève à peine au-dessus du lac, teintant le ciel d'une magnifique couleur rose orangée. La chaleur torride ne s'est pas encore installée et l'air est frais sur ma peau. J'adresse un sourire à un homme qui promène son chien et à un vieux couple qui se balade main dans la main, mais ma bonne humeur diminue un peu quand je me rends compte, en atteignant la route, que j'ai oublié de faire pipi avant de partir.

Bon. Je peux me retenir le temps de faire une petite course, pas vrai ? J'ai juste l'intention de faire le tour de leur propriété avant de revenir. Une « petite ferme » ne doit pas être bien vaste, n'est-ce pas ?

Je découvre rapidement qu'elle est en réalité immense.

J'emprunte le sentier qui va vers l'ouest et je dépasse le verger, le potager, un pré et finis par atteindre un bois très dense. Quand je tourne enfin sur la gauche, une fois parvenue à l'extrémité du terrain, la pression dans ma vessie est horrible : il faut absolument que je fasse pipi.

J'examine tour à tour les arbres qui poussent derrière la clôture des Valentini et le terrain qui appartient à une autre ferme sur la droite tout en me mordant la lèvre avant de jeter un coup d'œil derrière moi. Je n'ai pas vu âme qui vive sur le trajet. Mais… Mais je suis dehors. Est-ce que je peux vraiment… ?

Il est sans doute inutile de préciser que je ne suis pas une femme très nature. Quand je voyage de manière simple, ça veut dire que je choisis un hôtel trois étoiles. Il ne me viendrait jamais à l'esprit de faire du camping, et la seule fois de ma vie où j'ai utilisé des toilettes portatives, dans un concert où Jaime m'avait traînée, j'ai cru que j'allais mourir de dégoût. Ou d'une infection bactérienne.

Est-ce que faire pipi en pleine nature comme un animal est pire que faire pipi dans des toilettes portatives ? Qu'est-ce que je vais bien pouvoir trouver pour m'essuyer ? J'ai déjà entendu des histoires de filles obligées de faire cela, mais je n'ai pas été assez attentive ! Est-ce qu'on se laisse sécher comme un garçon ? Est-ce qu'on utilise une feuille ? Mais j'ai la peau tellement sensible ! Et si, par erreur, j'utilise une plante toxiquc ? J'ai entendu parler de sumac vénéneux. Mais je ne sais pas à quoi ça ressemble ! Et puis, pourquoi n'ai-je pas pris mon téléphone ?

C'est une chose de balancer des scones, mais faire pipi dans la nature, c'est profondément dérangeant.

Je sautille d'un pied sur l'autre en priant pour qu'une solution se présente miraculeusement, afin que j'évite de perdre ma dignité et que je ne me retrouve pas avec une mycose vaginale. Mais rien ne se passe. Je décide donc d'enjamber la clôture des Valentini pour me diriger vers les arbres. Je me maudis de ne pas être allée aux toilettes avant de partir.

Je cours sur le sol jonché d'aiguilles de pins et de feuilles mortes jusqu'à ce que je ne voie plus la route. Je suis sur le point de m'accroupir (Dieu que ce mot manque d'élégance) lorsque j'entends un bruit d'éclaboussures non loin. Je retiens un petit cri, me redresse et regarde autour de moi tout en remettant mon short à vive allure. Lorsque j'entends un second bruit d'éclaboussures, je me dirige avec précaution dans sa direction.

Oh mon Dieu !

Non loin de l'endroit où j'étais sur le point de faire pipi, j'aperçois une trouée dans les arbres, donnant sur un petit lac. Un ponton en bois le surplombe. Là, se tient Jack Valentini, trempé et entièrement nu.

C'est comme si l'on avait appuyé sur un interrupteur dissimulé dans mon corps. Je suis soudain en proie à une seule pensée : il faut que je le voie mieux. Un saule pleureur se dresse à environ dix mètres du lac et, sans réfléchir, je le rejoins en courant et grimpe sur sa branche la plus basse.

Oui, moi, je grimpe dans un arbre.

Cramponnée à la branche supérieure, j'avance avec précaution et jette un coup d'œil entre les feuilles. Je vois Jack repousser ses cheveux mouillés et s'étirer. Mmmm, il n'y a pas à dire, le bronzage de l'agriculteur, c'est quelque chose.

Je baisse automatiquement les yeux et je reste bouche bée en voyant la taille de son sexe. S'il est aussi gros quand il ne bande pas, à quoi ressemble-t-il en érection ? J'ai soudain l'impression d'être une enfant à qui on a permis de regarder son gâteau d'anniversaire sans avoir le droit d'y goûter. Une centaine de pensées irrationnelles, et très perverses, m'assaillent.

Je veux le voir bander. Je veux le toucher. Je veux le sucer. Je veux le regarder se branler. Bon sang, qu'il est bien membré. Je suis sûre qu'elle pourrait me déchirer en deux. Avec une queue pareille, il pourrait certainement me prendre depuis le lac.

Non ! Non, il pourrait me trouver ici. Il pourrait découvrir ma présence et se mettre en colère. Et ensuite, il devrait me punir pour l'avoir espionné.

Il serait sans pitié.

Je me rends soudain compte que j'ai le souffle court.

C'est quoi mon problème ? Je n'ai jamais eu ce genre de pensée à propos de personne, encore moins d'un inconnu.

Est-ce que je serais par hasard en train de faire une crise de la quarantaine à vingt-neuf ans ?

Il me tourne soudain le dos, ce qui me donne la possibilité d'apprécier son cul rond et musclé que j'avais déjà remarqué sur la photo, mais aussi son dos robuste, ses épaules puissantes et les tatouages qui s'enroulent autour de son flanc droit. Que représentent-ils ? Je n'ai jamais croisé d'hommes tatoués, du moins pas en chair et en os. Et jamais nus.

En réalité, je n'ai pas vu beaucoup d'hommes nus. C'est peut-être ça mon problème ; je suis fascinée comme s'il était une pièce de musée, un animal exotique ou un spectacle de cirque. Les corps masculins que j'ai côtoyés de près étaient pâles et minces. Rien à voir avec la magnifique œuvre d'art qui se tient devant moi, faite de creux, de bosses et de muscles striés. Le soleil matinal donne une teinte bronze à sa peau. J'ai envie de…

CRAC !

La branche sur laquelle je me tiens se casse brusquement en deux et je tombe sur le sol de manière tout à fait disgracieuse.

(Il se peut aussi que je me sois fait pipi dessus. Un tout petit peu.)

Je lève la tête dans la direction de Jack et découvre, abasourdie, qu'il s'est littéralement jeté à plat ventre sur le ponton. Une seconde plus tard, il se relève et me découvre. Ce n'est pas vraiment le fantasme que j'avais en tête.

Oh, mon Dieu. C'est pire que l'Incident des Scones.

Comment vais-je bien pouvoir me justifier ?

CHAPITRE 9

JACK

D'abord, la terreur. La poussée d'adrénaline, le cœur qui bat à cent à l'heure, le sang qui court, l'estomac qui se noue.

Ensuite, la colère. Je ne me suis pas montré assez vigilant. Un signe m'a échappé. J'ai failli.

Et enfin, la prise de conscience. Je vais bien, tout le monde va bien. Il ne s'est rien passé.

Du moins rien de dangereux.

Respiration et rythme cardiaque s'apaisent quand je découvre la scène du crime : Margot Lewiston, à plat ventre. Et je comprends que le bruit qui m'a effrayé n'est qu'une branche qui a craqué sous son poids.

– Merde, je marmonne.

Je me sens bête, comme toujours lorsque ce genre de chose survient.

Et encore, normalement, je suis habillé.

J'enfile mon short, que j'ai jeté à terre sur le ponton entre mes chaussettes et mes chaussures.

Puisque c'est Pete qui s'est occupé des animaux ce matin, j'ai décidé de piquer une tête après mon jogging. Je ne m'attendais pas à avoir du public.

Une fois rhabillé, je me redresse, les poings serrés, prêt à l'engueuler pour avoir pénétré sur mon territoire, pour m'avoir espionné et pour m'avoir effrayé. Et pour refuser de quitter mes pensées. Mais il me suffit de la voir se relever et se diriger vers moi, sur la pointe des pieds, les genoux serrés, les mains sur l'entrejambe, pour être momentanément stupéfait.

– Salut Jack, dit-elle de manière décontractée, comme si elle était juste de passage dans le coin. Je sais que vous devez vous demander ce que je fais là. Et je suis sûre que je peux tout vous expliquer. Mais d'abord, est-ce que je pourrais, s'il vous plaît, je vous en prie, par pitié, utiliser vos toilettes ?

– Euh, d'accord.

J'ai beau être agacé par son intrusion dans mon intimité, j'ai envie de rire en la voyant se précipiter maladroitement vers la porte de mon chalet. Je la précède, puis je la fais entrer et lui indique le chemin des toilettes.

– Merci, fait-elle en me dépassant à toute allure.

Je reste sur la véranda, mal à l'aise à l'idée de me retrouver tout seul chez moi avec elle. Qu'est-ce qu'elle fout ici ? C'est déjà bien assez pénible d'avoir passé la nuit à essayer de ne pas penser à ses jambes, à ses yeux et à son putain de collier de perles. Et voilà qu'elle se pointe de bon matin dans ce short minuscule et ce débardeur moulant.

Je sens mon sexe se raidir et je fais de mon mieux pour le contrôler en pensant aux rotations des moissons, au système d'irrigation et à la météo à long terme.

Heureusement, lorsqu'elle finit par sortir du chalet, un sourire soulagé aux lèvres, tout est sous contrôle.

– Waouh, fait-elle en rabattant la moustiquaire derrière elle. C'était juste. Merci beaucoup.

– De rien.

Je croise les bras. J'aurais dû enfiler un T-shirt.

– On peut savoir ce que vous faisiez là-bas ?

Elle rougit.

– Euh… mon jogging.

– Dans un arbre ?

Elle rit, nerveuse.

– Non. Je n'ai pas commencé dans un arbre. C'est arrivé plus tard.

Je penche la tête, incapable de résister à l'envie d'être dur avec elle. *On est moins sûre de soi, hein, maintenant, Barbie ?*

– Ah oui ?

– Oui. Je suis partie courir sans être passée aux toilettes, commence-t-elle en se tordant les doigts, et j'avais décidé de faire le tour de votre ferme, mais elle est plus grande qu'escompté.

– Ah. Vous étiez donc à la recherche de toilettes dans les bois ?

– Oui, dit-elle en déglutissant péniblement. En quelque sorte. Et c'est alors que j'ai entendu un bruit d'éclaboussures et que je vous ai vu…

Ses joues sont quasiment écarlates.

Je décide de faire l'idiot.

– Vous m'avez vu quoi ?

– Je vous ai vu tout nu, d'accord ? s'exclame-t-elle en levant les mains. Je l'admets, je vous ai vu.

Je ne suis pas pudique, en revanche je ne plaisante pas avec mon intimité et avec les gens qui m'espionnent.

Mais sa gêne m'amuse. Lors de nos deux précédentes rencontres, elle était composée et sûre d'elle. J'aime bien l'idée de la remettre à sa place.

– Du coup, vous avez décidé de grimper à l'arbre afin d'avoir une meilleure vue ?

Elle baisse la tête et dessine du bout de l'orteil sur le plancher de la véranda.

– Quelque chose dans ce goût-là.

Puis elle lève les yeux vers moi et prend une profonde inspiration :

– Je suis vraiment désolée. Je n'aurais pas dû faire ça. J'étais… Je veux dire, je suis… Je ne pouvais pas…

Elle soupire et ferme les yeux un instant et reprend :

– Acceptez-vous mes excuses ?

Elle est plus jolie sans maquillage. Ses cheveux tirés en arrière mettent en valeur la taille de ses yeux, l'angle de ses pommettes et l'arc de ses sourcils. Ses lèvres n'ont pas besoin de gloss. Elles ont une teinte rose parfaite et je me demande si elles sont aussi douces que ce qu'elles paraissent.

Merde. Je n'ai embrassé personne depuis trois ans.

Je m'éclaircis la voix avant de faire un pas en arrière.

– Oui. C'est bon.

Et maintenant, barrez-vous.

Elle ne bouge pas.

– Donc vous n'allez pas me virer ?

– Je ne vous ai pas embauchée.

– Je sais. Mais je tiens vraiment à faire ce job. Je pense que je peux vous aider, Jack. Je le sais.

– Faites ce que vous voulez.

Je n'ai pas envie de prononcer son prénom. J'ai besoin de prendre de la distance avec elle. Je me dirige vers le ponton pour récupérer mes chaussures et mes chaussettes, mais elle me suit. Quelle peste. Elle me rappelle Steph : quand nous étions gamins, elle nous suivait partout, elle voulait toujours jouer avec nous.

– Est-ce que vous allez être comme ça tout le temps de mon séjour ici ?

– Comment ça « comme ça » ?

– De mauvaise humeur et récalcitrant ?

– Probablement.

– Pourquoi ? Vous me détestez à ce point ?

– Je ne déteste personne. C'est juste que je ne comprends pas pourquoi on devrait payer une citadine qui n'a jamais foutu les pieds dans une ferme pour nous donner des conseils.

On est arrivés au ponton et je me penche pour récupérer mes affaires.

– Je ne vous demande même pas de me payer, alors allez vous faire foutre ! s'écrie-t-elle, et sa voix se réverbère sur l'eau.

Je me raidis.

– Vous travaillez gratuitement ?

– Oui !

– Alors vous êtes une idiote. Ou tellement riche que vous n'avez pas besoin d'argent.

– Je ne suis pas idiote, marmonne-t-elle entre ses dents serrées.

– Donc, vous êtes riche.

Je ne sais pas pourquoi je me comporte aussi mal. Et pour une raison qui m'échappe, je ne veux pas qu'elle voie un autre aspect de ma personnalité et réciproquement. J'ajoute :

– J'aurais dû le deviner.

Elle croise les bras.

– Et qu'est-ce que c'est censé signifier ?

– Ça signifie que vous avez l'air d'avoir une vie facile. Que vous avez certainement toujours obtenu tout ce que vous vouliez. Que vous n'avez jamais eu besoin de travailler et de vous salir les mains.

– Eh bien, salissez-les.

Je manque tomber du ponton.

– Quoi ?

– Salissez mes mains, allez-y. Montrez-moi comment gérer une ferme. Je veux apprendre.

Elle est sérieuse ? Je n'ai absolument pas envie de la traîner partout derrière moi pour lui expliquer les choses. Ni de mater son cul toute la journée et d'imaginer des choses. Quand je vois son expression pleine de défi, je secoue la tête.

– J'ai l'impression que si je refuse, vous allez insister.

Elle sourit, croise les mains derrière son dos et se balance sur ses pieds.

– Et vous avez raison. Je ne supporte pas que l'on me dise non.

– Quelle surprise.

Cette femme est une promesse de sacrés ennuis. Une pomme véreuse : lisse et brillante à l'extérieur, complètement gâtée à l'intérieur. Mais sans comprendre pourquoi, je cède.

– Très bien. Allez vous changer.

Elle me sourit de toutes ses dents.

– Où dois-je vous retrouver ? Il me faut une demi-heure pour rentrer chez moi me changer et revenir.

– Je ne sais absolument pas où je serai. Il faudra que vous me cherchiez.

– D'accord.

Elle jette un coup d'œil par-dessus son épaule en direction des arbres.

– Quel est le chemin le plus court ? Par là ?

– Non. Prenez le sentier qui mène à la maison de Pete et Georgia, il va vous ramener à la route.

Elle fait un tour sur elle-même.

– Dans quelle direction est la maison ? Je n'ai pas le sens de l'orientation.

– Mais ce n'est pas vrai ! C'est par là.

Je lui indique le chemin du pouce, mais je décide soudain de la mettre sur la route sinon je risque de l'attendre toute la journée.

– Vous pouvez passer par mon chalet. Venez.

On revient chez moi et elle me suit à travers la cuisine jusqu'à la porte d'entrée.

– J'aime votre maison. Elle a l'air confortable. Et très propre.

– Merci.

La chatte saute du rebord de la fenêtre et nous passe devant, histoire d'évaluer la situation. Margot s'agenouille pour la caresser.

– Elle est mignonne. Comment s'appelle-t-elle ?

Je grimace.

– Bridget Jones.

Elle éclate de rire.

– Vous avez une chatte qui s'appelle Bridget Jones ?

– Oui. Je ne vois pas en quoi c'est drôle, je rétorque sèchement.

– Je ne sais pas. Ne le prenez pas mal. Je vous prenais plutôt pour un homme à chien.

– C'est le cas, admets-je, et je me détends un peu. Cette chatte appartenait à ma femme.

J'ouvre la porte en espérant que Margot comprendra l'allusion, mais je ne suis pas surpris qu'elle ne le fasse pas.

– Vous vivez ici depuis toujours ?

– Depuis que j'ai quitté l'armée.

– C'était quand ?

– Il y a six ans.

Elle acquiesce, se lève et jette un coup d'œil autour d'elle. Ses yeux s'attardent sur les photos de mariage encadrées qui sont accrochées au mur.

– Oh, c'est magnifique. Je peux les regarder ?

– Je suppose.

Je laisse la moustiquaire retomber et elle s'approche du mur. Depuis combien de temps quelqu'un d'autre que moi n'a-t-il pas contemplé ces photos ? Je suis à la fois nerveux et content qu'elle les ait remarquées.

Il y en a trois : une photo de famille ; une de nous durant la cérémonie, les mains jointes sous une voûte fleurie ; et une prise dans l'écurie : Steph est debout sur une botte de foin pour être à ma hauteur quand je l'embrasse. Margot observe ce cliché et se met à rire.

– C'est adorable ! Elle est minuscule… et elle porte des santiags avec sa robe de mariée, j'adore !

Elle désigne du doigt Steph, qui a relevé sa robe afin de montrer ses pieds.

– Oui. Elle adorait ces santiags. Elle disait que dans la vraie vie, elle ne portait jamais d'escarpins et qu'elle ne voyait pas pourquoi elle le ferait le jour de son mariage.

Je l'entends encore dire ça. Margot hoche la tête.

– Moi, je porte des escarpins.

– Quelle surprise.

– Mais chacun devrait être libre d'être qui il est le jour de son mariage. Je trouve génial qu'elle n'ait pas eu peur de s'assumer comme ça.

– Elle n'avait peur de rien.

En règle générale, je ne suis pas du genre à m'épancher devant des gens que je ne connais pas. Ni même devant des gens que je connais. Mais ça me fait du bien de parler de Steph à Margot. J'ai l'impression que je peux tout lui dire.

– Vous n'êtes pas mal non plus, sur cette photo. Et vous portez des bottes, vous aussi.

– Je n'aime pas vraiment les chaussures sophistiquées. Ni les fringues. Mais Steph insistait pour que je porte ce costume.

– Il vous va bien.

– Merci.

Un silence s'installe entre nous.

– Je suis désolée de ce qui lui est arrivé, fait-elle sans quitter des yeux la photo. Elle doit vous manquer.

– Oui. Terriblement.

Elle soupire et pivote.

– Bon, je rentre me changer.

J'acquiesce, rouvre la porte et quand elle passe devant moi, son épaule effleure mon torse nu. Mes bras se couvrent de chair de poule et mes tétons se dressent. Je rabats la moustiquaire entre nous avant de lui expliquer quelle direction elle doit prendre.

– Dirigez-vous vers les arbres qui sont en face de vous et restez sur le sentier qui les longe. La maison est de l'autre côté.

– J'ai compris.

Elle commence à descendre les marches du perron.

– Et faites attention en traversant la route.

Une fois parvenue en bas des marches, elle s'immobilise et se tourne vers moi.

– Je le ferai. Promis.

Elle s'éloigne d'un bon pas et j'essaie de ne pas mater son cul.

J'ai le sentiment que je vais passer la journée à essayer de détourner le regard.

CHAPITRE 10

MARGOT

Je regagne rapidement le cottage, plus excitée que je ne devrais l'être quant à la journée qui s'annonce. Jack et moi ne pouvons pas passer cinq minutes ensemble sans nous agacer mutuellement. Mais j'ai quand même l'impression d'avoir remporté une victoire. Je l'ai énervé par erreur ; mon plan, c'était de le tuer avec ma gentillesse mais au lieu de ça, je l'ai épié avant de l'accuser d'être de mauvaise humeur et récalcitrant. Mais il est tellement pénible ! J'essayais seulement de l'aider !

Le truc étrange, c'est que l'incident de l'arbre n'a pas eu l'air de le mettre en colère. J'ai plutôt eu l'impression qu'il était amusé ; je pourrais presque jurer qu'il a souri. Et pourquoi ça me remplit de joie, je n'en sais rien.

Une fois chez moi, j'ôte mes vêtements trempés de sueur et je décide, pour gagner du temps, de ne pas me doucher. Je ne veux pas que Jack utilise mon retard comme une excuse pour ne pas me faire visiter la ferme et de toute façon, je n'ai pas à me soucier d'une éventuelle proximité de sa part. C'est la première fois que je rencontre un homme qui est si mal à l'aise à mes côtés. Il passe son temps à reculer ou à s'éloigner et à croiser les bras. J'enfile des sous-vêtements propres, des chaussettes, un jean skinny et une chemise à carreaux, puis je défais ma queue-de-cheval. Je me brosse les dents, tresse mes cheveux, j'ouvre ma trousse à maquillage…

… Et je me ressaisis.

Qu'est-ce que tu fiches, Margot ? Ce n'est pas un rencard. On n'a pas besoin de mettre du mascara pour aller dans une grange.

Je referme la trousse mais je mets quand même mon collier de perles et un soupçon de parfum.

Une fille peut bien être un peu jolie, n'est-ce pas ?

Juste avant de partir, j'enfile mes vieilles bottes d'équitation. J'ai bien fait de ne pas m'en débarrasser. Leur cuir brun est magnifique et je peux encore les porter pendant des années. Je me précipite hors du cottage à peine un quart d'heure après être rentrée et je monte dans ma voiture, très satisfaite de moi-même. Non seulement je vais en apprendre plus sur la ferme, ce qui va m'aider dans ma tâche, mais je vais avoir la possibilité de prouver à Jack que je ne suis pas une ennemie. Je respecte son travail et je veux sincèrement l'aider. Et si en plus il me considère un peu plus favorablement, eh bien… ce sera la cerise sur le gâteau.

Je suis bien décidée à le faire sourire.

CHAPITRE 11

JACK

– Vous êtes certain ?

Margot jette un coup d'œil dans le premier pondoir, qui contient trois œufs posés sur la paille.

– Oui. Vous tendez la main, vous attrapez les œufs et vous les mettez dans votre panier.

Je pensais que commencer par le ramassage des œufs serait facile, mais j'ai l'impression que même ça, c'est hors de sa portée. Cette femme est une citadine jusqu'au bout des ongles, même si elle est jolie à croquer dans son jean moulant et sa petite chemise à carreaux, avec cette longue tresse qui lui retombe dans le dos. Ses bottes sont hilarantes ; on dirait des bottes d'équitation tout droit sorties d'un film sur une fille riche qui possède un poney de concours. Au moins, elle ne s'est pas maquillée.

Mais croyez-le ou non, elle a quand même mis son collier de perles.

Elle me tue.

– Allez, j'insiste, plus agacé par moi-même que par elle. Ramassez-moi ces œufs, on a du pain sur la planche.

– Mais elles ne vont pas se mettre en colère ?

Elle jette un coup d'œil dans le poulailler, puis lance un regard nerveux aux poules à nos pieds.

– Non. Elles sont habituées.

– OK.

Elle tend la main et prend deux œufs qu'elle pose soigneusement dans le panier.

– Je l'ai fait ! s'exclame-t-elle, triomphante.

Je manque sourire en retour mais je me ressaisis.

– C'est bien. Allez, dépêchez-vous. Sinon, on en a pour la journée.

Elle s'empare du troisième œuf, le place avec précaution à côté des deux autres et les examine.

– Est-ce que les poules brunes pondent des œufs bruns et les poules blanches des œufs blancs ?

– Non. La couleur des œufs dépend de la couleur des oreilles des poules.

Elle me regarde, stupéfaite.

– Non ?

– Si. Allez, plus vite. Je vous montre.

Je passe au pondoir suivant, d'où j'extrais rapidement trois œufs d'une même main puis les range dans le panier.

– Waouh, vous êtes super fort.

– J'ai beaucoup d'entraînement. Allez, occupez-vous du suivant.

Elle passe devant moi, se penche et examine le pondoir.

– Il y a quelqu'un là-dedans.

– Passez derrière elle et prenez-lui les œufs.

Je bataille pour ne pas mater son cul.

– Je pense que je ne devrais pas faire ça. Elle me regarde d'un drôle d'air.

– Mais ce n'est pas vrai ! Allez, poussez-vous, je vais finir.

Je l'attrape par la taille et la fais glisser sur le côté. Le problème, c'est qu'une fois que j'ai posé les mains sur elle, je n'ai plus la moindre envie de la lâcher.

Et comme je suis un connard qui n'a aucune volonté, je ne la lâche pas.

Je la tiens quelques secondes de trop.

– Jack ?

Elle me jette un coup d'œil par-dessus son épaule, perplexe. J'ôte enfin mes mains.

Qu'est-ce que tu fous, mec ?

– Donnez-moi le panier, j'ordonne sèchement tout en le lui arrachant des mains.

Elle pivote.

– J'ai fait quelque chose de travers ?

– Non.

Je m'éloigne et je ramasse les œufs qui restent, furieux contre moi-même.

C'était une très mauvaise idée.

***

La journée dure une éternité.

Comme je le soupçonnais, Margot ne connaît rien à l'agriculture et me pose une multitude de questions absurdes.

– Pourquoi est-ce qu'on ne trait pas les vaches mâles ?

– Pourquoi avez-vous absolument besoin d'une clôture électrique ?

– Ça fait combien, un acre ?

– Ce sont des brebis ?

– C'est quoi, une coopérative ?

– Pourquoi vous alternez régulièrement les cultures dans un champ ?

– N'est-ce pas bizarre de tuer un animal que vous avez passé du temps à élever ? Est-ce que vous n'avez jamais envie de garder ceux qui sont mignons ?

– Les œufs sortent du cul des poules ?

Je fais de mon mieux pour répondre à ses questions parce que je me dis que plus elle se rendra compte qu'elle ne sait rien, plus elle sera à même de décider de ne pas nous aider.

Mais elle apprend vite et en fin d'après-midi, ses questions deviennent plus pertinentes, ses mains plus fermes et son pas plus rapide. J'apprécie la curiosité dont elle fait preuve à propos de l'affaire, sa volonté d'accomplir toutes les tâches que je lui donne et le fait qu'elle ne se soit jamais plainte du soleil, ni de la chaleur, ni de l'odeur, ni de la saleté qui s'est logée sous ses ongles et sur ses jolies bottes.

Mais le pire, c'est que j'ai toujours envie de la toucher. Je n'arrête pas de penser au moment où je l'ai tenue dans le poulailler, et je me surprends une dizaine de fois à avoir envie de le faire de nouveau. C'est quoi mon problème ?

Je suis bien obligé d'admettre que pour la première fois depuis la mort de Steph, je suis sérieusement attiré par une femme.

C'est presque un soulagement.

Ça ne me rend pas heureux, mais je sais que c'est juste un besoin biologique et que je ne dois pas m'en vouloir, d'autant plus que sa présence ici est temporaire. Et puis, franchement, qui ne serait pas attirée par Margot ? Elle est belle, intelligente et gentille. Et si on met de côté le fait qu'elle vit dans une bulle et qu'elle ne connaît pas la vraie vie, elle est sympa. Elle sait même faire preuve d'autodérision. Si elle ne parvient pas à faire quelque chose du premier coup, elle recommence. Et puis elle est très douée avec les chevaux. Je me demande si elle a déjà de l'expérience avec eux.

– Vous montez ? je lui demande alors que nous nous trouvons dans l'écurie en fin de journée.

– On m'a offert un cheval quand j'étais enfant, répond-elle en caressant le cou de la jument qui m'inquiétait hier.

– Bien évidemment que vous aviez un cheval. Vous êtes riche.

Je ne peux pas résister à l'envie de tirer un peu sur sa tresse. *J'ai aussi envie de l'enrouler autour de mon poignet. De lui tirer la tête en arrière. D'embrasser son cou.*

Merde, arrête.

– Hé, répond-elle avec une moue boudeuse. Arrêtez. J'ai fait tout ce que vous vouliez aujourd'hui, n'est-ce pas ?

Elle me regarde avec un air plein d'espoir. Une trace de terre macule son front et je n'ai pas le cœur d'être désagréable.

– Vous vous en êtes bien tirée.

Je caresse les naseaux du cheval, histoire de m'occuper les mains. Mais je sens mon sexe se raidir dans mon pantalon comme si en acceptant l'attirance que je ressens pour elle, j'avais réveillé une bête qui dormait. Et la voix dans ma tête refuse de se taire. *J'aimerais bien te caresser toi aussi. Avec ma langue, entre tes jambes.*

– Merci. Et merci encore de m'avoir supportée aujourd'hui. J'apprécie.

– De rien.

Est-ce que tu apprécierais mon sexe en toi ?

– Hé, regardez ! s'exclame-t-elle en riant. Je me suis sali les mains.

– Ah oui ? Voyons voir.

J'attrape ses poignets et je fais pivoter ses mains pour examiner ses paumes.

– Voyez-vous ça. Elles sont toutes sales.

Elle glousse.

– Il n'y a pas qu'elles qui sont dégoûtantes. Il me tarde de prendre une…

Elle laisse sa phrase en suspens, les yeux rivés sur mes doigts qui encerclent ses poignets. Puis elle lève les yeux vers moi. Ses grands yeux bleus. Ses lèvres roses entrouvertes. Sa gorge pâle.

Je sais ce que je vais faire avant même d'amorcer un geste. Je sais que c'est une mauvaise idée. Je sais que je vais le regretter.

Mais je le fais quand même.

Le cœur battant à tout rompre, je l'attire à moi, si près que je peux sentir son souffle sur mes lèvres.

Et je l'embrasse. Légèrement d'abord, mes lèvres à peine sur les siennes, puis plus profondément, la bouche ouverte, les mains dans son dos, sur ses fesses. Je la serre étroitement contre mon bassin, contre mon érection.

Elle encercle ma taille de ses bras, se dresse sur la pointe des pieds et presse sa poitrine contre la mienne. Nos langues se rencontrent. Je suis affamé, comme si je craignais de n'en avoir jamais assez. Ça me rappelle la fois où Pete et moi avons mangé toute la glace à la vanille que maman avait achetée pour le dixième anniversaire de Brad, la veille de la fête. On savait qu'on ne devait pas le faire et qu'on serait punis, mais c'était tellement bon qu'on n'avait pas pu s'arrêter. Margot a ce goût-là ; sucré et interdit en même temps.

Laisse-moi avoir ça, dis-je, suppliant, à ma conscience. *Juste une fois.*

J'empoigne sa tresse et je lui tire la tête en arrière. Ma bouche glisse sur sa gorge. J'inspire le parfum de sa peau, je me repais de sa douceur veloutée, de son goût salé. Je glisse une cuisse entre ses jambes et fais courir ma langue le long des perles qui ornent son cou. Elle enfonce ses doigts dans mon dos.

– Jack, murmure-t-elle.

Mon prénom, chuchoté par une autre femme.

La mauvaise femme.

Ce n'est pas bien.

Éloigne-toi d'elle.

CHAPITRE 12

MARGOT

Il m'embrasse comme jamais personne ne m'a embrassée auparavant.

Comme s'il partait en guerre. Comme s'il s'en foutait de respirer. Comme si quelque chose en lui cherchait désespérément quelque chose en moi et qu'il était prêt à mourir pour ça.

Et je suis prête à me laisser faire. Là, tout de suite, je balancerais bien ma culotte à travers l'écurie comme un scone dans un dîner politique. Il est tellement différent de tous les hommes que j'ai embrassés. Tout en lui hurle la force et la virilité brute. Son torse est si large, ses bras si musclés, sa queue si dure, sa bouche si exigeante le long de mon cou. Je suis enivrée. Je suis prête à le laisser me faire n'importe quoi, juste pour voir ce que ça fait d'être à la merci d'une telle puissance.

Que m'arrive-t-il ?

Je l'ai senti se réchauffer à mon égard tout au long de la journée, et il y a eu ce moment électrique dans le poulailler quand il a posé ses mains sur moi, mais ça… ça.

Il me fait bouger afin que je puisse chevaucher sa cuisse, il tire ma tête en arrière et fait courir sa langue le long de mon collier de perles. Mon clitoris pulse. Mes mains agrippent son dos.

Oh mon Dieu !

Oh mon Dieu, je vais avoir un orgasme ! Dans une écurie. Avec un fermier. Que j'ai rencontré hier.

Et ça va être TELLEMENT. BON.

Je murmure son prénom… et il me repousse.

Comme si cela marquait la fin d'une scène que nous sommes en train de jouer, il pose les mains sur mes épaules et recule.

Nous nous dévisageons en silence, essoufflés. Il y a quelque chose d'indéchiffrable dans son regard : un mélange de désir et de souffrance.

Il baisse les mains.

– Tu devrais rentrer chez toi.

– Jack, s'il te plaît, est-ce qu'on ne peut pas…

– Va-t'en ! gronde-t-il en se prenant la tête entre les mains. Fous le camp d'ici, Margot ! Tout de suite !

Blessée et perdue, je tourne les talons et m'enfuis en courant, les yeux brûlants de larmes. J'évite la maison, espérant que Pete et Georgia ne me verront pas, et je regagne à toute allure la route où j'ai garé ma voiture. Une fois que j'ai atteint la sécurité de mon véhicule sans être vue de personne, je claque la portière et m'effondre sur le volant.

Quelques larmes coulent sur mes joues et je les essuie de mes mains sales, furieuse de m'être mise dans tous mes états pour un simple baiser.

– Va te faire foutre, Jack Valentini. J'avais raison sur ton compte depuis le départ. Tu n'es qu'un fermier mal élevé.

Qu'est-ce que ça peut faire s'il est beau sous cette barbe et cette saleté ? S'il a un grand cœur brisé dissimulé sous ce torse massif ? S'il a un sexe conséquent dont il sait probablement se servir ?

C'est un connard.

Et c'est un client.

Mais ce baiser… ce baiser.

Pourquoi est-ce lui qui m'a donné le meilleur baiser de ma vie ?

– Eh merde !

Je me frappe le front plusieurs fois contre le volant, puis je me ressaisis.

J'attrape un mouchoir dans mon sac à main, je m'essuie les yeux et le nez, hallucinée par la masse de poussière que je ramasse par la même occasion. Je regarde le mouchoir : le « M » brodé en bleu marine de mon monogramme commence à s'effilocher. Je balance le mouchoir sale sur le siège passager, je démarre et je rentre au cottage tout en me remettant les idées en place.

Qu'a-t-il bien pu me passer par la tête ? Ça n'a pas d'importance qu'il soit bien foutu, ni qu'il embrasse bien. Les raisons pour lesquelles il m'a repoussée sont sans intérêt, elles aussi. Je travaille pour lui : c'est une frontière que je ne dois pas franchir.

Il a dû s'en rendre compte lui aussi.

Tu devrais être contente qu'il se soit ressaisi avant que tu ne te mettes à lancer ta culotte à l'autre bout de l'écurie.

Une fois de retour au cottage, je prends une longue douche brûlante pour me punir : il faut que j'arrête de penser à Jack et que je me concentre sur le travail à faire. J'ai une réunion avec Pete, Brad et Georgia demain et il faut que je sois prête. Je dois même être plus que prête… Si Jack leur raconte que je me suis mal comportée, il faudra que je contrebalance mon erreur en leur prouvant à quel point je suis compétente.

Quand je suis enfin propre, j'enfile mon pyjama, j'extirpe du congélateur un pathétique plat de lasagnes surgelées qui est certainement sorti de l'usine six ans plus tôt et j'ouvre une bouteille de vin. Tout en attendant que les lasagnes chauffent dans le four micro-ondes, j'appelle Jaime.

– Salut. Comment ça se passe ?

– Super, réponds-je en m'obligeant à être enthousiaste. Je suis au taquet. J'ai plein d'idées.

– Génial. Je t'écoute.

Je lui explique ce à quoi j'ai pensé en dehors des choses évidentes comme créer un logo, refondre le site Web, utiliser les réseaux sociaux… Je lui décris l'agrotourisme et pourquoi je suis convaincue que c'est une bonne idée pour eux.

– J'ai fait des recherches et il n'y a pas tant d'endroits que ça par ici qui offrent des expériences uniques... Je vais discuter avec Pete et Georgia demain des possibilités de développer un petit restaurant sur place qui proposerait un menu gastronomique, des cours de cuisine, des mariages et d'autres événements. Je pense que ça pourrait marcher.

– Ça me paraît super. Mais que va en penser Schtroumpf Grognon ? Tu crois qu'il sera d'accord ?

Je soupire en sortant les lasagnes du micro-ondes. Elles sont toujours congelées au milieu mais les bords font des bulles.

– Non. Je pense qu'il n'acceptera rien.

– Quelle plaie. Est-ce que tu peux te passer de son accord ?

– Qui sait ? Il m'a carrément dit un peu plus tôt que je pouvais faire tout ce que je voulais tant que je ne l'impliquais pas. Bon, d'un autre côté, peut-être qu'il était furieux après moi parce que je l'ai vu nu.

– Pardon ?

Je remets les lasagnes au micro-ondes tout en lui racontant ce qui s'est passé ce matin et elle explose de rire.

– Mais qu'est-ce qui t'arrive ? Pendant trente ans, tu as mené une vie parfaite et policée, et voilà que tu te mets à balancer des scones et à grimper aux arbres pour espionner des hommes à poil.

Je sors de nouveau le plat du four, et je poignarde les lasagnes dont les bords sont à présent brûlés.

– J'en ai peut-être marre de me comporter comme il faut tout le temps. Je pense que je devrais me fier davantage à mon instinct.

– Je ne peux qu'applaudir. J'ai toujours trouvé que tu étais trop bien élevée. Éclate-toi. Balance des scones. Espionne les hommes nus. Fais plus que ça même si tu veux.

Tout en mâchant une bouchée de lasagnes sans goût et caoutchouteuses, j'envisage d'avouer à Jaime ce qui s'est passé dans l'écurie. Je ne suis pas du genre à balancer, mais peut-être que si je lui raconte tout, je finirai par comprendre ce qui s'est produit.

– En réalité, j'ai fait plus que ça aujourd'hui.

Je lui explique tout et elle me laisse parler sans même dire un mot.

– Waouh, fait-elle une fois que je suis parvenue à la partie où il m'a hurlé de déguerpir. C'est n'importe quoi, dis-moi.

– Je sais.

J'abandonne momentanément les lasagnes et me rabats sur un sachet de carottes naines que je sors du frigo. Elles me rappellent le déjeuner que j'ai partagé avec Pete et Georgia à midi : une délicieuse salade de betteraves. Tout venait de leur jardin, sauf le fromage de chèvre (acheté dans une fromagerie du Michigan) et le filet mignon de porc avec la sauce barbecue élaborée avec des pêches locales.

Les carottes sont parfaitement uniformes et n'ont aucune personnalité. La perfection, c'est ennuyeux.

– Et c'est un client, me rappelle Jaime.

– Je sais. Je n'arrête pas de me le répéter. C'est juste que… je suis attirée par lui pour une raison que je ne m'explique pas, réponds-je, en colère. Je pourrais trouver dix raisons pour lesquelles il ne devrait pas me plaire.

Elle éclate de rire.

– Je vais t'expliquer ce qui se passe. Il est super sexy. Première raison. En je t'en donne deux autres : il en a une grosse et tu n'as couché avec personne depuis Tripp le Mou.

Je gémis.

– Merci de me le rappeler.

Le souvenir du sexe de Jack pressé contre mes hanches réveille les papillons dans mon ventre.

– Je suis désolée, Gogo. Je ne devrais pas me moquer de toi. Que vas-tu faire ?

– L'oublier. Que veux-tu que je fasse d'autre ?

Elle soupire.

– C'est probablement mieux comme ça. Je te soutiens totalement dans ta volonté de sortir de ta zone de confort, mais un agriculteur vétéran veuf qui s'avère être aussi un client, c'est peut-être un peu excessif.

– Beaucoup trop.

Tellement que ça ne devrait pas me chagriner autant.

– Ça va aller ? Tu veux que je vienne assister à la réunion demain ?

– Non. Ça va, réponds-je sur un ton que j'espère assuré. Je te promets que ça n'affectera pas mon travail.

– J'en suis certaine. Tu es une perfectionniste. Et ça, ça ne changera jamais. (Elle s'interrompt un instant.) Tu as vraiment nourri des cochons aujourd'hui ?

Ça me fait sourire.

– Absolument. Et des vaches, des chevaux et des chèvres. J'ai ramassé des œufs. Tu savais que les poules pondent par le cul ?

– Non. Et je n'avais pas besoin de le savoir.

Je fais claquer ma langue.

– Jaime Owens, tu devrais faire plus attention à la provenance de tes aliments.

– Dans ce cas précis, je pense que l'ignorance est une bénédiction. On s'appelle demain ?

– Oui. Bonne nuit.

– Bonne nuit.

Je passe le reste de la soirée à me préparer pour la réunion et à tenter d'empêcher les images de Jack de me distraire.

Mais c'est impossible.

Je revis ce baiser mille fois. Je sens ses mains sur mes poignets. Sa langue sur mon cou. Sa cuisse entre mes jambes.

Je ferme les yeux et je l'imagine dans sa petite maison. Que fait-il ? Est-ce qu'il pense à moi ? Est-ce que sa femme lui manque la nuit ? Essaie-t-il de combler sa solitude avec d'autres femmes ? Je ressens une jalousie intense envers toutes les femmes qui ont couché avec lui, et un manque si féroce que j'en ai le souffle coupé.

Certes, ses changements d'humeur me déroutent, mais il est viril, fort et bien réel. C'est un soldat. Un survivant. Il a travaillé pour avoir ce qu'il possède aujourd'hui. Il a bossé longtemps et très dur avec ses deux mains. Il n'a pas peur de se salir.

C'est sexy.

Aucun autre homme ne m'a jamais fait cet effet-là.

Et je ne peux rien y faire.

CHAPITRE 13

JACK

Qu'ai-je fait ?

Tu sais très bien ce que tu as fait. Tu as baissé la garde. Tu as perdu le contrôle. Tu as merdé.

J'ai merdé. Grave.

Je me suis très mal comporté avec Margot, qui ne le mérite pas. J'ai embrassé une femme qui travaille pour moi. Et j'ai trahi la mémoire de Steph.

Je me sens coupable de tout. J'ai besoin de parler à quelqu'un… Quelqu'un qui me connaît et qui me comprend.

Je n'ai pas besoin que l'on me pardonne – cela n'a jamais été nécessaire –, mais il faut qu'on me rappelle qui je suis. Du coup, une fois que j'ai terminé tout ce que j'ai à faire dans l'écurie, je rentre chez moi, je prends une douche, je cueille des fleurs sauvages qui poussent devant le chalet puis je me rends au cimetière en voiture.

Nous avons enterré Steph selon les souhaits de sa famille. Elle et moi n'avions jamais parlé de ce genre de choses. Qui pense à la mort en pleine jeunesse et juste après son mariage ? Quand elle est morte, j'ai été submergé par un tel brouillard de souffrance et de regret que j'ai laissé ses parents et sa sœur prendre toutes les décisions, depuis le lieu où elle serait enterrée jusqu'aux vêtements qu'elle emporterait avec elle.

La seule chose que j'ai demandée, c'est qu'on lui laisse ses santiags.

– Salut, bébé.

Je m'accroupis sur l'herbe face à sa tombe et enserre mes genoux de mes bras.

– Je t'ai apporté ça.

Je pose les fleurs sur la stèle en granit rose et arrache les mauvaises herbes qui ont poussé depuis la semaine dernière. Je suis sûr que Margot aime les roses de serre et pas les fleurs sauvages.

Je fronce les sourcils et chasse Margot de mes pensées. J'imagine que Steph est à côté de moi et je me concentre sur toutes les choses familières que j'ai aimées chez elle et qui me manquent, jusqu'à ce que mon cœur saigne.

– Ça ne va pas fort en ce moment, tu sais. Au mois d'août, c'est toujours pire.

Si je ferme les yeux, j'entends sa voix et je sais ce qu'elle va répondre.

Est-ce que tu dors bien ?

– Pas du tout.

Et tes médocs ?

– Je ne les prends plus.

Elle serait furieuse. *Jack. Tu dois les prendre ! Ça t'a aidé ! Grâce à eux, tu arrivais à dormir.*

– Je m'en fous. Je n'ai pas besoin de dormir.

Est-ce que tu es venu ici pour te disputer avec moi ? On a parlé de ça des milliers de fois.

– C'est ma faute. Tout est de ma faute.

Ce n'est pas toi qui conduisais la voiture qui m'a renversée.

Je ferme les yeux et je la vois marcher le long de la route, les phares fonçant sur elle dans la nuit, et la culpabilité me percute avec la force de trois tonnes de métal et de verre.

Tu ne conduisais pas la voiture qui m'a tuée, Jack.

Je secoue la tête, les larmes aux yeux.

– Tu peux dire ça autant de fois que tu veux. C'est ma faute.

Pourquoi est-ce que tu crois ça ?

Dans ma tête, une autre voiture roule dans la nuit. Cette fois-ci dans ma direction.

– Tu sais très bien pourquoi. Tu es la seule qui le sache.

Arrête.

– « Si quelqu'un blesse son prochain, il lui sera fait comme il a fait. »

Jack ! Je ne croirai jamais ça. Jamais. Tu as fait ce que tu avais à faire.

Ma gorge se serre. J'essaie de m'éclaircir la voix, mais en vain.

– Le prix à payer était trop élevé.

Elle garde le silence. Comme d'habitude.

Elle n'a jamais vu que le bon en moi. Et pourtant, ce que j'ai fait lui a coûté la vie. J'en suis certain.

Même les bons jours, je porte ce fardeau.

La vérité, c'est que je ne mérite pas de dormir. Je ne mérite pas l'amour et la compassion de ma famille. Et je ne mérite certainement pas de me laisser aller au désir que j'éprouve pour une autre femme.

Même si j'en meurs d'envie.

***

Plus tard ce soir-là, alors que je suis assis sur ma véranda, une bière à la main, les yeux rivés sur le coucher de soleil, Georgia fait son apparition, une assiette recouverte de papier aluminium à la main.

– Salut, fait-elle. Je t'ai apporté à dîner.

– Merci.

Elle grimpe les marches de la véranda.

– J'ai frappé à ta porte d'entrée mais tu n'as pas répondu.

– Désolé. Je n'ai pas entendu.

– Tout va bien ?

– Oui.

Je garde les yeux fixés sur les canards dans la mare. Georgia attend une minute avant de reprendre doucement la parole :

– Tu es allé au cimetière aujourd'hui ?

Comment peut-elle bien le savoir, je n'en ai aucune idée. Mais je n'ai pas le courage de nier.

– Oui.

Elle acquiesce lentement et pendant un instant, j'espère qu'elle va me demander pourquoi, qu'elle va dire quelque chose sur Steph ou qu'elle va juste reconnaître son existence, ou même son souvenir, d'une manière ou d'une autre. Les gens le font rarement. Ce qui les intéresse, c'est de savoir comment je vais *moi*, et ce que je ressens *moi*. Est-ce qu'ils pensent qu'en évitant le sujet, je ne ressentirai plus de douleur ?

Et comme je le pensais, Georgia change de sujet.

– Tu as déjà mangé ? Je mets ça au réfrigérateur ? demande-t-elle en me tendant l'assiette, tout sourire. C'est du poulet frit. Délicieux.

– J'ai dîné. Tu peux le mettre au frigo.

C'est un mensonge, mais je n'ai pas faim. Je me sens coupable et pire, je ne peux pas m'empêcher de penser aux baisers que j'ai échangés avec Margot. J'ai aimé la sensation de son corps contre le mien, ses cheveux entre mes mains, sa peau sous mes lèvres. J'ai eu envie de m'enrouler dans sa douceur parfaite et parfumée et de tout oublier pendant un moment. J'aimerais tellement que ce soit possible.

Ça ne l'est pas. Alors arrête d'y penser.

Georgia soupire mais elle entre dans le chalet : j'entends la porte du frigo s'ouvrir et se refermer, suivie du bruit d'une bouteille que l'on décapsule.

– Ça t'embête si je bois une bière avec toi ?

– Non.

En réalité, j'ai surtout envie de me complaire dans mon malheur tout seul, mais je ne veux pas me montrer désagréable avec Georgia. Elle est très sympa avec moi. Et sa présence pourra peut-être détourner mes pensées de Margot.

Elle se laisse tomber sur la chaise à côté de moi.

– Comment s'est passé le reste de la journée avec Margot ?

Eh merde.

– Bien.

– Elle t'a rendu dingue ?

Et comment. Et ce n'est pas fini.

– Oui.

Georgia prend une longue gorgée de bière puis elle se met à rire.

– Je sais que ce n'est pas sympa de ma part, mais je ne peux pas m'empêcher de l'imaginer en train d'accomplir les tâches de la ferme dans sa jolie tenue avec ses bottes hors de prix et ses bijoux.

Un sourire frémit sur mes lèvres.

– Barbie agricultrice.

Georgia se frappe la jambe.

– Exactement ! Mais elle est super sympa. Et c'était très chouette de sa part de se montrer aussi curieuse et de proposer son aide. Tu ne crois pas ?

– Elle ne m'a pas vraiment aidé, je marmonne sèchement.

– Moi non plus la première fois que je suis venue ici. Avec tes frères, vous vous êtes bidonnés quand j'ai essayé de monter à cheval. Tu te rappelles ?

– C'est vrai.

Mais ce souvenir me remplit de tristesse. Ce jour-là, Steph était là aussi.

– On se disait que c'était sans espoir avec toi.

Elle me donne un petit coup sur le bras.

– Mais j'ai appris.

– Tu as appris.

Je bois une gorgée de bière tout en pensant à Margot à cheval.

– Tu sais, je pense que Margot sait monter.

– Ah bon ?

– Oui, elle m'a dit qu'elle possédait un cheval quand elle était enfant. Elle était très à l'aise avec les nôtres aujourd'hui.

Georgia me regarde, tête penchée.

– Ça alors, vous avez finalement quelque chose en commun. Tu devrais la laisser te monter pendant qu'elle est ici.

Je manque m'étouffer.

– Quoi ?

– J'ai dit : tu devrais la laisser monter avec toi pendant qu'elle est ici. Un jour de cette semaine par exemple.

– Oh.

Voilà que l'idée de Margot en train de me chevaucher est imprimée sur ma rétine. Impossible d'avoir un moment de paix, bordel !

– Peut-être.

– Elle a dit qu'elle revenait demain pour nous soumettre des idées.

Voilà que Georgia n'est pas très subtile.

– Mmm.

Elle soupire et se renfonce dans son siège. Je comprends qu'elle a décidé de lâcher momentanément l'affaire. Nous buvons nos bières dans un silence agréable tandis que le soleil se couche. On éloigne les moustiques occasionnels tout en écoutant les criquets. Quand nos bouteilles sont vides, elle se lève.

– Je dois rentrer. Merci pour la bière.

– Avec plaisir. Merci pour le dîner, fais-je en me levant à mon tour. Il fait sombre. Je vais te raccompagner.

– Ce n'est pas la peine.

– Si.

Elle sait que ce n'est pas la peine de protester. Quand il fait nuit, je ne laisse jamais une femme rentrer toute seule.

Arrivés devant chez elle, elle m'étreint brièvement.

– Essaie de venir demain, d'accord ? Neuf heures. Je ferai du pain perdu, comme tu aimes.

Je gémis.

– Avec du sucre roux et de la banane ? Tu es cruelle.

Elle éclate de rire et me tapote la joue.

– Je ne suis pas cruelle, je suis maline. Peut-être à demain matin alors.

– Peut-être.

– Bonne nuit.

Je la regarde entrer chez elle et fermer la porte avant de tourner les talons. Tout en marchant au milieu des arbres, le souvenir de Margot tombant du saule pleureur ce matin me revient et je secoue la tête. Maintenant que je la connais un peu mieux, je suis émerveillé qu'elle soit parvenue à grimper dans cet arbre. Elle devait vraiment vouloir avoir une meilleure vue. Je souris brièvement en me demandant ce qu'elle a pensé en me voyant. Est-ce que le spectacle lui a plu ? Puis je me demande ce qu'elle a ressenti lorsque je me suis précipité à terre quand la branche a cassé.

Probablement que tu étais un fou furieux, mais est-ce que ça a la moindre importance ? Ce qu'elle pense de toi, de la ferme, de ce baiser, n'a aucune importance.

Mais je ne peux pas la chasser de mon esprit.

J'ai envie de l'embrasser. De la toucher. De la connaître davantage.

Est-elle juste une femme riche et gâtée qui n'en fait qu'à sa tête ou est-elle plus que cela ? Est-ce que je lui plais vraiment ou n'est-elle qu'une petite fille riche qui s'encanaille avec le palefrenier ? Pense-t-elle que je me suis comporté comme un connard en l'embrassant ? Croit-elle que je suis un abruti parce que je l'ai repoussée ? Et que ce serait-il passé si je ne l'avais pas fait ?

Ça n'a aucune importance. Elle n'a aucune importance. Dans quelques jours, elle quittera la ville, regagnera Detroit et tu ne la verras plus jamais.

Quelque chose se noue dans mon ventre.

Je ne la verrai plus jamais… À moins, bien sûr, que j'aille à ce rendez-vous demain matin.

Ne fais pas ça. Si tu la revois, tu ne t'attireras que des ennuis.

Peut-être. Ou peut-être que si je la vois et que je parviens à me contrôler, je pourrai me prouver à moi-même, et à elle par la même occasion, que ce qui s'est passé entre nous n'était qu'un accident. Je m'assiérai en face d'elle, je la regarderai droit dans les yeux et je m'obligerai à ne rien ressentir.

Je suis toujours un soldat, n'est-ce pas ?

Je peux le faire. Je dois le faire.

CHAPITRE 14

MARGOT

La première chose qui me déstabilise, c'est que Jack est là quand j'arrive chez Pete et Georgia le lendemain matin. Il est assis à la table de la cuisine devant une tasse de café. Il a l'air un peu fatigué, mais il est d'une beauté brute et sexy en diable. Son T-shirt moule tellement les muscles de ses bras que je sens ma bouche s'assécher et ma culotte se mouiller. Je pense à ces bras qui m'ont enlacée hier dans l'écurie. Nos regards se croisent… et nous détournons immédiatement les yeux, tous les deux.

Je lance un regard frénétique à la ronde. Notre gêne est-elle palpable ? Georgia me salue, enthousiaste :

– Bonjour Margot, tout en posant sur la table une poêle remplie d'une composition qui sent délicieusement bon. J'espère que tu as faim.

– Oui. Ça a l'air fabuleux.

Mon cœur bat à toute allure et je m'éloigne un peu de la table pour poser mon sac dans un coin de la pièce, tout en m'enjoignant de rester calme. C'est une réunion de travail et je suis une professionnelle. Je dois me comporter comme telle. *Allez, Margot. Tu sais faire ça. Rester gracieuse sous la pression.* Je prends quelques inspirations en tournant le dos à l'assistance, puis je regagne la table.

– Assieds-toi là, Margot, fait Georgia en désignant la chaise en face de Jack.

Génial.

Je m'installe et lisse ma jupe du plat de la main. Je tapote mes cheveux. Je touche mon collier. Mon collier sur lequel sa langue a couru il y a moins de vingt-quatre heures. Je risque un regard dans sa direction et le surprends en train de fixer mes doigts. J'ai des papillons dans le ventre.

C'est quoi, ce bordel ? C'est maintenant que les papillons font leur apparition ? Je ne peux pas gérer des papillons maintenant !

Alors, arrête de le regarder.

Mais je ne peux pas m'en empêcher. Et quand je lève de nouveau les yeux vers lui, je découvre qu'il me dévisage. Le regard dur. La mâchoire serrée. Les muscles du cou tendus. Presque comme s'il était en colère contre moi. Il déglutit, se redresse et carre les épaules.

Quoi encore ? Qu'est-ce que je lui ai fait ?

Mes yeux se remplissent de larmes inattendues et je bats furieusement des cils pour m'empêcher de pleurer. C'est alors qu'il se passe quelque chose d'étrange : son regard s'adoucit pendant un instant, et ses lèvres s'entrouvrent avant de se serrer de nouveau. Il a l'air complètement perdu ! Il veut m'embrasser ou me frapper ?

Fais comme s'il n'était pas là.

Ce n'est pas facile. Même s'il ne dit rien, je sens son regard coléreux posé sur moi en permanence. J'ai tellement conscience de sa présence que je pourrais aussi bien être assise sur ses genoux. Je conserve néanmoins un masque de nonchalance joyeuse, je fais des compliments sur le petit déjeuner, je bois mon café au lait et je bavarde avec Pete et Georgia de New York. Mais sous ce masque, je ne sais plus où j'habite.

– C'est délicieux ! C'est du pain perdu ?

Pourvu que je ne sois pas trop rouge.

– Vous voulez me passer la crème, s'il vous plaît ?

J'ai parlé trop fort, non ?

– J'adore ce restaurant ! Leur brunch est fabuleux.

Regarde-moi ces avant-bras. Bon sang, qu'ils sont musclés.

Une fois que le petit déjeuner est terminé et la table débarrassée, je me concentre sur mes notes et sur ce que je m'apprête à dire. *Ne le regarde pas. Tu n'en as rien à faire s'il te dévisage comme s'il ne parvenait pas à se décider entre arracher tes vêtements ou te mettre en pièces. De toute façon, il se fiche totalement de cette réunion. Concentre-toi sur les problèmes à résoudre et les stratégies à mettre en œuvre. Tu maîtrises.* Une fois que tout le monde s'est rassis, je commence.

Je trace les grandes lignes d'un plan en trois parties pour créer une marque, la faire connaître et augmenter les revenus de la ferme. La première partie est basique : il leur faut un logo, un nouveau site Internet, être sur tous les réseaux sociaux et embaucher quelqu'un pour faire tout ça.

– Je vous ai fait la liste de quelques Web designers que je connais, mais je vous encourage à trouver quelqu'un dans le coin.

Brad lance plusieurs noms, Pete pose quelques questions et prend des notes. Georgia me sourit tout en berçant Cooper sur ses genoux. Jack, lui, reste assis les bras croisés et continue à me lancer des regards noirs.

Ignore-le. Continue.

La deuxième partie concerne le contenu. Ils doit être suffisamment accrocheurs pour attirer des clients potentiels, et aussi créatifs que possible pour donner envie aux gens de partager l'expérience.

– Je ne vous parle pas de publicités vantant vos mérites. Je vous parle de photos et d'histoires concernant ce que vous faites ici : les échecs et les succès. Il faut mettre en scène ces légumes à l'aspect étrange ! Il faut raconter comment vous avez eu du mal avec les ruches ou je ne sais quoi ! Il faut admettre que votre première tentative pour faire une tourte maison s'est terminée en désastre ! Les gens doivent pouvoir se projeter. Il faut leur faire ressentir quelque chose, les faire rire, les faire s'émerveiller. Tout ça ne vous concerne pas, vous ; ça les concerne, eux.

Jack émet un petit bruit désapprobateur.

– J'adore cette idée, s'enthousiasme Georgia en jetant un coup d'œil à Jack par-dessus la tête de Cooper. Et en plus, j'adore écrire.

– Parfait, dis-je en lui adressant un sourire reconnaissant. Il faut que les gens vous connaissent. Soyez authentiques, soyez drôles, soyez visibles. De cette manière, ils associeront votre marque avec vous en tant que personnes et ça créera du lien.

– C'est vraiment indispensable qu'on nous voie ? demande Brad en fonçant les sourcils.

Je hausse les épaules.

– Pas si vous n'en avez pas envie. Mais je pense que le concept de la ferme familiale, dirigée par des frères, sera plus fort si toute la famille est investie. Et puis votre ferme s'appelle la ferme des « frères » Valentini.

La façon dont ils regardent tous Jack ne m'échappe pas, mais je ne lève pas les yeux vers lui.

– J'aime la photo, dit Brad. Ma fille Olivia aussi. On pourrait peut-être prendre des photos pour le site ?

Je fais claquer mes doigts.

– Excellente idée. Peut-être même que votre fille pourrait avoir une rubrique à elle sur le site, un blog où elle s'adresserait aux enfants. Elle pourrait leur apprendre des choses sur la nourriture bio et locale.

– Et proposer des recettes faciles, ajoute Georgia. Elle aime cuisiner. C'est génial, Margot.

Jack fait craquer ses phalanges.

– Ensuite, j'ajoute en lui lançant cette fois-ci un regard noir, parlons de l'agrotourisme. De nombreuses fermes de petite taille s'y mettent pour trouver des compléments de revenus.

Je détaille le concept et tout le monde se montre très excité à cette idée.

– On ne peut pas faire de mariages ici. Pas assez d'espace, lâche Jack.

Même si ce qu'il dit est négatif, je suis presque soulagée de l'entendre prendre enfin la parole et de ne pas se contenter de rester assis à bouillonner.

– On a organisé ton mariage, lui rappelle Pete.

– C'est arrivé une seule fois.

– Il a raison de parler de l'espace, cela dit, fait Georgia. Pour leur mariage, ils avaient loué une tente. Nos clients devront-ils faire ça à chaque fois ?

– Génial, un week-end avec des inconnus qui massacrent le domaine pour monter une tente. On aurait droit aussi aux camions des traiteurs ? Aux toilettes portatives ? Non merci.

J'essaie d'aider. Et Dieu sait que je déteste les toilettes portatives moi aussi.

– Et si vous installiez une structure semi-permanente ou un espace qui ne servirait qu'à cela ? Vous pourriez investir dans une marquise qui resterait en place tout l'été.

– Excellente idée, s'enthousiasme Pete, ce qui lui vaut un regard noir de la part de Jack. Et on n'aura jamais besoin de traiteur. C'est nous qui cuisinerons. Il suffit d'obtenir un permis.

Georgia hoche la tête, sourcils froncés.

– La cuisine doit subir une inspection. Et généralement, une cuisine particulière ne remplit pas les critères.

Je réfléchis un instant.

– Quand vous pensez à ce fameux restaurant de ferme que vous rêvez d'ouvrir, vous l'imaginez où ? Quelque part sur le terrain ?

Pete et Georgia échangent un regard.

– On avait cette idée, commence Pete en choisissant soigneusement ses mots. On voulait acheter la maison de l'autre côté de la rue. Elle est vide depuis des années. Et il y a assez de place sur le terrain pour installer une marquise, et même éventuellement construire une grange pour les événements.

– La maison des Oliver ? demande Jack, abasourdi. Mais le toit va vous tomber sur la tête ! Elle est en ruine.

– Les vieilles maisons ont une bonne structure, proteste Brad. Cette maison est solide. Je ne savais pas qu'elle vous intéressait. C'est mon agence qui la gère.

– Ce n'est qu'une idée en l'air, dit Georgia. Nous n'avons pas les moyens de l'acheter pour l'instant.

– Mais ça pourrait fonctionner, réponds-je, l'esprit rempli d'images de tables dressées dans une atmosphère intime dans une pièce haute de plafond. Il faudrait effectivement construire une cuisine ultramoderne et professionnelle et…

– C'est absurde. Est-ce que vous savez combien coûte une cuisine professionnelle ? Sans parler du prix de la maison ! s'exclame Jack. Et il n'y a aucune garantie que les gens auront envie de se marier ici.

– Vous l'avez bien fait, je remarque.

Le regard qu'il me lance pourrait trancher de l'acier.

– C'est parce que je suis d'ici. Ça a du sens pour moi. Les autres veulent des pièces sophistiquées avec du marbre et du verre, pas une tente à côté d'une écurie.

– Calme-toi. Ça vaut le coup de réfléchir, Jack, fait Pete. Pour l'instant, on ne fait que ça. On réfléchit.

– Je sais très bien ce que vous essayez tous de faire. Vous essayez de changer les choses, de transformer cette ferme en quelque chose qu'elle n'a jamais eu l'intention d'être, et vous n'en avez rien à foutre de ce que je pense.

Il se lève et sa chaise racle le plancher.

– Alors, allez-y, faites votre site Internet, prenez vos photos ou je ne sais quoi, si vous êtes convaincus que toutes ces conneries feront une quelconque différence, mais cette fille ne sait rien sur cette ferme et rien sur cette famille. Elle est là depuis quoi… deux ou trois jours ? On n'a pas le droit de se pointer quelque part et de se mêler de la vie des gens comme ça.

Il me lance un regard meurtrier par-dessus la table, et soudain je comprends de quoi il parle vraiment.

– Hé ! fait Pete en se levant à son tour. Fais-lui immédiatement des excuses. C'est une invitée dans cette maison et tu n'as aucun droit de la traiter comme ça.

Le visage de Jack s'assombrit davantage, et il serre les poings. Son expression est un mélange de colère et de honte, mais toute son attitude proclame : « Va te faire foutre, je ne m'excuserai pas ». Et il ne le fait pas. Au lieu de ça, il tourne les talons et quitte la pièce en claquant la porte derrière lui.

Je sens ma colère monter… et je n'ai pas besoin d'un plateau de scones à lui balancer : j'ai plein de mots à ma disposition.

– Excusez-moi, dis-je à l'intention de Pete, Georgia et Brad.

Puis je me précipite dehors.

– Hé ! je crie toute en martelant la pelouse de mes escarpins. Je veux te parler !

Il ne prend même pas la peine de se retourner. Je me mets à courir.

– Arrête-toi !

Je le rattrape et lui saisis le bras. Il pivote brusquement et se dégage.

– Je n'ai aucune envie de te parler, Margot. Laisse-moi tranquille.

– C'est quoi ton problème, bordel ?

Son regard est sombre et tourmenté.

– Mon problème, c'est toi, d'accord ? Tu débarques ici avec toutes tes idées à la mode, tes fringues hors de prix, tes cheveux brillants et tes grands yeux bleus, tout le monde t'adore et ça m'emmerde. Tout ce qui te concerne m'emmerde. Alors, fiche-moi la paix.

Il pivote et s'éloigne de nouveau.

– Reviens ! je hurle. Je n'ai pas terminé.

Il ne me regarde même pas ; il se contente de marcher à travers les bois en direction de son chalet.

Bon sang. Bon sang ! Je réprime un cri qui menace de se frayer un chemin dans ma gorge et je me tire les cheveux. Il est tellement agaçant ! Tellement entêté ! Tellement irrationnel ! Comment fait-il pour ne pas voir que sa famille n'essaie pas de ruiner son rêve, mais au contraire de le rendre possible ? Et je ne fais rien pour l'emmerder, je ne fais que mon travail. Ce n'est pas comme si venir ici était mon idée. Ils m'ont embauchée !

Et c'est quoi ces remarques sur mes yeux et sur mes cheveux ? Qu'est-ce qu'il veut : que je me mette un sac sur la tête ? Je n'y peux rien si je lui plais ! Est-ce qu'il croit que ça me fait plaisir d'être attirée par lui ? Parce que ce n'est pas le cas ! J'aurais préféré ne jamais poser les yeux sur lui ! Je le regarde disparaître, furieuse.

Calme-toi, Margot. Ressaisis-toi.

Je prends plusieurs inspirations profondes, puis je regagne lentement la maison en essayant de trouver une façon d'expliquer ce que je viens de faire. Depuis trois jours, je suis une catastrophe ambulante.

Que m'arrive-t-il ?

***

Il s'avère que les membres de la famille que j'ai laissés dans la cuisine sont deux fois plus mortifiés que moi : ils s'excusent à profusion pour le comportement de Jack, m'assurent qu'ils adorent mes idées et me supplient de ne pas prendre sa réaction trop à cœur.

Je m'excuse pour être partie en courant, promets que je vais bien et leur demande de me contacter dans quelques jours, une fois qu'ils auront eu la possibilité de réfléchir à tout ce que j'ai proposé.

– J'ai pris quelques jours de congé, je vais donc passer du temps dans un transat, j'explique en espérant que mon sourire a l'air authentique.

Georgia me raccompagne et insiste pour me donner des restes.

– Prenez-les, je vous en prie, dit-elle me tendant un Tupperware. Je me sentirai mieux.

– Vous n'avez rien fait de mal, Georgia.

– Eh bien pourtant, je me sens coupable, fait-elle en haussant les épaules. Je suis allée voir Jack hier soir, je l'ai supplié de venir aujourd'hui. Je pensais qu'il vous écouterait avec l'esprit ouvert.

– Vraiment ?

J'aurais pu vous dire que c'était peine perdue.

– Oui. Il ne se comporte pas toujours aussi mal, c'est juste que… Elle soupire et ferme brièvement les yeux. Je ne sais pas ce qu'il se passe. Il y a quelque chose, c'est sûr, mais il ne veut pas en parler.

– Il est très renfermé, je comprends.

Il n'est pas question que je perde plus de temps à essayer de le comprendre.

Il a l'air d'être un adulte, mais en réalité, il a le tempérament d'un gamin têtu.

– Merci pour les restes. Le petit déjeuner était délicieux.

Je rentre au cottage avec l'intention d'enfiler un maillot de bain, de prendre ma crème solaire, une serviette et mon livre, et de rester allongée dans le sable pendant des heures. Je l'ai mérité, n'est-ce pas ? Je vais lire, nager et me détendre, et ce que je ne vais surtout pas faire, c'est perdre une seconde supplémentaire à penser à Jack Valentini.

Du moins, je vais essayer.

J'enfile le maillot, me tartine de crème solaire, m'assieds sur la serviette avec mon livre, mais tout ce que je fais, c'est garder les yeux rivés sur la même page, le maudire et laisser ma colère prendre de l'ampleur.

Non, mais quel connard ! Comment a-t-il pu oser me traiter de la sorte ! Comment a-t-il pu oser faire ces remarques dégueulasses, alors qu'hier j'ai fait tout mon possible pour lui faire plaisir ! Et après ce baiser en plus. Baiser qui, rappelons-le, était à son initiative ! Moi, j'ai gardé mes mains pour moi. C'est lui qui n'a pas pu se retenir, pas moi. Je mets mon livre de côté, je croise les bras et je rumine sous le rebord de mon chapeau.

C'est ça, son problème. Il s'en veut et il me le fait payer. Ça n'a pas de rapport avec les mariages ni avec la ferme. Ça a à voir avec le fait qu'il est incapable de gérer le désir qu'il ressent pour moi : une citadine pourrie gâtée qui obtient toujours ce qu'elle veut. Et puis de toute façon, même s'il déteste toutes mes idées, ça ne lui donne pas le droit d'être mal élevé.

Même un bain dans le lac glacial ne parvient pas à faire retomber ma colère. Cet abruti me doit des excuses et il a besoin d'entendre ce que j'ai à dire ! Peut-être que l'ancienne Margot serait restée calme et aurait balayé tout ça d'un geste auguste de la main, mais elle a été remplacée récemment par la nouvelle Margot. Et la nouvelle Margot ne se retient pas !

Elle dit ce qu'elle pense. Elle jette des scones.

Elle se défend.

Et donc, après avoir passé toute la journée à rêver que je balançais ses quatre vérités à Jack Valentini (et toute la soirée à boire du vin et à manger les restes de pain perdu), je me douche pour me débarrasser des restes de sable et de crème solaire, m'habille et trouve mon chemin dans la nuit pour aller lui dire tout le mal que je pense de lui.

CHAPITRE 15

JACK

Je suis allongé sur mon canapé en train de me noyer dans mon propre malheur, lorsque j'entends quelqu'un s'approcher du chalet. Immédiatement sur le qui-vive, je m'assieds et tends l'oreille. Les fenêtres sont ouvertes et je distingue une voix. Une voix féminine. Au début, elle est basse comme si elle marmonnait pour elle-même, mais elle devient plus forte au fur et à mesure qu'elle s'approche.

– … Tu peux aller te faire foutre, connard. Je n'ai jamais été aussi furax après quelqu'un de toute ma vie. Comment oses-tu me dire des choses pareilles après ce que tu as fait hier ? Tu devrais avoir honte.

Margot.

Est-ce qu'elle est venue ici pour me faire tout ces reproches ?

Si c'est le cas, je le mérite. Je me suis mal comporté ce matin. Mais elle m'a tellement énervé… J'ai essayé de toutes mes forces de m'en tenir à mon plan, de la regarder droit dans les yeux sans rien ressentir, mais j'ai échoué lamentablement. Tout me plaît chez elle : ses longs cheveux blonds, ses yeux bleus, sa peau pâle, son collier de perles, ses mains gracieuses. Il m'était impossible de voir ses jambes sous la table, mais elles me rendent dingue de toute façon. Et puis, il y a tout le reste, qui n'est même pas physique : l'inflexion de sa voix, la fraîcheur de son sourire, la confiance qu'elle a en elle et en ses idées, son enthousiasme sincère pour notre ferme. En dehors de quelques regards nerveux quand elle est arrivée, elle a semblé à peine déstabilisée par ma présence. Alors que de mon côté, c'était le bordel complet dans ma tête.

Du coup, je me suis lâché sur elle, sur eux tous. J'ai essayé de les accuser de détourner mon rêve, alors qu'en réalité ils essaient seulement de construire dessus. Mais merde ! Je ne veux pas que les choses changent. Je ne veux pas que la ferme soit nouvelle ni différente. Moi-même, je ne veux pas être quelqu'un de nouveau ni de différent. Et Margot, à qui on n'a jamais rien refusé de toute sa vie, ne comprend pas ce que l'on ressent quand on perd le contrôle de ce qui est important. Aucun d'entre eux n'a l'air de le comprendre !

Ça n'a aucun rapport avec les mariages ni la ferme. C'est juste que dans ma vie, tout semble soudain m'échapper. Je suis incapable de me cramponner à ce qui m'importe.

Je ne peux m'empêcher de soupirer et je ferme les yeux tandis qu'elle s'approche.

Évidemment, je n'aurais pas dû la traiter aussi mal. Ce n'est pas sa faute si elle me plaît autant. Elle ne sait pas qu'elle fait partie de ce qui me déstabilise. Je lui dois des excuses, mais après ça, il est vraiment indispensable que je me tienne loin d'elle.

J'ouvre la porte avant qu'elle ait le temps de frapper, et elle ouvre la bouche, stupéfaite.

Je suis surpris moi aussi ; elle a l'air différent. Ses cheveux sont humides, et même si elle porte une robe à fleurs, elle n'est pas maquillée et ne porte aucun bijou. Mon cœur se met à battre plus vite. Elle est tellement belle.

Belle, et super vénère.

Elle ferme la bouche et plisse les yeux.

– J'ai quelque chose à te dire.

– Eh bien, vas-y.

Je la rejoins sur la véranda et ferme la porte derrière moi afin que la chatte ne s'échappe pas. Je suppose que je dois bien ça à Margot : la laisser me dire tout le mal qu'elle pense de moi. Que pourrait-elle bien ajouter que je ne sache déjà ?

Elle commence par poser les mains sur ses hanches avant d'enfoncer son index dans ma poitrine.

– Tu n'es pas sympa.

Je me retiens de sourire.

– Non ?

– Non. Je ne sais pas ce que tu as contre moi, mais je ne suis pas là pour te rendre malheureux, je suis là pour faire mon travail. Et je suis aussi désolée que toi de ce qui s'est passé hier, mais tu n'avais pas besoin de te comporter comme un con aujourd'hui.

– C'est vrai. Et je suis désolé.

– Et tu… s'interrompt-elle en me lançant un regard stupéfait. Attends, quoi ? Qu'as-tu dit ?

– Je suis désolé. Tu as raison. Je me suis très mal comporté. Tu ne le méritais pas.

Elle lance un regard de côté avant de reporter son attention sur moi.

– C'est tout ? Tu ne comptes pas te disputer encore avec moi ?

– C'est ce que tu voulais ? Qu'on se bagarre ?

– Je ne sais pas. Oui.

– Il n'y a aucun motif de dispute. Je me suis comporté comme un crétin.

J'enfonce les mains dans mes poches et fais un petit pas en arrière. La Margot sympa et pétillante à la lumière du jour est suffisamment tentante. La Margot fougueuse qui cherche la bagarre dans la nuit est carrément dangereuse.

– Pourquoi agis-tu ainsi ?

– C'est difficile à expliquer.

– Tu as voulu te venger parce que je t'ai espionné ?

– Non.

Elle se mordille la lèvre un instant.

– Et tout ce que tu m'as dit sur mes cheveux brillants et mes yeux bleus qui t'emmerdent ? Et sur le fait que c'est moi le problème ?

– Tu n'es pas un problème. Ce n'est pas ce que je voulais dire.

Mon problème, c'est ce que je ressens quand je suis tout près de toi.

Elle n'a pas l'air convaincu.

– Et ce qui s'est passé hier ? Dans l'écurie. On va en parler ?

Je hausse les épaules.

– C'était une erreur.

Elle lève les yeux au ciel.

– Sans blague.

– Pourquoi poses-tu la question, alors ?

Elle fronce les sourcils.

– Je ne sais pas. Parce que je ne comprends rien. Je ne sais pas ce qui se passe avec toi. Un instant, tu m'embrasses, le suivant, tu me hurles dessus et tu me fiches dehors. Ce matin, tu t'es comporté comme un abruti, ce soir, tu t'excuses.

Elle se frappe le front du plat de la main.

– Je n'arrive pas à suivre.

– Tu n'as pas besoin de suivre. Tu t'en vas bientôt ?

Dis oui s'il te plaît. Je ne peux pas continuer comme ça : je te désire trop.

– Dans une dizaine de jours.

Merde. Je ne suis pas certain d'y arriver.

Elle enfouit soudain le visage dans ses mains.

– Bon sang, qu'est-ce que je fais ici ? Je suis complètement folle. Tu es un client.

Elle pivote, descend les marches du perron et se précipite le long du sentier qui s'éloigne de chez moi.

– Margot, attends !

Je suis soulagé qu'elle parte, mais je ne peux pas la laisser s'éloigner toute seule.

– Je vais te raccompagner jusqu'à ta voiture.

– Je suis venue à pied, répond-elle en criant tout en se dirigeant vers les arbres.

Mon cœur se serre et j'accélère, sur ses talons.

– Margot, arrête ! Je vais te ramener. Tu ne devrais pas te promener toute seule la nuit.

– Je n'ai pas besoin de toi.

– Hé !

Je la rattrape, lui saisis le coude et la fais pivoter.

– Il est hors de question que je te laisse marcher près de cette route dans le noir, compris ?

La lune nous éclaire suffisamment pour distinguer ses yeux pleins de larmes et de colère.

– Lâche-moi.

– Non.

J'essaie de la ramener chez moi afin de prendre la clé de ma voiture, mais elle se débat.

– Lâche-moi, répète-t-elle sans desserrer les dents.

– Non ! je rugis en l'attrapant par les épaules et en l'attirant à moi. Je ne peux pas.

Et sans réfléchir, j'écrase mes lèvres sur les siennes.

Elle s'agite un peu ; j'ai l'impression qu'elle essaie de s'échapper : je desserre mon étreinte et à ma grande surprise, elle passe ses bras autour de moi.

Je l'attrape brutalement par les cuisses et la soulève du sol. Elle enroule ses jambes autour de ma taille, glisse ses doigts dans mes cheveux et griffe mon cuir chevelu de ses ongles. Des frissons me parcourent le dos. C'est tellement bon d'être touché de cette manière de nouveau, d'être désiré. J'avais oublié à quel point c'est bon. Je sens un brasier se raviver au creux de mon ventre. Elle caresse ma langue de la sienne, embrasse mes joues, mon front, mon cou et mon corps tout entier vibre de la nécessité de se perdre en elle, d'être submergé par la chaleur de son désir. Et cela suffit à faire taire mon cerveau : je ne suis plus que sensations.

Je quitte le sentier et la plaque contre le tronc épais d'un arbre, je presse la bosse qui tend mon jean entre ses jambes, frotte mon bassin contre le sien. Elle serre encore plus fort ses jambes autour moi. Les minutes s'écoulent, nos souffles se font de plus en plus courts, et nos corps plus exigeants.

– Oui, murmure-t-elle. J'ai envie de toi. J'ai envie de toi.

Il ne nous faut que dix secondes pour nous débarrasser de nos vêtements. Je glisse les mains sous ses fesses et ses avant-bras s'appuient sur mes épaules.

– Oh mon Dieu, gémit-elle lorsque je la fais glisser sur mon sexe. J'ai très envie de toi, mais je ne sais pas si je suis de taille…

– Bien sûr que si.

Elle ferme les yeux, la tête penchée sur le côté, tandis que je fais coulisser mon sexe tout entier dans sa chatte humide.

– Tu es tellement gros que c'est douloureux.

– Tu veux que j'arrête ?

Ne dis pas oui, ne dis pas oui, ne dis pas oui.

Elle rouvre les yeux et me dévisage.

– Certainement pas. J'en ai trop envie. Je ne sais pas pourquoi j'en ai envie aussi fort, mais c'est la vérité.

Ça me suffit. Parce que c'est ce dont j'ai besoin, d'être proche de quelqu'un. J'ai besoin de l'entendre soupirer et gémir, j'ai besoin de sentir sa chaleur et sa douceur, j'ai besoin de relâcher toute la tension qui m'habite. J'en ai besoin de manière si désespérée que ma vision se trouble. Je la repousse contre l'arbre de nouveau, et je vais et viens en elle avec brutalité. Chaque coup de rein la fait crier si fort que je couvre sa bouche de ma main. Je n'ai pas envie que quelqu'un pense qu'elle est attaquée par un animal.

J'ai pourtant l'impression d'en être un, d'animal.

Je me sens assoiffé de sang. Elle suffoque contre ma main, les yeux écarquillés, mais je sens sa langue lécher mes doigts et quand je glisse mon pouce dans sa bouche, elle le suce, le lèche et le mord. Tous mes muscles sont tendus et je sais que je ne vais pas pouvoir me retenir plus longtemps.

Je glisse de nouveau les deux mains sous elle et je me concentre de toutes mes forces pour lui donner du plaisir.

Je la presse étroitement contre mon corps et je fléchis les hanches de manière à frotter la base de mon sexe contre son clitoris. Ça m'a manqué de ne plus faire jouir une femme, de ressentir cet excès de pouvoir et de plaisir.

– Oui ! Comme ça, s'écrie-t-elle, les yeux fermés. Ne t'arrête pas, s'il te plaît, ne t'arrête pas…

Elle penche la tête sur mon épaule et plonge les dents dans ma chair, un poing serré dans mes cheveux, l'autre cramponné à mon biceps. Ses jambes se raidissent, son corps tout entier s'immobilise et je l'attire encore plus étroitement contre moi, utilisant mes mains pour lui faire décrire de petits cercles sur ma queue. Sa chatte pulse sur mon sexe et je perds le contrôle.

Je gémis, je gronde à travers mes dents serrées et l'orgasme me déchire avec brutalité. Je la baise comme un barbare, avec passion, comme si je la haïssais, comme si je l'aimais, comme un homme uniquement mû par son instinct, imperméable à la raison et à l'émotion. Et quand je jouis, que j'explose en elle dans un plaisir violent, son visage enfoui contre mon cou, tout devient noir et silencieux.

Je trébuche en arrière, épuisé, étourdi et je tombe à genoux en entraînant Margot avec moi. Elle pousse un petit cri et se cramponne à mon cou comme une enfant, ce qui me fait basculer en arrière dans la poussière.

Et j'éclate de rire.

CHAPITRE 16

MARGOT

Je me retrouve à le chevaucher, les genoux dans la poussière, les bras autour de son cou.

Il rit.

Il rit.

Je ne peux m'empêcher de sourire. C'était donc ce qu'il fallait faire pour le faire enfin rire ? Le faire jouir ?

En parlant d'orgasme, mon corps tout entier bourdonne encore de celui qu'il vient de me donner. Je n'ai jamais senti quelque chose d'aussi intense et profond. Ni d'aussi rapide ! En règle générale, je dois me concentrer pour parvenir à jouir ; et encore, il faut que certaines conditions soient réunies, afin que je me sente suffisamment détendue pour y parvenir. L'obscurité totale, des draps doux, une complète intimité. Et je n'aime pas être dessus parce que je n'aime pas voir le visage des hommes quand ils jouissent : ils perdent toute dignité. Sans compter que ça me donne l'impression d'être exposée comme quand je cours sur le tapis roulant de la salle de gym.

Mais avec Jack, l'orgasme m'a foudroyée.

La réalité de ce qui vient de se passer commence à faire son chemin dans mon esprit. Je viens de me faire sauter contre un arbre. Par un fermier. Sans préservatif.

Oh, merde.

J'ai perdu mes sandales. Le mec m'a fait perdre mes Jack Rogers. Et l'écorce de l'arbre a certainement déchiré ma robe à deux cents dollars.

Mais bon sang que c'était bon. Brutal. Sale. Frénétique.

Ce n'est tellement pas mon genre, et pourtant j'ai aimé chaque seconde.

Je me redresse, les mains posées sur sa poitrine, et je le dévisage. Il a l'air complètement différent. Il fait sombre, mais je devine que son visage est détendu : ses sourcils ne sont pas froncés et sa mâchoire n'est pas contractée. Sa bouche est encore plus sensuelle et l'un de ses coins est relevé dans un sourire narquois.

– C'est ce type de bagarre que tu avais en tête ? demande-t-il.

– Pas tout à fait.

– Tu étais furieuse après moi.

– Je le suis toujours.

Il rit de nouveau et mes orteils picotent. J'adore l'entendre rire. C'est un bruit profond, chaleureux et gratifiant.

– Mais je suis aussi embarrassée.

– Pourquoi ça ? C'est moi qui ai commencé.

Je devine qu'il est de nouveau tendu.

– Tu vas bien ?

– Oui.

– On n'a pas utilisé de…

Je pince les lèvres.

– C'est vrai. Mais ce n'est pas grave.

Je prends la pilule, mais je n'ai jamais fait l'amour sans préservatif auparavant.

Ne pense pas à ça.

Je n'ai jamais couché avec un client non plus.

N'y pense pas non plus.

– OK.

Il prend une profonde inspiration et je sens sa poitrine bouger sous les paumes de mes mains. Il me tient toujours par les hanches.

– Désolé, Margot. Je ne sais pas ce qui m'a pris.

– Ne le sois pas.

Je commence à me redresser : j'ai comme l'impression que les choses vont devenir gênantes.

– Sincèrement… c'est juste… arrivé.

Il m'aide à me lever, récupère mes chaussures et tandis que je remets ma culotte (qui avait glissé sur l'une de mes chevilles), il rajuste son jean.

– Je pense que j'ai juste…, fait-il en se passant la main dans les cheveux. J'ai perdu le contrôle. Ça faisait tellement longtemps.

– Combien de temps ? je demande sans réfléchir. Je suis désolée, tu n'es pas obligé de me répondre.

– Depuis Steph.

Je suis stupéfaite.

– Depuis si longtemps, vraiment ? Ça fait trois ans ? Waouh, je croyais que je t'aurais battu. Mais moi, ça ne fait qu'un an.

Quand j'y pense, ça ne m'avait pas manqué tant que ça. D'un autre côté, je n'ai jamais vécu ce que je viens de vivre avec lui.

– Ça fait longtemps aussi.

Je hausse les épaules.

– Je suppose que ça explique tout. Nous étions juste très en manque tous les deux.

Il hoche la tête et enfonce les mains dans ses poches.

– Ouais.

On se regarde pendant un instant, tandis que les criquets chantent autour de nous. Mon cœur bat un peu trop vite tandis que je contemple l'obscurité : je suis la première femme avec laquelle il couche depuis la mort de sa femme. Ça me perturbe… J'aurais préféré le savoir avant. J'aurais été peut-être plus sympa, ou je n'aurais pas crié si fort. Ou je ne l'aurais pas mordu.

Quand même… La première femme depuis son épouse.

C'est important pour moi. Mais je ne sais pas que faire de cette information.

– Bon, dis-je brusquement, comme si on en terminait avec une réunion d'affaires. Je pense que le mieux, c'est de faire comme s'il ne s'était rien passé.

Il opine de nouveau.

– Je le pense aussi.

– Disons que c'était un moment de folie, alimenté par une frustration intense.

J'ai besoin de ranger ça dans un coin de mon cerveau et pas dans mon cœur.

– D'accord.

Je lui adresse un sourire, mais je ne suis pas du tout heureuse.

– Et maintenant que ce moment de folie est passé, je ferais mieux d'y aller.

– S'il te plaît, laisse-moi te ramener chez toi, fait-il d'une voix basse et sérieuse. Sinon, je ne pourrais pas dormir, non pas que je dorme bien de toute façon.

– Tu ne dors pas bien ?

– Non.

C'est une information sans importance mais elle est personnelle, et ça me fait plaisir qu'il se confie. Je jette un coup d'œil hésitant en direction de la maison de Pete et Georgia.

– Personne ne va nous voir et se demander ce que l'on fait ?

– Non. Il est tard. Pete se couche tôt et Georgia travaille ce soir.

J'acquiesce.

– Alors d'accord.

– Je vais chercher la clé de ma voiture. Tu viens avec moi ?

– D'accord.

Nous nous dirigeons vers le chalet en silence. Jack a toujours les mains dans les poches et moi j'ai croisé les bras. J'envisage de lui demander la permission d'utiliser sa salle de bains pour faire ma toilette, mais quelque chose me retient. Je préfère l'attendre sur la véranda. Puis nous rebroussons chemin à travers les arbres.

Une fois parvenus dans l'allée, Jack ouvre la portière passager de son pick-up et je m'installe. Il s'assied à son tour, juste au moment où je suis en train de tirer le plus possible sur l'ourlet de ma robe. Je me demande si je ne devrais pas lui demander un mouchoir, mais il n'a pas l'air d'être du genre à en avoir sur lui.

– Que fais-tu ? me demande-t-il en me jetant un regard étrange.

– Je ne voudrais pas salir le siège, réponds-je en sentant le rouge me monter aux joues.

Il y a plein de choses dans la sexualité qui sont assez embarrassantes.

Il éclate de rire et met le contact.

– Ce n'est pas un souci. Sincèrement. Où loges-tu ?

Je lui indique l'adresse et nous gardons le silence durant le court trajet. Heureusement qu'il ne nous faut que deux minutes, je songe. Parce que plus il me parle de sa voix tendre et sérieuse, plus il me sourit, plus il rit, plus il me montre qu'il y a un gentleman dissimulé sous cette armure hostile, plus il me plaît.

Je ne veux pas qu'il me plaise.

Quand il se gare devant le cottage, j'ouvre tout de suite la portière.

– Merci de m'avoir raccompagnée.

– Margot, attends, fait-il en posant une main sur ma jambe. Ne pars pas tout de suite.

Il vaudrait mieux que tu ne me touches pas, Jack.

– Oui ?

– Mes objections concernant tes idées sur la ferme ne sont pas personnelles. Je vois très bien que tu es compétente.

– Merci.

Il ôte sa main de ma jambe et se frotte la joue.

– Simplement, je ne veux pas que les choses changent.

– Même si les changements ont un véritable sens ? S'ils rapportent de l'argent ? Même s'ils rendent les gens heureux ?

Il ne répond pas, mais je devine à sa mâchoire serrée qu'il est de nouveau buté.

Je soupire et je descends du véhicule.

– Bonne nuit, Jack. Merci encore.

Je claque la portière et gagne ma porte. Je me rends compte qu'il attend que je sois rentrée avant de s'éloigner.

Encore un acte de courtoisie de sa part.

Maudit soit-il.

***

Un peu plus tard, alors que je suis au lit à écouter le bruit des vagues à travers les fenêtres, j'essaie de comprendre ce qui s'est passé ce soir. La soirée a été pleine de surprises. Jack a commencé par s'excuser. Il a admis qu'il s'était montré injuste. Il a insisté avec véhémence – et de manière inattendue – pour me raccompagner chez moi. Le baiser m'a prise par surprise et quand il m'a attrapée par les bras, sa colère s'est transformée immédiatement en passion.

Bien sûr que tu peux la prendre tout entière.

Mon ventre se noue quand je me souviens de la façon dont il a plongé en moi, si profondément que c'en était douloureux. Je n'avais jamais rien connu de semblable à cette douleur qui s'est transformée très rapidement en plaisir. Comment la souffrance et le plaisir peuvent-ils être aussi liés ? Comment des sensations contraires ont-elles pu fusionner dans mon corps de manière si inexplicable que j'étais incapable de dire où s'est arrêtée la douleur et où a commencé la jouissance. Laquelle était laquelle.

Et j'ai crié, haleté, suffoqué, je l'ai griffé comme un animal. Il a réveillé quelque chose en moi, une partie de moi dont j'ignorais l'existence, une partie qui n'était qu'envie ; une envie pure, féroce et qui avait occulté tout le reste : le décor rudimentaire, le fait que nous ne nous connaissions même pas il y a trois jours, même la conscience que nous étions dehors, en pleine nature. Je ne me suis pas inquiétée que quelqu'un puisse m'entendre, je n'ai pas eu honte de mon désir et je ne me suis pas interrompue pour me tracasser sur le fait que les femmes bien élevées ne sont pas censées apprécier le sexe de manière aussi décomplexée. Je suis prête à parier que je suis la première femme Thurber à se faire sauter par un agriculteur dans une forêt.

Et j'ai aimé chaque seconde de notre étreinte.

J'ai même aimé le voir jouir.

Est-ce que le sexe avec lui est tout le temps comme ça ? Je me demande si cette intensité folle était due au fait que nous étions tous les deux abstinents depuis longtemps, ou si Jack se montre toujours aussi brutal et agressif.

Tu ne le sauras jamais. Compris ?

Voilà que l'ancienne Margot fait son apparition sans qu'on lui ait rien demandé.

Vous avez décidé tous les deux que ça ne se reproduirait pas. Lâche l'affaire.

Je fronce les sourcils, en attendant que la nouvelle Margot prenne la parole et défende mon droit à un autre orgasme fabuleux, mais cette garce lanceuse de scones ne dit rien.

Tu vois ? Elle est d'accord elle aussi. Il n'y a aucun univers dans lequel Jack Valentini et toi puissiez être ensemble. Même s'il n'est pas l'abruti fini que tu pensais, les raisons pour lesquelles tu dois oublier l'existence de cet homme sont toujours valables, sans parler du fait qu'il n'a pas caché qu'il lui tardait que tu déguerpisses. Termine ce que tu as à faire ici et retourne dans ton monde.

Je roule sur le ventre en soupirant et je ferme les yeux. L'ancienne Margot a raison. Dans dix jours, je serai de retour dans mon univers et cet épisode deviendra l’histoire la plus folle de toute ma vie, celle que je ne pourrai pas m’empêcher de raconter en riant.

Ou en pleurant. Au choix.

CHAPITRE 17

JACK

Allongé dans mon lit, j'attends que la culpabilité m'assaille. Que ma conscience me brûle. Que mes fantômes me hantent. J'attends le regret, les larmes et le goût amer dans ma bouche. Toutes ces choses familières qui accompagnent mes nuits sans sommeil.

Mais rien de tout cela ne se produit. Même Bridget Jones reste allongée près de moi en ronronnant.

Ne sait-elle pas que je suis un homme horrible ?

Allez, je songe furieux.

Je voudrais que quelqu'un m'engueule pour ce que j'ai fait. Me fasse me sentir mal. Exige de savoir comment j'ai pu faire un truc pareil.

Seigneur, fais-moi répondre de mes actes. Je ne peux pas m'en sortir indemne.

Mais Dieu est silencieux ce soir. Et c'est la voix de Margot qui résonne dans ma tête. *Je ne sais pas pourquoi j'en ai autant envie, mais c'est la vérité.*

L'alchimie explosive qui existe entre cette citadine magnifique et sophistiquée et le bouseux mal dégrossi que je suis est un mystère pour moi. D'où vient-elle ? Et pourquoi a-t-elle autant d'emprise sur moi ? Je ne peux m'arrêter de penser à elle et ça me rend dingue. Je peux juste espérer que maintenant que j'ai couché avec elle, je vais l'oublier.

De toute façon, j'ai bien compris qu'elle n'éprouvait pas du tout la même chose à mon égard. Elle a très vite décidé qu'on devait faire comme s'il ne s'était rien passé.

Non pas que ça me chagrine ; je ne voudrais surtout pas que les membres de ma famille soient au courant. Il est simplement hors de question que j'ai une quelconque relation avec elle. Je n'en ai pas le droit.

Mon cœur appartiendra toujours à quelqu'un d'autre. J'ai fait une promesse à Steph et j'entends bien l'honorer. Je veux être le genre d'homme dont elle serait fière. Je veux honorer son souvenir. Je veux l'honorer, elle.

Je réfléchis à ce que je dois faire pour y parvenir. La nuit est longue.

***

Le matin, après m'être occupé des animaux, je vais prendre le café chez Pete et Georgia. J'aurais pu m'en préparer un au chalet, mais je leur dois des excuses et j'ai besoin de m'épancher un peu.

Je frappe deux fois à la porte arrière avant d'entrer.

– Bonjour.

Georgia jette un coup d'œil par-dessus son épaule. Assise à la table de la cuisine, elle donne son petit-déjeuner à Cooper.

– Bonjour.

Ni son ton ni son visage ne sont particulièrement accueillants.

Je m'y attendais.

– Pete est dans le coin ?

– Il est devant.

– Je peux me servir un café ?

– Fais comme chez toi.

Je remplis une tasse, j'ébouriffe les cheveux de Cooper et je sors dans l'allée : Pete est en train de mettre de l'huile dans le 4x4.

– Salut.

Il me jette à peine un coup d'œil.

– Salut.

– Tu as bientôt fini ?

– Pas vraiment.

– Tu peux faire une pause ?

– Pour quoi faire ?

– J'ai quelque chose à vous dire, à Georgia et toi.

Mon frère éclate de rire, mais c'est un rire amer.

– Je pense que tu en as assez dit hier.

Je prends une profonde inspiration : je ne veux pas me mettre en colère.

– Je me suis mal comporté hier et je voudrais m'excuser.

– C'est à Margot que tu devrais présenter tes excuses.

– Je l'ai déjà fait.

Il lève les yeux vers moi, surpris, et pose la main en visière sur son front pour se protéger du soleil.

– Tu t'es excusé ?

– Oui.

Il reporte son attention sur le filtre à huile et garde le silence pendant quelques instants.

– Je te retrouve à l'intérieur dans cinq minutes.

– Merci.

Je regagne la cuisine et m'assieds en face de Cooper. Je lui fais des grimaces pour le faire rigoler. Son rire est le son que je préfère à tout autre.

– Jack, j'essaie de le faire manger, se plaint Georgia, mais elle ne peut s'empêcher de sourire. Tu ne me facilites pas la tâche.

– Je vais m'en occuper. Va boire un café.

Je contourne la table et je la pousse gentiment pour qu'elle me laisse son siège.

– Cooper va manger pour moi, pas vrai mon lapin ?

– Lapin ! répète-t-il, ravi.

– Allez, ouvre la porte de l'écurie pour faire entrer le cheval !

J'utilise toutes les astuces : le cheval, la moto, l'avion pour lui faire ouvrir la bouche et quand Pete rentre dans la cuisine, Cooper a mangé tous ses pancakes à la myrtille.

– Super, commente Georgia en enlevant la petite assiette en plastique, avant de lui essuyer la bouche et les mains avec un gant mouillé. Merci.

– De rien. Je peux l'emmener au parc dans la journée, si tu veux.

– Ce serait génial.

Elle le pose par terre et j'éclate de rire quand je le vois s'éloigner à toute allure, s'emmêler les pieds, tomber et se relever immédiatement. Les enfants sont très résilients.

– Vous avez quelques minutes à me consacrer ?

Georgia acquiesce et s'assied en face de moi, tandis que Pete s'installe à mes côtés.

– Qu'y a-t-il ? demande-t-il, une tasse à ses lèvres.

– Je voudrais m'excuser pour hier. Je me suis très mal comporté depuis le début et j'ai été très désagréable avec une invitée dans votre maison. Je suis désolé.

– Et tu as déjà présenté tes excuses à Margot ?

Pete a l'air incrédule.

– Oui. Hier soir.

Ils échangent un regard.

– Hier soir ? Où ça ? demande Georgia.

Fais attention à ce que tu dis.

– Chez moi. Elle est venue pour me parler de la réunion et je lui ai dit que j'étais désolé de m'être comporté comme un connard. J'ai essayé de m'expliquer.

Et ensuite je l'ai sautée.

– Et tu lui as donné quoi, comme explications ? demande Pete.

– Je lui ai dit que je savais qu'elle était compétente mais que je n'avais pas envie de faire des changements dans la ferme, des changements qui ne font pas partie de ma vision originelle.

– Mais, Jack, ses idées sont complémentaires de ta vision, répond-il. Personne ne veut te voler la ferme ni t'empêcher de faire ce que tu aimes et ce dans quoi tu excelles. Cet endroit est ton rêve et nous le savons tous.

Je pince les lèvres et me force à dire ce que je suis venu dire.

– Vous méritez tous les deux de réaliser votre rêve aussi. Je ne m'y opposerai donc pas.

Ils gardent tous les deux un silence stupéfait.

– Tu es sérieux ? finit par demander Pete.

– Oui, dis-je en prenant une profonde inspiration. J'ai beaucoup réfléchi la nuit dernière. Et si la situation était différente, si c'était Steph qui était assise ici, et pas moi, je sais qu'elle vous dirait de foncer.

Georgia sourit, les larmes au bord des cils.

– C'est vrai. C'est ce qu'elle ferait.

– Et la meilleure façon d'honorer sa mémoire, c'est de faire ce qu'elle aurait fait.

Pete s'éclaircit la voix.

– C'est super, Jack.

– Je ne peux pas vous promettre que j'accepterai tout, et je ne veux pas que quoi que ce soit interfère avec ce que je fais, mais je suis prêt à discuter de la possibilité d'ouvrir un restaurant, voire d'acheter la maison des Oliver. Et si cela s'avère impossible, je veux bien envisager de trouver de l'espace dans notre propriété pour installer une marquise ou une grange pour les mariages ou je ne sais quoi. Mais c'est vous qui ferez toute la paperasse. À vous de me convaincre que ce ne sera pas horrible.

Georgia couine, saute sur ses pieds, contourne la table et se jette sur moi. Elle me fait la bise et me presse si fort contre elle que je manque étouffer, mais je me sens bien. Je pense vraiment que nous n'avons pas les moyens d'acheter la maison des Oliver et l'idée que des étrangers viennent fourrer leur nez dans ma ferme bien-aimée me met toujours hors de moi, mais l'une des phrases que Margot a prononcées hier soir tourne en boucle dans ma tête. *Même si les changements ont du sens ? Même s'ils rendent les gens heureux ?*

La vérité, c'est que les changements qu'on pourra ou non opérer dans la ferme n'ont aucune importance. Je ne serai jamais heureux, pas après tout ce qui s'est passé. Mais si eux peuvent l'être, je n'ai pas le droit de les en empêcher. Ils n'ont pas à souffrir de mes erreurs.

– Je vais appeler Brad, dit Pete. Il doit pouvoir nous envoyer des infos sur la maison des Oliver.

– Je vais travailler. Merci pour le café.

Je me lève et pose ma tasse dans l'évier, avant de sortir par la porte arrière.

Quelques secondes plus tard, j'entends la voix de Pete dans mon dos.

– Eh, attends.

Il trottine pour me rejoindre.

– Merci, mec. Georgia est tellement heureuse.

Je hausse les épaules et enfouis les mains dans mes poches.

– J'espère que ça va marcher.

– Pourquoi as-tu changé d'avis ? demande-t-il en soulevant légèrement sa casquette avant de la remettre en place. Je suis curieux.

– Je n'en sais rien.

– Tu as baisé hier soir ou quoi ?

Je lève les yeux au ciel mais je sens tout à coup mon sexe frémir.

– Ce n'est pas vrai, Pete…

– OK, OK. Je posais juste une question, s'excuse-t-il en levant les mains. Tu as l'air différent aujourd'hui, c'est tout. Ça faisait très longtemps que je ne t'avais pas vu aussi détendu.

– Alors arrête de m'emmerder ou je vais de nouveau te faire chier, fais-je en reprenant mon chemin.

Mais c'est vrai, je me sens plus détendu. Du soulagement – presque un sentiment de paix – a remplacé la tension qui habite toujours mon esprit et mon corps. Ce matin, mon pas est plus léger. Mes épaules sont moins raides. Je n'ai pas envie de serrer les poings.

Que ce soit à cause du sexe, des conclusions que j'ai tirées ou des excuses que j'ai faites, je n'en sais rien. Je ne me sens toujours pas coupable d'avoir couché avec Margot, ce qui me stupéfie. Je me suis senti tellement mal après l'avoir embrassée, la première fois. Mais ce baiser, quelque part, était plus personnel. La sauter dans les bois, c'était juste pour relâcher la tension.

Du moins, c'est ce dont je veux me convaincre.

Mais la tension ne sera vraiment relâchée que dans neuf jours, quand Margot partira pour de bon.

CHAPITRE 18

MARGOT

Le lendemain matin, je suis sur les nerfs. Un excès de café m'a rendue nerveuse, le manque de sommeil m'agite et l'abus de réflexion à propos de Jack me perturbe. Je me sens mal dans mes baskets.

Je passe la matinée à essayer de travailler pour d'autres clients, mais je peine à me concentrer. Mes courbatures et le souvenir de mes jambes enroulées autour de la taille de Jack ne cessent de me distraire.

Arrête ! Il ne s'est rien passé !

Après le déjeuner, je vais faire un tour sur la plage en espérant que l'exercice et la vitamine D viendront à mon secours.

Il n'en est rien. J'essaie de faire la sieste, mais l'idée se révèle catastrophique puisque je me contente de rester allongée et d'imaginer la moindre parcelle du corps nu de Jack (une bonne chose que j'aie eu cette vue depuis l'arbre) et de rejouer chaque seconde de la Baise Qui n'a Jamais eu Lieu.

Irritée, je finis par me relever et attraper mon téléphone. Il faut que je raconte tout à quelqu'un, mais j'hésite à appeler Jaime pour deux raisons. La première, c'est que je lui ai promis que je ne coucherais pas avec le client ; la deuxième, c'est que je suis supposée faire comme s'il ne s'était rien passé. Tout lui raconter n'est donc pas l'idée du siècle.

Je pourrais appeler Claire à la place. Il faudrait que je raconte tout depuis le début puisqu'elle ne sait rien sur Jack, mais…

Mon portable vibre dans ma main. Ma mère.

Je grimace. C'est la dernière personne à laquelle j'ai envie de parler, mais je réponds, comme une fille bien élevée.

– Allô ?

– Bonjour Margot. C'est ta mère.

Je lui ai dit des milliers de fois qu'elle n'avait pas besoin de dire qui elle était, mais elle n'écoute pas.

– Salut, maman. Comment ça va ?

– Bien. J'ai joué au tennis ce matin et je vais dîner avec tante Dodie.

– Chouette.

Dans le monde de ma mère, rien ne change jamais.

– Je dois y aller maintenant, poursuit-elle comme si ce n'était pas elle qui m'avait téléphoné, mais je voulais te dire que tu peux rentrer quand tu veux. Tripp a été pris la main dans le sac avec une serveuse au country club. Dans le vestiaire des hommes, en plus ! Je ne comprends pas ce qu'une femme voudrait faire dans un endroit pareil.

Je reste bouche bée.

– Vraiment ?

– Oui, tout le monde ne parle que de ça. Mimi Jewett est hors d'elle, mais si tu veux mon avis, elle n'a que ce qu'elle mérite : elle n'avait qu'à pas autant commérer sur ton compte à propos de l'Incident.

– C'est vrai.

– Je ne sais pas quels sont tes plans, mais j'aimerais bien que tu sois là pour le gala qui a lieu à la Société Historique à la fin du mois. C'est nous qui l'organisons et c'est très important pour la campagne de ton père.

– Quel est le thème ?

– Gatsby.

– Encore ?

– Les gens aiment la tradition, ma chérie.

Je soupire. Inutile de discuter avec Muffy à ce propos. Sa vie entière est régie par la tradition. Et la mienne aussi pour la plus grande part.

– Je serai là. Au revoir, maman.

Je repose le téléphone et contemple le lac par la fenêtre. Grâce à Tripp (non mais quel con), je peux de nouveau me montrer en public. Et même si j'ai payé le loyer pour neuf jours supplémentaires, je sais que rester davantage est une mauvaise idée.

Plus je songe à Jack Valentini, plus j'ai envie de le voir et plus j'ai envie d'apprendre à le connaître. L'embrasser. Le toucher. Le sentir en moi.

L'entendre murmurer dans le noir. Comprendre pourquoi l'alchimie entre nous est si incroyable. Est-ce juste parce que nous sommes très différents ? Ou bien y a-t-il plus que ça ?

Je soupire. J'abandonne l'idée de résoudre le mystère et j'admets la vérité.

Ça ne marchera jamais. Il faut que je m'en aille.

***

Je nettoie le cottage, je fais ma valise et j'appelle Georgia pour lui dire qu'en raison d'une urgence familiale, je suis obligée de partir plus tôt que prévu, mais que je serai joignable par téléphone, FaceTime ou Skype. Elle me remercie et me dit qu'elle me contactera dès qu'ils auront discuté de tout.

J'appelle aussi Anne, la gérante, et lui annonce que je dois quitter la région plus tôt que prévu, mais que je ne lui réclame pas le remboursement du loyer.

– Je suis désolée. Je vous enverrai un chèque avec la caution.

– Merci. Je vais prendre la route tout de suite, donc je laisserai la clé sur le comptoir de la cuisine.

– Vous ne comptez pas partir ce soir ? demande-t-elle. Attendez demain matin. Il y a une tempête qui se prépare.

Je regarde par la fenêtre en fronçant les sourcils, mais je ne vois aucun signe de malédiction imminente. Peut-être qu'Anne est comme ma mère, qui pense que la moindre averse, c'est la mousson. Mais ma voiture est vieille et les essuie-glaces ne sont pas au top. Je peux bien attendre demain matin.

– D'accord, je partirai demain.

– Cela vaut mieux, ma chère. Et envoyez-moi un texto quand vous partez.

– Pas de problème. Merci.

Le frigo est vide, je suis toute seule ; je décide donc d'aller en ville pour dîner et boire un verre. Je pense à prendre un parapluie, mais je découvre rapidement qu'il n'y en a aucun dans le cottage. Bon. Le ciel est toujours clair, l'eau est calme et une légère brise soulève les rideaux. De toute façon, je n'en ai pas pour longtemps.

Je marche jusqu'en ville, fière de me rappeler du chemin, et je choisis exprès un restaurant différent de celui dans lequel j'ai vu Jack il y a deux soirs. Il donne sur l'eau et il est bondé. La serveuse n'a pas l'air ravie de dresser une table pour une personne.

– Je peux dîner au bar, ce n'est pas un problème.

Elle m'adresse un sourire reconnaissant.

– Parfait. Juste là, dans la salle.

Je l'aperçois dès que j'entre. J'aurais pu tourner les talons et partir, mais il me voit aussi. Il est assis au bar, une bière à la main. Il pivote dans ma direction et plonge ses yeux dans les miens juste au moment où je franchis la porte, comme s'il savait que j'étais là. Nos regards se croisent et il baisse lentement sa bouteille. Mon rythme cardiaque accélère.

Et merde. Et maintenant, que fait-on ?

CHAPITRE 19

JACK

Faire comme s'il ne s'était rien passé.

Je sais que c'est ce que je suis supposé faire, mais son apparition me prend par surprise. Je la dévisage, abasourdi, la bière à mi-chemin de mes lèvres. J'ai choisi ce restaurant exprès parce que la dernière fois elle était à *L'Ancre marine*, et que je voulais éviter de la voir. J'étais en train de penser à elle quand soudain, j'ai levé les yeux et vu son reflet dans le miroir derrière le bar, comme si je l'avais fait apparaître par la seule force de ma pensée. Je jette un coup d'œil par-dessus mon épaule et elle est là, en chair et en os.

En chair, en os et magnifique. Elle se dirige droit vers moi, un sourire surpris aux lèvres.

– Bonsoir. Apparemment, nos réflexions suivent le même cours.

Fais comme si ses jambes ne t'avaient jamais enlacé.

– Salut. Comment ça va ?

– Bien. J'aurais voulu dîner, explique-t-elle en faisant un geste en direction de l'autre salle, mais ils ne veulent pas dresser une table pour une personne.

Fais comme si ses mains n'avaient jamais caressé tes cheveux.

– Oui. Il y a beaucoup de monde ce soir.

– Je peux m'installer au bar ?

Fais comme si tu n'avais pas joui en elle avec une telle violence que tes genoux ont flanché.

Je me ressaisis suffisamment pour jeter un coup d'œil alentour et constater que le siège à côté de moi est libre. *Merde.*

Mon hésitation l'agace.

– Je pars demain matin et j'ai déjà nettoyé le frigo au cottage, donc…

– Demain ? Je pensais que tu restais plus longtemps que ça.

Si elle s'en va demain, ça ira. Peut-être.

– J'étais censée rester plus longtemps, mais ma mère m'a téléphoné cet après-midi. Il y a des problèmes familiaux à résoudre… (Elle agite la main.) Bref, je ne veux pas te déranger avec ça. Mais oui, je m'en vais demain. C'est ma dernière nuit ici.

– Oh.

Je suis moins embarrassé du coup, et je fais un signe en direction de la chaise vide. Il faut juste que je reste décontracté. Léger.

Et que je ne la touche pas.

– Il n'y a personne ici. Si tu n'es plus furieuse après moi, tu peux t'installer.

Elle se met à rire, s'assied et pose son sac à ses pieds.

– Je ne suis pas furieuse. Tu t'es excusé. On peut être amis.

– Amis ? je répète en lui jetant un regard à la dérobée. Je ne sais pas si je peux être ami avec une citadine.

Elle sourit.

– Si je peux être amie avec un fermier arrogant, qui la ramène sans arrêt comme toi, tu peux bien l'être avec une citadine super sympa dans mon genre.

– Super sympa… Ah.

Je prends une longue gorgée de bière et je suis persuadé qu'elle ne quitte pas ma bouche des yeux.

– Qu'est-ce que je vous sers ? demande le barman.

– Euh…

Elle rosit un peu quand elle se rend compte qu'elle était en train de me dévisager ouvertement.

– Est-ce que je peux voir la carte des vins ? Et un menu ?

Tandis qu'elle choisit, je l'observe à la dérobée. Elle porte les mêmes sandales que la veille, un short rose qui allonge ses jambes et un chemisier blanc. Ses cheveux sont détachés et ondulent sur ses épaules, et je dois me retenir pour ne pas me pencher pour les renifler.

– Tu as déjà dîné ? demande-t-elle.

– Oui. Un peu plus tôt, chez moi. Je suis venu ici pour sortir un peu. Il faut que je me force à le faire de temps en temps.

Elle acquiesce.

– Je comprends parfaitement.

– Tu vis seule ?

Maintenant que je sais qu'elle est sur le départ, je me sens plus courageux. Il n'y a aucun mal à faire un peu mieux sa connaissance, n'est-ce pas ?

– Oui, répond-elle en faisant tourner son vin dans son verre. Mais ma famille n'habite pas loin. Pas aussi près que la tienne, ajoute-t-elle avec un sourire, mais près quand même.

– C'est vrai qu'ils vivent près. Trop, parfois.

Je grimace et porte ma bière à ma bouche.

– Mais j'adore vivre près de mon neveu. Il est tellement trognon. Je l'ai amené au parc aujourd'hui.

Elle pose la main sur son cœur.

– Ooooh. Tu as fait ça ?

– Oui, il adore ça. Il ne veut jamais en partir.

– C'est tellement mignon. Et tu t'en sors tellement bien avec lui. Il paraît que tu as un truc magique.

Nos regards se croisent.

– J'ai un truc magique ?

Elle devient écarlate.

Mes yeux se posent sur ses lèvres et mes pensées prennent un tour dangereux. Ce serait tellement facile de l'embrasser maintenant. Tout mon corps se tend et je serre plus fermement ma bouteille de bière.

Je ne peux pas faire ça. Nous sommes en public, c'est une petite ville et les rumeurs se propagent vite. Ça doit déjà être le cas, juste parce que nous sommes assis côte à côte. Je finis ma bière, le moment passe et elle toussote avant de prendre une gorgée de vin.

Parle-lui, crétin.

– Tu seras contente d'apprendre que j'ai fait mes excuses à Pete et Georgia. Je leur ai dit que j'étais prêt à étudier leurs idées. *Tes* idées.

Elle pousse un petit cri de surprise et pose son verre.

– Tu as fait ça ? C'est génial… Je parie qu'ils sont super contents.

– Absolument.

Elle penche la tête.

– Je peux te demander ce qui t'a fait changer d'avis ?

Je prends le temps avant de répondre.

– J'ai beaucoup réfléchi la nuit dernière. Tu m'as dit des choses qui ont fait leur chemin.

– Ah bon ?

Elle se redresse et s'illumine.

– Quoi ?

– Tu as dit que les changements pouvaient rendre les gens heureux et je me suis rendu compte que je ne voulais pas être responsable de l'échec de leur rêve.

J'examine l'étiquette de ma bouteille vide.

– Et je me suis demandé ce que Steph ferait si elle était à ma place.

– Oh.

Je reste concentré sur la bouteille avec laquelle je joue.

– Je sais qu'elle les soutiendrait. Elle était très altruiste.

Margot prend une autre gorgée de vin.

– Parle-moi d'elle.

Je cille. Elle est sérieuse ? Elle veut que je lui parle de ma femme décédée ? Non seulement c'est un peu étrange à la lumière de ce que nous avons fait la nuit dernière, mais personne ne me parle jamais de Steph.

– Que veux-tu savoir ?

Margot hausse les épaules en souriant.

– Tout. Je sais qu'elle était petite et mignonne et qu'elle adorait ses santiags, mais elle était comment, à part ça ?

J'essaie de trouver les mots qui lui rendront justice.

– Fougueuse. Dynamique. Vive. Très intelligente. Elle avait été acceptée dans trois écoles de médecine différentes. Et elle avait décroché une bourse pour chacune d'entre elles.

– Waouh ! Je n'avais pas encore compris qu'elle était médecin.

– Elle ne l'était pas. Elle n'est jamais allée à la fac de médecine, elle a dit qu'elle avait changé d'avis.

Et ses parents m'en ont toujours voulu pour ça, même s'ils ne l'ont jamais dit.

– Raconte-moi autre chose.

– Elle était têtue comme une mule. Une fois qu'elle avait décidé quelque chose, elle ne changeait jamais d'avis. Personne n'a réussi à la persuader de faire médecine, par exemple.

– Il devait y avoir quelque chose qui lui tenait plus à cœur, remarque Margot à juste titre.

– Je crois, réponds-je en haussant les épaules, de nouveau envahi par la culpabilité. Moi. La ferme.

– Je suppose que tu te sens coupable ?

Je me frotte la nuque.

– Parfois. Mais elle avait réussi à me convaincre que c'était ce qu'elle voulait. Et quand elle voulait quelque chose, elle n'abandonnait jamais et elle se fichait de l'opinion des autres. C'était un feu d'artifice.

– Ah. Elle me plaît.

– Elle plaisait à tout le monde.

Elle sourit de nouveau, un peu triste.

– Vous êtes sortis ensemble au lycée ?

– Non. Elle avait deux ans de moins que moi et je la trouvais insupportable. Mais on se connaissait depuis l'enfance. Je savais qu'elle avait le béguin pour moi, mais elle ne m'intéressait pas, du moins pas jusqu'à ce que je quitte le lycée.

– Et toi, tu es allé à la fac ?

Le barman propose de me resservir et j'opine.

– Pendant un an. Ça ne m'a pas plu, j'ai détesté me retrouver en classe. J'étais agité et tout m'ennuyait. Et puis il y a eu le 11-Septembre et je me suis engagé.

– Ah bon, fait-elle comme si tout cela était nouveau pour elle. Combien de temps es-tu resté dans l'armée ?

– Huit ans.

– Waouh. Et elle t'a attendu ? demande-t-elle, visiblement stupéfaite.

Je hoche la tête, en souriant tristement au souvenir de l'insistance de Steph à m'attendre alors que je ne lui avais rien demandé.

– Elle a juré qu'elle le ferait et elle l'a fait. Elle est allée à la fac pendant mon absence, mais on a gardé le contact et on se voyait quand on pouvait.

– Et vous vous êtes mariés quand tu es rentré ?

J'acquiesce tout en buvant une gorgée de bière.

– On s'est mariés après la mort de mon père. Il y a cinq ans.

Elle pose le coude sur le bar, le menton dans la main.

– Raconte-moi comment tu l'as demandée en mariage.

– En réalité, c'est elle qui m'a demandé en mariage, réponds-je en souriant.

Elle sursaute, bouche bée.

– Non. Sérieux ?

– Vraiment. Elle savait qu'on était faits l'un pour l'autre et que je n'étais pas très cérémonieux. Je pense que j'aurais été capable de faire ma demande dans le poulailler.

Margot lève les yeux au ciel.

– Toi et ce poulailler. Heureusement qu'elle était plus romantique que toi.

– Tu penses que le poulailler n'est pas un endroit romantique ? Je suis choqué.

– Non, ça ne l'est pas.

Elle me donne un petit coup dans la poitrine avec l'index.

– Continue.

– Sur quoi ?

– La demande en mariage ! s'exclame-t-elle cette fois-ci en me frappant l'épaule, les yeux au ciel. Pfff.

– Ah, oui.

Je suis perturbé par la façon dont elle ne cesse de me toucher.

– Ce matin-là, elle m'a demandé en mariage au chalet. Elle m'a apporté le petit déjeuner au lit. C'était le jour de mon anniversaire et il y avait un petit mot sur le plateau qui disait : « Épouse-moi ».

Elle pose de nouveau la main sur son cœur, une expression songeuse sur le visage.

– C'est tellement mignon.

Je sens le rouge me monter aux joues en me rappelant ce qui s'est passé ensuite. J'ai accepté, évidemment, et j'ai promis de l'aimer et de prendre soin d'elle pour toujours, de la même manière qu'elle prenait soin de moi. Nous avons fait l'amour à de nombreuses reprises ce jour-là, sur le lit, sur le sol, dans la douche, sur la table de la cuisine. Je ne me sentais jamais plus en sécurité ou plus sûr de moi que lorsque j'étais en elle. Ce sentiment me manque tellement. Et ça me pèse de ne m'occuper de personne.

– Oui, c'était mignon.

– Est-ce que c'était ton premier amour ?

J'hésite avant de répondre. Je trouve ça un peu bizarre de parler de tout ça avec Margot, mais ça me plaît bien. Et tant que la conversation reste focalisée sur Steph et notre mariage, ça m'empêche d'avoir des pensées moins honorables.

– Oui. Quand j'étais adolescent, j'étais le mec typique et les histoires sentimentales ne m'intéressaient absolument pas. Mais quand je me suis engagé, j'ai été contraint de réévaluer ce qui avait de l'importance dans la vie. J'ai alors compris la force de ce que j'avais avec elle. Et quand j'ai été démobilisé…

Je m'interromps un instant ; je suis embarrassé à l'idée d'en révéler autant sur moi, mais je ne peux pas nier que ça me fait du bien de m'épancher.

Reste concentré sur Steph.

– J'ai eu du mal à réintégrer la réalité et la disparition de mon père a tout aggravé. Steph a été là pour moi. Elle m'a poussé à me prendre en main.

– Ce devait être une femme vraiment unique, dit doucement Margot.

– Oui. Je suis certain qu'elle m'a sauvé la vie. (Je bois une longue gorgée.) Mais je n'ai pas sauvé la sienne.

Margot se décompose et garde les yeux rivés sur le pied de son verre.

Je pose ma bouteille en grommelant.

– Qu'est-ce que… bordel, je suis désolé, Margot. Je ne voulais pas te raconter tout ça.

– Non, non, pas de problème, fait-elle en posant la main sur mon bras. Je suis contente que tu l'aies fait. Je suis désolée si mes questions t'ont rendu triste.

– Ne t'excuse pas. Je suis content que tu m'aies interrogé. Tu sais quoi ?

Je passe une main sur ma barbe, que j'aurais dû tailler.

– Personne ne le fait jamais. Personne ne parle d'elle devant moi.

– Ils doivent craindre que ce soit trop douloureux pour toi.

– Je suppose. Mais je préférerais parler d'elle plutôt que de moi.

Je me rends soudain compte que j'ai monopolisé la conversation.

– En fait, je n'ai plus envie de parler, je vais plutôt t'écouter. Parle-moi de toi.

– Que veux-tu savoir ? demande-t-elle en souriant.

Je réfléchis un instant.

– Parle-moi du cheval que tu avais quand tu étais enfant.

Son regard s'illumine et elle me parle de Sirop d'Érable, le pur-sang que ses parents lui ont offert quand elle avait huit ans et qu'elle a monté jusqu'à son départ pour la fac. Lorsqu'elle se met à pleurer, elle s'excuse en disant qu'elle est bête de se montrer sentimentale envers un cheval qu'elle n'a pas vu depuis plus de dix ans, mais je comprends parfaitement le lien qui existe entre les humains et les chevaux et je la rassure.

Elle me parle de sa famille, de la campagne que mène son père pour devenir sénateur et de l'entreprise qu'elle a fondée avec son amie.

– Est-ce que tu as toujours voulu travailler dans le marketing ?

– Pas vraiment, répond-elle en souriant. En réalité, j'aurais aimé être assistante sociale, mais Muffy a dit que c'était hors de question.

Je fais la grimace.

– Muffy ?

– C'est le surnom de ma mère. Tu vois, dans la famille Thurber, toutes les filles aînées s'appellent Margaret ou une variation de Margaret, et leur deuxième prénom est obligatoirement le nom de jeune fille de leur mère. Malheur à quiconque ne respecterait pas cette tradition.

– Ah bon ?

– Oui. On a le droit de faire dans le traditionnel, comme Margaret ou Marjorie. Dans le français, comme Margot ou Marguerite, et on peut même s'en tirer en changeant l'orthographe, comme Margret, mais il est hors de question de tomber dans la guimauve ou de choisir un prénom américain comme Maisie, Maggie ou Greta, du moins pas sur le certificat de naissance. Ma cousine Mamie a baptisé sa fille Marley et mon arrière-grand-mère Thurber ne lui a plus adressé la parole jusqu'à sa mort.

– Attends, fais-je en levant une main. Mamie et Muffy c'est bon, mais Marley, non ?

Elle glousse, légèrement enivrée par les deux verres de vin.

– Mamie et Muffy ne sont que des surnoms, ils ne figurent pas sur le certificat de naissance. Nous sommes obligées d'avoir des surnoms, sinon ce serait la pagaille tout le temps. Et puis tu sais, les WASP[5] adorent les surnoms.

Je pose le bras sur le comptoir.

– Quel est le tien ?

Elle porte les mains à sa bouche, prise d'un fou rire incontrôlable. En entendant ce bruit enfantin et espiègle, je sens la chaleur m'envahir.

– Allez, dis-le moi, j'ordonne, incapable de retenir un sourire.

Elle pose les mains sur ses genoux et essaie de recouvrer son calme.

– C'est Gogo.

– Gogo ? je demande, plié en deux de rire. Tu es sérieuse ?

– J'en ai bien peur.

---

5. WASP est l'acronyme de White, Anglo-Saxon, Protestant et fait référence aux caractéristiques des pères fondateurs européens des États-Unis.

Elle plonge son regard dans le mien, et je lis quelque chose de très positif dans ses yeux : de l'admiration, de la chaleur et de l'affection.

Mon rire s'éteint et je lui renvoie son regard. J'aime son sens de l'autodérision. *Si seulement les choses étaient différentes.* Je m'éclaircis la voix.

– Et donc, Muffy a dit que tu n'avais pas le droit d'être assistante sociale ?

– Oui. Elle a dit : « Ne sois pas ridicule, Margot. Les femmes Thurber vont à Vassar et font des études de Littérature ». (Elle hausse les épaules.) Et c'est ce que j'ai fait.

– Est-ce que cette décision t'a rendue heureuse ?

– Je suppose. Je n'y ai jamais vraiment réfléchi. J'ai obtenu mon diplôme, je suis rentrée à la maison, j'ai commencé à travailler pour mon père… et voilà.

– Ça t'a plu ?

– Oui. (Elle réfléchit un instant.) Une grande partie de mon travail concernait les œuvres de charité et les galas de bienfaisance, et ça me plaisait d'aider les gens.

– Comment ont réagi tes parents quand tu as quitté l'entreprise de ton père pour fonder ta propre affaire ?

Elle glousse.

– Disons que tout ce que j'ai fait l'année dernière les a un peu pris par surprise. J'ai quitté mon petit ami, j'ai commencé le yoga, j'ai arrêté de travailler pour mon père, j'ai monté ma boîte…

– Le yoga ? je demande en haussant un sourcil.

Elle secoue la tête.

– J'ai vite arrêté.

– Et le petit ami ?

– Lui, en revanche, il est toujours quitté. Et ça ne va pas changer.

Le barman pose une assiette devant elle et elle étale sa serviette sur ses genoux.

– Pourquoi ça ? Laisse-moi deviner… Il ne correspondait pas aux critères de Muffy ?

Elle hésite, la fourchette suspendue au-dessus de sa sole meunière.

– C'est une longue histoire. Disons juste que nous avons tous les deux tourné la page. Je cherche quelque chose de mieux.

– Comme quoi ? Qu'est-ce que Margot Thurber Lewiston attend d'un homme ?

Je la taquine, mais je suis vraiment curieux.

– Un certain nombre de zéros sur son compte en banque ? Une Rolls-Royce ? Une maison dans les Hamptons ?

– Non. Je ne suis pas totalement superficielle et prétentieuse malgré ce que tu penses.

– Alors ? j'insiste. Qu'attends-tu ?

Elle enfourne une bouchée de poisson et mâche en réfléchissant.

– Je ne sais pas exactement, finit-elle par dire. Je suis toujours en train d'essayer de faire une liste.

– D'accord.

– Je sais que je veux me marier et avoir des enfants. En réalité, je pensais que ce serait déjà fait à mon âge, mais… (Elle s'interrompt et secoue la tête.) Mais je me suis trompée.

– La vie est pleine de surprises.

J'essaie de ne pas avoir l'air amer.

Elle me jette un coup d'œil.

– Et toi ? Tu penses que tu te remarieras un jour ?

– Non, réponds-je, tout à fait sincère. Je sais ce que j'avais. Et ça n'arrive pas deux fois.

– D'accord.

On discute encore un peu de la ferme, de ma famille et de la sienne, des endroits que nous avons visités. Elle aime les grandes villes alors que je préfère les petites, mais nous pensons tous les deux que Mackinac Island est magnifique et parfaite pour des vacances d'été. Plus nous discutons, plus je trouve cela facile. Margot a été élevée dans un monde complètement différent du mien mais elle n'est pas snob. Et elle est terriblement jolie. Même sa façon de boire et de manger est gracieuse. Je suis fasciné par des petites choses : la courbe de son poignet, la ligne gracieuse de son dos, son cou-de-pied. Elle possède une beauté qui vient de l'intérieur. Sa peau d'albâtre, ses lèvres parfaites et ses grands yeux bleus ne sont qu'un bonus. Et puis il y a son corps : les longues jambes, la taille fine et les petits seins ronds et haut perchés.

À quoi ressemblent-ils ? Je ne les ai pas vus la nuit dernière. Est-ce qu'ils sont encore plus blancs que son visage ? Et ses tétons ? Rose pâle comme de la barbe à papa ? Rose foncé comme une framboise ? Ou d'une nuance encore plus sombre, comme une cerise ? Pendant qu'elle parle des caramels que l'on mange sur Mackinac Island, je sens grandir mon érection en m'imaginant en train de lécher sa peau couleur vanille jusqu'à ses cerises.

Je les sens quasiment sous ma langue. Je peux la goûter.

Pourquoi est-ce que je n'ai pas fait ça la nuit dernière ? Pourquoi est-ce que je me suis précipité comme un adolescent qui a peur d'être pris en flagrant délit ? Pourquoi est-ce que je n'ai pas pris mon temps avec elle ? Je ne l'ai quasiment pas touchée, bordel. Je baisse les yeux sur la serviette posée sur ses genoux.

– Jack ?

– Quoi ?

Je lève brusquement la tête et découvre son expression amusée.

– Tu veux une autre bière ? demande-t-elle en faisant un signe en direction du barman qui attend.

– Oh, désolé.

Je suis partagé en deux. D'un côté, je passe un bon moment, ce qui ne m'est pas arrivé depuis une éternité. De l'autre, plus je reste assis à côté de Margot, plus j'ai envie d'elle.

– Je ne devrais pas.

– Oh, allez. Si tu en prends une, je reprends un verre. Et ensuite, nous partirons chacun de notre côté et tu seras débarrassé de moi à jamais.

Je secoue la tête.

– Tu détestes que l'on te dise non, pas vrai ?

Elle m'adresse un sourire diabolique, et ses yeux bleus pétillent.

Parfois, je me demande si c'est ce sourire qui a eu raison de moi.

CHAPITRE 20

MARGOT

Je pensais que faire comme s'il ne s'était rien passé serait embarrassant. Je pensais aussi que discuter avec lui serait difficile. C'est pour cela que je lui parle de sa femme. Je me dis que s'il l'évoque devant moi, cela m'aidera à me rappeler que je ne dois pas poser les mains sur lui.

Mais c'est sympa. Et facile.

Et délicieusement et irrémédiablement dangereux.

Quand je l'ai vu dans le restaurant, je ne savais absolument pas comment ça allait se passer entre nous et je me suis sentie plutôt gênée. Mais Jack m'a proposé de m'asseoir, il a fait une blague et il a fini par sourire. Et par rire… Bon sang, son rire me rend tellement heureuse. J'ai envie de me rouler dedans, comme un cochon dans la boue.

Et il est tellement beau. J'ai du mal à ne pas le dévorer des yeux. J'adore ses cheveux bouclés, et pour la première fois je remarque qu'ils sont mouchetés de gris. J'adore la courbe de ses lèvres, et je ne parviens pas à détourner le regard lorsqu'il porte la bouteille à sa bouche. J'adore la façon dont les manches relevées de sa chemise bleue mettent en valeur ses avant-bras musclés et bronzés. À son poignet, je remarque une montre au large cadran bleu marine ceint d'un bracelet en cuir marron surpiqué blanc.

Et il porte son alliance. Quand il évoque Steph, je le prends comme une invitation à lui poser des questions sur elle, et je suis surprise par la facilité avec laquelle il répond. J'ai le sentiment qu'il est étonné, lui aussi, par tout ce qu'il me révèle sur lui. Mais je suis heureuse de voir qu'il se sent suffisamment à l'aise pour me confier des choses.

Sauf qu'au lieu de freiner l'attirance que je ressens pour lui, c'est le contraire qui se produit. Après l'avoir entendu raconter leur histoire d'amour, je suis encore plus intriguée. Voilà cet ancien soldat bâti comme une armoire à glace, bagarreur et dur à cuire, qui parle de son premier amour et de la reconnaissance qu'il éprouve à son égard parce qu'elle lui a sauvé la vie. Et quand il dit qu'il n'a pas pu sauver la sienne, mon cœur se brise et mes sentiments pour lui s'infiltrent dans la brèche.

Peut-être que s'il n'avait pas posé de questions sur mon cheval. Peut-être que s'il n'avait pas fait preuve de curiosité à l'égard de ma famille.

Peut-être que s'il ne m'avait pas révélé qu'il s'est engagé après le 11-Septembre, s'il n'avait pas parlé avec autant d'amour de son neveu ou s'il n'avait pas ri avec autant de sincérité en découvrant mon surnom. Mon cœur aurait peut-être alors été en sécurité.

Mais voilà que je me mets à le désirer de nouveau – terriblement – et je regrette que les circonstances jouent contre moi. J'essaie de ne pas flirter. J'essaie de ne pas le toucher. J'essaie de « faire comme s'il ne s'était rien passé », mais au moment où il paie l'addition – il insiste pour m'inviter –, nous sommes tous les deux à moitié ivres et incapables de nous rappeler les règles que nous avons nous-mêmes édictées.

– D'accord, Magellan, me taquine Jack, après m'avoir fait pivoter dans la direction de la sortie, qu'évidemment je ne trouvais pas. Aucun de nous deux n'est en condition de conduire, je vais donc te raccompagner à pied à ton cottage avant de rentrer chez moi.

– Tu n'es pas obligé de me raccompagner !

Il lève la main.

– S'il te plaît. Si je ne t'aide pas, tu vas te retrouver à l'autre bout de l'État.

Je pouffe.

– Et ton pick-up ?

– Il ne lui arrivera rien. Oh, merde.

Le tonnerre gronde à l'instant où nous débouchons sur le trottoir. Il fait nuit. L'atmosphère est moite et humide et une odeur légèrement métallique plane dans l'air, mais il ne pleut pas encore.

– On ferait mieux de se dépêcher.

Je fais de mon mieux pour rester à sa hauteur, mais je suis déjà essoufflée après une centaine de mètres.

– Ralentis, j'ordonne, le souffle court, avant de me mettre à rire. Tu fais tout trop vite.

Il grommelle et attrape ma main pour traverser la rue, comme s'il était le père et moi l'enfant.

– La nuit dernière n'est pas représentative de mes talents sexuels.

– Je ne me suis pas plainte, réponds-je en trébuchant contre le trottoir.

Il me rattrape par le coude et je sens l'électricité me parcourir. Il a dû ressentir la même chose, parce qu'il me lâche dès que j'ai retrouvé l'équilibre, et met un peu de distance entre nous.

– Tant mieux.

– Et puis de toute façon, il ne s'est rien passé.

Je me mords la lèvre pour ne pas rire.

– Non, il ne s'est rien passé, répète-t-il.

– Ni dans une maison.

– Ni avec une souris.

– Ni dans un carton.

– Ni avec un renard.

– Ça ne s'est passé ni ici ni là.

– Ça ne s'est passé nulle part.[6]

Un éclair transperce l'obscurité : il m'attrape par le bras et se met à courir en m'entraînant derrière lui. Mais il rit.

---

6. Ce dialogue est inspiré d'un livre pour enfants du Dr Seuss, *Les Œufs Verts au Jambon*, publié en français en 2009.

Je pouffe tellement fort que je n'arrive plus à respirer. Comment se fait-il que Jack puisse réciter une comptine du Docteur Seuss ? Je trouve ça hilarant. Est-ce qu'il l'a lue à son neveu ?

– Oh là là, il faut que je fasse pipi, gémis-je en essayant de courir malgré mes sandales, tout en pressant les jambes l'une contre l'autre. Qui m'a persuadée de prendre ce quatrième verre de vin ? C'est toi ?

Je tends un doigt accusateur dans sa direction.

– Inutile de me blâmer, Mademoiselle Je le Fais si Tu le Fais. Si tu fais pipi dans ta culotte, ce ne sera pas ma faute. Et cette fois-ci, je n'ai pas de toilettes à te proposer.

– C'est vraiment très gênant, je grommelle.

– Absolument. Tu es une catastrophe ambulante. Il regarde des deux côtés de la route avant de nous faire traverser.

– Je sais.

– Regarde-toi. Tu es moche, pas très maline, tu n'as pas fait d'études, tu ne sais rien faire dans une ferme, tu n'es qu'une petite voyeuse et tu as de sérieux problèmes de vessie.

– Merci bien, je réponds en lui faisant la grimace.

– Et en plus tu es lente, se plaint-il en me tirant derrière lui.

– Je n'ai pas grand-chose pour moi, hein ?

Quelques gouttes se mettent à tomber tandis qu'il m'entraîne sur l'allée qui mène à mon cottage.

– Oh, je ne sais pas.

On s'immobilise devant ma porte et on se dévisage tandis que la pluie se fait plus dense.

– Il y a des trucs pas mal chez toi.

– Comme quoi ?

L'air autour de nous vibre, chargé d'électricité. Il est si près de moi que je peux sentir son parfum de feu de plage et le souffle sur mes lèvres. *Embrasse-moi, Jack.*

Il glisse ses doigts dans mes cheveux et prend ma tête entre ses mains.

– Tu as des yeux magnifiques.

– Merci.

– Et de belles lèvres.

Un éclair illumine brièvement son visage, puis le tonnerre gronde juste au-dessus de nous.

– Merci, fais-je d'une voix tremblante.

– Et si les choses étaient différentes…

Il ferme les yeux tandis que la pluie fait chanter les gouttières métalliques.

– Si j'étais différent…

– Je ne veux pas que tu sois différent.

Je me dresse sur la pointe des pieds, je lève le menton, je ferme les paupières et j'attends qu'il pose ses lèvres sur les miennes.

Mais au lieu de ça, il m'embrasse sur le front.

– Au revoir, Margot.

Une seconde plus tard, il s'éloigne en courant sous la pluie.

Je reste figée, abasourdie, des papillons plein le ventre, les mains tremblantes, dégoulinante de pluie.

Il est parti. C'est tout.

Déçue, je rentre dans le cottage et je referme la porte derrière moi. J'ai une boule dans la gorge que j'essaie de ravaler. *Qu'est-ce que tu croyais ? Il est comme ça, tu es qui tu es et vous n'êtes pas faits l'un pour l'autre.*

Je vais aux toilettes et je me lave les mains tout en discutant avec la voix de la raison qui a envahi ma tête. *Bien sûr que nous ne sommes pas faits l'un pour l'autre. Je le sais. Mais j'ai passé une soirée géniale et je pensais que peut-être...*

Non. Il n'y a pas de peut-être.

J'allume la lampe du salon en soupirant et je contemple le lac par la fenêtre. La pluie tambourine sur le toit et je frissonne lorsqu'un nouvel éclair transperce l'obscurité. La lumière de la lampe vacille et je me demande ce que je ferai si les plombs viennent à sauter.

Trois coups rapides me font sursauter. J'hésite un instant avant de me précipiter vers la porte. Est-ce que c'est lui ?

Je l'ouvre à la volée et il est là, trempé, le souffle court, le corps tendu.

Une seconde plus tard, nous nous jetons dans les bras l'un de l'autre.

Nos lèvres se heurtent tandis que ses mains s'emparent de mes cheveux et qu'il me tire la tête en arrière. Sa langue plonge dans ma bouche. Je fais courir mes mains le long de son T-shirt trempé et agrippe sa nuque. *Il est revenu ! Il est revenu !*

Il me pousse un peu à reculons sans que jamais sa bouche ne quitte la mienne, et il referme la porte du pied derrière lui. Nous nous déshabillons frénétiquement, nos mains sont aussi rapides que la pluie. Mes doigts bataillent avec les boutons de sa chemise jusqu'à ce que je réussisse à la faire glisser de ses épaules. Il cesse de m'embrasser pendant une demi-seconde, juste le temps pour lui de faire passer ma blouse par-dessus ma tête. Je défais le bouton de son jean et saisis son sexe. Nous gémissons tous les deux. Il est chaud et dur et il grossit davantage dans ma main. Il déboutonne mon short et glisse la main sous ma culotte pour agripper mes fesses.

Et voilà que ce sentiment est de retour, cette envie désespérée d'étreindre et de griffer, de lécher et de mordre, d'égratigner et de tirer. Le désir que j'éprouve pour lui me ronge les entrailles comme s'il en était prisonnier et bien déterminé à s'échapper.

Une partie de moi meurt d'envie de savoir pourquoi il a changé d'avis, mais il est hors de question que je m'arrête pour parler. Et rien dans ses actions ne suggère qu'il n'est pas sûr de lui. Ni la caresse de sa langue, ni la fermeté de ses mains, ni la raideur de sa queue sous mes doigts. La force de son désir augmente le mien, parce que je sais que ça lui a coûté de revenir ici et d'admettre que nous n'avons pas réussi à éteindre l'étincelle qui brûle entre nous. Mieux même : de décider de lui donner une autre chance de brûler.

Les bourrasques se mettent à hurler contre les fenêtres tandis que nous ôtons rapidement nos chaussures, le reste de nos vêtements et nos sous-vêtements, et que nous tombons à la renverse sur le tapis. Il se retrouve sur moi, je m'étends sur le dos, ses hanches entre mes cuisses. Pour la première fois, nous cessons de nous embrasser et nous nous regardons. La foudre illumine la pièce pendant une fraction de seconde avant qu'un terrible coup de tonnerre ne secoue le plancher. Puis les plombs sautent et nous nous retrouvons dans le noir complet.

Jack tourne vivement la tête vers le coin de la pièce où est posée la lampe et son corps se raidit. Je le revois soudain se jeter à terre lorsque la branche sur laquelle je me tenais a cédé.

– Hé. (Je prends son visage entre mes mains pour le forcer à me regarder.) Tout va bien. (J'embrasse ses lèvres, sa joue et de nouveau sa bouche.) Tout va bien. Reste avec moi.

Il pose de nouveau sa bouche sur la mienne et glisse une main sous mon dos : je me cambre afin qu'il puisse dégrafer mon soutien-gorge. Il l'ôte et pose immédiatement la bouche sur mes seins ; il les embrasse, les lèche, les suce et les pétrit de ses mains. Je passe mes doigts dans ses cheveux, et je les empoigne fermement lorsqu'il titille l'un de mes tétons avec la langue. Mon sexe pulse de désir et je soupire de plaisir lorsqu'il enfonce un doigt en moi, puis deux. Puis sa bouche se fraie un chemin le long de mon ventre et je soulève mon bassin contre sa main : je me sens fondre sous sa caresse. Son pouce caresse mon clitoris en cercles lents, je sens ma peau vibrer et les muscles de mon ventre se tendre. Il descend plus bas et met sa tête entre mes cuisses. Je ferme les yeux et je retiens mon souffle.

Personne ne m'a fait ça depuis des années.

Après ce qu'il me semble être une éternité, il me gratifie d'une longue et lente caresse de la langue le long des lèvres, tandis que ses doigts pénètrent plus profondément en moi. Mon gémissement se fait plus fort que je ne le voudrais et je me mords la lèvre inférieure. Mais il recommence, cette fois-ci il s'attarde pour titiller mon clitoris avec le bout de la langue, et je pousse un cri d'abandon encore plus fort. Je me redresse sur les coudes et je contemple sa chevelure sombre logée entre mes cuisses pâles. Est-ce que je suis en train de rêver ?

– Je voulais absolument savoir quel goût tu avais.

Sa voix est basse et rauque et je dois tendre l'oreille pour distinguer ce qu'il dit malgré la tempête.

– J'étais à mi-chemin de chez moi, trempé comme une soupe, bien résolu à t'oublier, mais je ne pouvais penser qu'à ça. Je voulais savoir quel goût tu avais.

– Je suis tellement contente que tu sois revenu, je murmure. Je ne voulais pas que tu t'en ailles.

– Ton goût est à la hauteur de ton apparence, poursuit-il avant de s'interrompre pour former une longue spirale décadente avec la langue. Tu as le goût des fraises de juin. (Il lèche brutalement mon clitoris.) Des cerises de juillet. (Il aspire.) Des pêches d'août.

– Dans ta bouche, même les fruits sont sexy.

– C'est toi. (Il penche la tête et fait tourner sa langue d'une autre façon.) C'est grâce à toi.

J'ai envie de lui dire que je veux poser mes mains sur son corps, que je veux le lécher, le sucer, le goûter, que je veux le rendre fou comme il le fait avec moi, mais je suis incapable de parler, de bouger, de respirer. Il m'entraîne de plus en plus haut, jusqu'à ce que je me retrouve sur le fil et que je bascule. Mon clitoris pulse contre sa langue.

Je veux absolument le sentir sur moi : je l'attrape par les épaules pour tenter de le relever. Mais il prend son temps, il s'attarde entre mes cuisses comme si j'étais son dessert favori et qu'il ne voulait pas qu'on lui retire son assiette, même si cette dernière est vide.

– S'il te plaît.

Il finit par obéir et dépose un sillage de baisers brûlants et humides le long de mon ventre, entre mes seins, sur ma gorge, jusqu'à ce que ses coudes se retrouvent au-dessus de mes épaules. Je m'empare de son sexe, que je positionne à l'entrée du mien, je le frotte contre mon clitoris puis je le fais glisser en moi. Mon corps tout entier vibre de désir.

Il lève les hanches et se retire.

– Je n'avais rien prévu. Je n'ai pas de…

– Ce n'est pas grave.

– Tu es sûre ?

J'acquiesce.

– S'il te plaît. Je veux te sentir là de nouveau.

– Où ça ?

Il me pénètre lentement.

Je lui adresse un sourire coquin et je pose mes mains sur ses fesses pour l'attirer plus profondément en moi.

– Je veux que tu me prennes si profond que j'en aie mal, je murmure au creux de son oreille. Je veux que tu me déchires. Je veux que tu me fasses des bleus. Je veux que les marques de cette nuit soient visibles sur mon corps.

– Tu ne devrais pas me dire ça.

Il s'enfonce d'un coup et je pousse un petit cri tout en agitant les hanches.

– J'adore la façon dont tu bouges. Comme si tu me désirais tellement que tu ne peux pas te retenir.

– Parce que je ne peux pas. J'ai beau essayer et bordel, je te jure que j'essaye. Je t'ai dans la peau, dit-il en bougeant de plus en plus vite.

Je ne peux pas répondre parce que sa bouche est sur la mienne et je laisse mon désir prendre le dessus ; je lui griffe le dos, je lui mords la lèvre inférieure, je lui tire les cheveux, je m'agite, je halète, je crie. Le plaisir circule le long de chacun de mes nerfs comme un courant. Lorsque je jouis de nouveau, je crie son nom tandis que mon corps pulse autour de son sexe, les doigts profondément enfoncés dans les muscles de ses fesses. Je me sens sauvage, indomptable et libre ; libre de dire, de faire et de ressentir tout ce que je veux.

Tandis que les vagues de l'orgasme refluent, Jack se retire et me fait rouler sur le ventre.

– Mets-toi à genoux.

J'obéis, le cœur battant toujours à tout rompre, et je tressaille lorsqu'il me tire les cheveux. Il me tire la tête en arrière, tout en me pénétrant. *Oh, oui.* Il agrippe l'une de mes hanches pour me maintenir en place tout en me baisant si fort que j'entends le martèlement de ses hanches contre mes fesses. *Oh, oui.* Il jouit rapidement, son corps se raidit, un grondement lui échappe et je sens son sexe pulser à l'intérieur de moi. *Oh, oui.*

Il me lâche et s'effondre sur mon dos, le front posé contre ma tête. Son souffle est tiède et doux contre mon cou, et la pluie continue à marteler le toit du cottage. Nous gardons le silence tous les deux.

Un moment plus tard, il glisse un bras sous mon ventre, m'enlaçant plus étroitement.

J'ai la gorge nouée. J'ai envie de parler. De lui dire que c'est mon meilleur coup. J'ai envie de lui demander s'il va bien. J'aimerais savoir s'il est détendu. Je voudrais qu'il sache à quel point j'aimerais que les choses soient différentes entre nous. Je voudrais lui dire que je ne regretterai jamais ce qu'il s'est passé, que je ne l'oublierai jamais, et que je ne cesserai jamais de me demander « et si ? ».

J'ouvre la bouche, mais il me prend de vitesse.

– Ne rentre pas chez toi demain, Margot, fait-il en me pressant contre lui. S'il te plaît. Ne pars pas.

CHAPITRE 21

JACK

Je la sens se figer contre moi. Elle retient son souffle.

Elle déglutit.

– Tu veux que je reste ? Tu en es sûr ?

– Oui.

Je me retire et je la retourne gentiment sur le dos. Le regard qu'elle me jette me serre le cœur.

– Si tu en as envie.

Elle pose les mains sur mon visage et me caresse les pommettes du pouce.

– Bien sûr que j'en ai envie, Jack.

Je souris. J'ai l'impression qu'un poids énorme a été ôté de ma poitrine.

– Bien.

– Mais je sais que les choses sont compliquées.

– C'est vrai. Je ne peux rien te promettre.

Il est hors de question de lui mentir.

– Je n'ai pas besoin de promesses, répond-elle du tac au tac. Je n'ai pas de conditions à imposer, je n'ai pas besoin qu'on mette une étiquette sur ce qui se passe entre nous, ni de savoir comment ça va se terminer. J'aime juste être avec toi.

J'embrasse l'une de ses paumes.

– Merci.

Elle sourit et me caresse l'épaule.

– Tu sais, c'est drôle. C'est la première fois que je m'octroie la permission de faire ce que j'ai envie sans me demander comment ça va s'imbriquer dans le grand schéma de ma vie. Et sans me préoccuper de savoir si c'est ce qu'une femme Thurber est censée faire.

Ça me fait rire.

– J'en déduis que Muffy n'approuverait pas.

Elle glousse et secoue la tête.

– Sans doute pas. Mais tu sais quoi ? Je m'en fiche.

Son visage s'illumine dans l'obscurité.

– Je m'en fiche. J'ai juste envie de rester ici et de prendre du bon temps.

– Moi aussi.

Sauf que pour moi, « ici » n'est pas un endroit sur une carte. C'est un état d'esprit qui me permet de prendre du plaisir avec Margot sans penser que je dois m'excuser auprès de quiconque. Sans avoir l'impression que c'est une trahison complète. Sans culpabilité.

C'est un endroit que j'ai atteint en courant sous la pluie vers chez moi lorsque j'ai compris que je pouvais soit passer une autre nuit sans sommeil tout seul et torturé par mes pensées, soit me permettre un bref répit au milieu de ma solitude.

Et peut-être que pour Margot, c'est exactement la même chose : une pause loin des attentes, des règles qui édictent sa conduite, la possibilité pour elle de laisser s'exprimer son côté moins… *poli*. De se salir les mains. Je peux l'aider à faire ça.

Mais c'est tout ce que ça peut être : un répit, un soulagement temporaire. Il est hors de question que ce soit plus que ça.

***

– Je me demande quand l'électricité sera rétablie.

Margot sort de la salle de bains en tenant une bougie allumée à la main. Elle est toujours nue ; j'adore ça.

– Tu crois que tu as du courant chez toi ?

– Aucune idée.

La perspective de passer une nuit entière dans l'obscurité ne m'excite pas des masses. Est-ce que j'ai des bougies ? J'essaie de m'en rappeler tout en boutonnant ma chemise.

– Est-ce qu'il pleut toujours ?

On tend l'oreille un instant : l'averse n'a pas faibli.

– Ouais.

Je cherche mes chaussettes en fronçant les sourcils. Je suppose qu'elles sont toujours trempées. Merde, je déteste les chaussettes mouillées.

– Tu veux rester ici cette nuit ?

Je lui lance un coup d'œil hésitant. Coucher avec elle est une chose, mais passer la nuit avec une autre femme me paraît trop. Rester étendu à côté d'elle. La regarder dormir. Se réveiller en même temps. *Mais j'en ai envie. Juste une fois, ce n'est pas grave, non ?*

– Zéro pression.

Margot s'approche de moi, et la lumière de la bougie éclaire son visage par en dessous.

– Mais c'est une vraie invitation. Je suis un peu inquiète à l'idée que tu tentes de trouver ton chemin dans le noir sous la pluie.

Nos regards se croisent et je me demande si elle pense à la route. *Il pleuvait cette nuit-là aussi.* Pendant une seconde de folie, je me demande pourquoi je ne devrais pas tenter le destin. Obtiendrais-je ce que je mérite ?

– Tu ne voulais pas que je rentre toute seule, tu te rappelles ?

L'inquiétude que je lis sur son visage m'émeut.

– Je m'en souviens.

– Alors, reste ici.

Elle pose la bougie sur la table basse et enroule ses bras autour de ma taille.

– Fais-le pour moi. Je sais que tu es un grand soldat très fort et que tu n'as pas peur du noir, mais moi je vais avoir peur toute seule ici.

Je souris et je l'enlace. Elle pose la joue contre ma poitrine et j'embrasse le sommet de son crâne.

Même ses cheveux ont un parfum doux. *Une nuit tout entière dans son odeur. À l'écouter respirer. Et à savoir que je ne suis pas seul.*

– D'accord. Je reste.

– Chouette, s'écrie-t-elle en sautillant dans mes bras, ravie. J'adore obtenir ce que je veux.

Je lui pince les fesses.

– Tu es une enfant gâtée, tu sais ça ? Est-ce que tu m'as manipulé ?

– Peut-être.

– Tu vendrais de l'eau à un homme qui se noie. Tu devrais faire de la politique.

– Non, merci. Mais je suis très bonne pour lever des fonds, ou du moins pour obliger les gens riches à faire des chèques pour les bonnes causes.

– Je n'en doute pas.

Elle bâille et je la serre plus étroitement contre moi.

– Fatiguée ?

– Oui. Tu m'as épuisée. Ou alors c'est peut-être la faute du vin.

– On va dire que c'est moi.

Elle lève les yeux vers moi et me sourit.

– C'est totalement toi.

Elle va se laver les dents en emportant la bougie, mais elle laisse la porte ouverte afin que je puisse me repérer dans la chambre. Quand elle me rejoint, je suis de nouveau nu et sous les couvertures.

Elle pose la chandelle sur la table de chevet, se glisse à mes côtés et l'éteint. On reste étendus un instant, la pluie ralentit et l'odeur de la fumée de bougie se répand lentement dans la pièce. Nous sommes tous les deux allongés sur le dos et nous ne nous touchons pas.

– Est-ce que c'est bizarre ? demande-t-elle.

Je tourne la tête dans sa direction.

– Quoi donc ?

– Être au lit avec quelqu'un d'autre.

Je regarde de nouveau le plafond, et je place les mains derrière ma tête.

– Oui.

Elle pivote pour me faire face et glisse les mains sous sa joue.

– Je suis contente que tu n'aies pas menti et prétendu que ça ne l'était pas.

Je la regarde nouveau.

– Je ne te mentirai pas, Margot. Je te le promets.

– D'accord, chuchote-t-elle. En me brossant les dents, je me suis dit que je n'aurais pas dû te persuader de rester. Je n'ai pas songé que ce serait étrange pour toi. Je me sens coupable.

– Eh. Viens ici.

Je tends la main vers elle et elle se rapproche pour se blottir contre moi. Sa peau est tiède, douce et sent la vanille. Je bande de nouveau.

– Je suis resté parce que j'avais envie d'être avec toi ce soir. Oui, c'est la première fois que je passe la nuit avec une autre femme que Steph depuis des années et oui, c'est un peu étrange, mais ce n'est pas non plus embarrassant.

Elle passe un bras autour de ma poitrine et l'embrasse..

– OK. Tant qu'on en est à se faire des confidences, il faut que je t'avoue que j'adore ton torse.

– Ah oui ? fais-je en souriant.

– Oui. Depuis le premier instant où je t'ai vu.

Elle m'embrasse de nouveau et fait glisser sa main sur mon flanc. Je réfléchis un instant.

– Dans la cuisine ?

– Oui. Tu étais grincheux et désagréable, mais j'ai remarqué tout de suite ton corps incroyable. Je me suis dit que tu pourrais me briser en deux et qu'apparemment tu en avais envie.

Elle effleure l'un de mes tétons du bout des doigts et mon sexe se dresse sous les draps.

– Tu avais raison.

Oh, merde, elle fait courir sa langue en cercle sur mon autre téton. La chaleur court dans mon corps et fait vibrer ma peau.

– Peut-être que tu en as toujours envie.

Elle me pince les tétons et je retiens brusquement mon souffle. C'est super bon : c'est l'une de ces choses que je ne demande jamais mais que j'adore. Sa main descend lentement le long de mon ventre.

– Je n'ai jamais vu un homme avec un corps comme le tien. Tu es tellement musclé. Tu n'es que creux et bosses. (Elle me caresse lentement les abdos et ils se contractent sous sa paume.) C'est incroyable à quel point tu es fort. Je me dis que tu pourrais me faire tellement de choses.

Continue, je songe, *ne t'arrête pas de parler, putain.*

Elle referme la main sur mon sexe, maintenant complètement érigé.

– Et ça, poursuit-elle d'une voix basse et fluide. Quand je t'ai aperçu sur le ponton, trempé et complètement nu, c'est ça que je voulais voir. (Tout en me branlant, elle lève la tête pour me parler directement dans l'oreille.) J'ai eu des pensées qui ne m'avaient jamais effleurée avant.

– Du genre ?

– Je voulais te voir bander. Je voulais te caresser. Te sucer.

– Bordel, réponds-je d'une voix rauque tout en glissant une main sur son sein tandis que l'autre gagne ses reins.

– J'ai été tellement perverse en pensée ce jour-là, murmure-t-elle. J'avais envie que tu te touches et que tu me surprennes en train de te regarder. Et que tu me punisses.

– Ah oui ? Et comment je ferais ça ?

Je lui pince le téton suffisamment fort pour qu'elle pousse un petit cri et je glisse mon majeur entre ses fesses.

Elle se fige.

– Je n'en sais rien. Je ne suis pas allée jusque-là.

– Ce n'est pas grave. Tu ne pourrais même pas imaginer ce que j'ai déjà fait.

– Raconte-moi, me souffle-t-elle. Je veux l'entendre.

– Hors de question. Ce sera une surprise.

Un sourire coquin étire ses lèvres.

– Ça me va.

Je la fais basculer sur le dos dans un seul mouvement brusque, j'épingle ses poignets sur le matelas et je la coince sous mes hanches.

– Je ne suis pas toujours fair-play.

Son sourire disparaît. Mais ses yeux brillent.

***

Quand nous finissons par être repus – ce qui n'est pas évident car Margot a une libido presque aussi vivace que la mienne –, nous nous effondrons sur les draps en bataille. Elle pose sa tête sur ma poitrine, enroule une main et une jambe autour de moi. Je passe un bras autour de son épaule et j'embrasse le sommet de son crâne.

– Est-ce que ça te dérange ? demande-t-elle. Je ne sais pas si tu aimes les câlins ou pas.

– Ça ne me dérange pas.

– Bonne nuit, murmure-t-elle, somnolente.

– Bonne nuit.

Elle s'endort tout de suite, le souffle lent et profond, le corps détendu. Je reste éveillé pendant un moment. J'écoute la pluie, émerveillé par Margot, cette nuit et moi-même. Rebrousser chemin n'a pas été une décision facile. Lui demander de ne pas partir demain non plus. Ni m'allonger dans un lit avec quelqu'un qui n'est pas la femme que j'ai épousée.

Mais le reste…

Tout le reste a été tellement simple jusqu'à maintenant. Lui parler. La toucher. L'écouter. La prendre. Pourquoi ? Comment est-il possible que je me sente aussi bien avec quelqu'un que j'ai rencontré il y a quelques jours seulement, quelqu'un qui est si différent de moi ? Ça ne me paraît pas réel.

Eh bien que ce soit un rêve, alors. N'analyse rien. Ne dissèque rien. Ne cherche pas du sens là où il n'y en a pas.

Je ferme les yeux, content d'être avec elle dans un monde rêvé temporaire où je ne serai pas jugé pour ce que je désire. Où aucun de nous ne le sera.

Et pour la première fois depuis des années, je m'endors dans le noir. Et je dors toute la nuit.

CHAPITRE 22

MARGOT

Je sens le matelas bouger et j'ouvre les yeux avec réticence. Je cille. Dans la lueur grisâtre du petit jour, j'aperçois Jack assis sur le lit, tout habillé. Ses cheveux sont en bataille.

– Bonjour, fais-je en souriant.

– Bonjour. Je dois y aller.

– Tes animaux te réclament ?

Il m'ébouriffe les cheveux.

– Oui. Et il faut aussi que je récupère tout de suite mon pick-up.

– Ah oui, c'est vrai. Quelle heure est-il ?

– Un peu plus de six heures.

La conversation que nous avons eue la nuit dernière se fraie un chemin dans mon esprit encore embrumé de sommeil.

– Il faut que je prévienne la gérante que je ne pars pas aujourd'hui finalement.

– J'espérais que tu serais toujours d'accord pour rester. Il te reste combien de jours ?

Je réfléchis un instant.

– Quel jour sommes-nous ?

– Mercredi 20.

– Je dois partir le 28. Donc dans huit jours.

Lorsque j'ai envisagé de passer ces huit jours loin de lui, ça me paraissait une éternité. À présent, je trouve que c'est trop court.

– Bien, dit-il en se penchant pour déposer un baiser sur ma joue. Ne te lève pas. Je t'appelle dans la journée, d'accord ?

– D'accord.

J'entends la porte d'entrée se refermer. J'essaie de me rendormir mais j'en suis incapable. Est-il possible que les choses aient autant changé en vingt-quatre heures ? Si Jack n'avait pas été là lorsque je me suis réveillée, j'aurais pensé que tout ça n'était qu'un rêve.

Je roule sur le dos, je m'étire et je fléchis les pieds. J'ai des courbatures à des endroits inattendus : le dos, les bras et le cou. J'en ai aussi à des endroits très attendus. Bon sang, ce mec a des talents hallucinants ! Quant à sa langue, Seigneur, on peut dire qu'il sait s'en servir. J'ai eu quatre orgasmes la nuit dernière. Quatre ! C'est plus que dans les six derniers mois de ma relation avec Tripp !

Il faut absolument que je raconte ça à quelqu'un.

Mon portable est toujours dans mon sac à main, ce qui signifie probablement qu'il n'a plus de batterie.

Est-ce que le courant a été rétabli ? Je saute au bas du lit et je me précipite, toute nue, dans le salon : j'attrape mon téléphone et son chargeur et je le branche à côté de mon lit. Au bout d'une minute, il vibre et se met à charger. Dès que c'est possible, j'appelle Jaime.

– Allô ? fait-elle d'une voix inquiète.

– C'est moi.

– Tu vas bien ?

– Oui. Pourquoi ?

– Parce qu'il n'est même pas sept heures.

– Oh ! Désolée. Je n'ai pas réfléchi.

– Pourquoi es-tu réveillée ? Tu n'es pas censée être en semi-vacances ?

– Si. Et je suis réveillée parce que je ne peux pas dormir. Et je ne peux pas dormir à cause de ce qui s'est passé cette nuit.

– Que s'est-il passé cette nuit ?

– J'ai eu quatre orgasmes ! je m'exclame. Et un ! Et deux ! Et trois ! Et quatre !

Elle pousse un petit cri de surprise.

– Attends, je change de pièce.

– Eh ! Moi aussi je veux savoir pour les quatre orgasmes, dit Quinn derrière elle.

– Ça ne te regarde pas. (Un silence puis une respiration assourdie.) OK. Vas-y. Raconte-moi tout.

– D'accord, mais d'abord… dis-je en me mordillant une phalange. Promets-moi que tu ne te mettras pas en colère.

Elle soupire.

– Je ferai comme si ces quatre orgasmes ne t'ont pas été donnés par quelqu'un qui est ton client. Ça marche ?

– Bonne idée.

Je lui raconte tout ce qui s'est passé depuis la dernière fois que je l'ai eue au téléphone, depuis la réunion désastreuse (elle grommelle) jusqu'à la baise contre l'arbre (elle pousse un petit cri de surprise) et aux quatre orgasmes de la nuit (elle soupire).

– C'est génial, Gogo. Je suis très contente pour toi. Mais je suis aussi sous le choc.

– Crois-moi, moi aussi.

Et je ne peux même pas lui raconter le plus choquant – les bleus sur mon corps, les morsures sur sa peau, les griffures sur son dos. La façon dont je l'ai supplié d'être brutal avec moi. La manière dont il a utilisé sa taille et sa force pour me soumettre. Le besoin que j'ai d'explorer un aspect de moi-même que je ne connaissais pas. La nécessité qu'il éprouve de perdre le contrôle sans crainte.

Pour tout ça, il faut une confiance réciproque et nous sommes parvenus à l'établir entre nous en un court laps de temps.

Et c'est certainement ce qui est le plus surprenant.

– Et maintenant ? Que va-t-il se passer ? Tu vas le revoir ?

– J'espère bien. Quand il est parti ce matin, il m'a dit qu'il me téléphonait dans la journée.

– Pourquoi est-il parti si tôt ? demande-t-elle en riant. Il avait trop envie de se sauver ? Il ressemble à l'ancienne moi ?

– Non, il devait s'occuper de ses bêtes.

– Je n'arrête pas d'oublier que ce mec est agriculteur. Tu couches avec un putain de fermier.

– Je sais, et il est tellement sexy, réponds-je, sérieuse. Je ne sais pas s'il y en a d'autres dans son genre, mais je pense que les femmes devraient vraiment chercher des hommes à la campagne, au cas où.

– Mmm. On devrait dire ça à Claire.

– Oui ! Vas-y ! Que fait-elle cette semaine ?

– Elle cherche une maison. Je suis supposée l'aider aujourd'hui.

– Elle a eu un autre rendez-vous avec le joueur de hockey ?

– Pas que je sache. Elle me racontera ça ce soir.

– C'est vrai, c'est notre soirée. Je suis désolée de ne pas être là.

Je suis triste de rater notre rendez-vous hebdomadaire. Elle éclate de rire.

– Mais tais-toi, tu n'es pas désolée du tout. Et à ta place, je ne le serais pas non plus.

Je souris de toutes mes dents.

– D'accord, je ne suis pas désolée.

– J'espère juste que tu nous raconteras tout dans les moindres détails quand tu rentreras. Là, on te pardonnera.

– Croix de bois, croix de fer.

Elle soupire.

– Il faut que j'aille me doucher. Tiens-moi au courant pour le boulot. Je vais faire comme si tu ne couchais pas avec le client.

La culpabilité m'assaille un peu.

– Tu veux que je bosse sur un autre dossier pendant que je suis là ?

– Non. Je gère. Prends quelques jours de vacances.

– Tu es la meilleure. (J'imite le bruit d'un baiser.) Ciao.

– Ciao.

Je raccroche et je reste assise un moment ; j'essaie de décider si je suis suffisamment fatiguée pour me rendormir. Mais je suis surexcitée : j'ai l'impression d'avoir déjà bu six tasses de café et un bol de céréales saupoudrées de cocaïne. D'où me vient toute cette énergie ? Je n'ai pas dormi plus de six heures cette nuit, et d'habitude il m'en faut huit. Je me demande si Jack est fatigué ou s'il ressent la même chose que moi. A-t-il bien dormi ? Je me souviens l'avoir entendu dire qu'il dormait mal.

Est-ce que le fait d'avoir passé la nuit avec moi a aggravé ou amélioré les choses ? Il avait l'air content ce matin, non ?

Finalement je décide que je suis trop énervée pour rester allongée à penser à lui. Je me lève, j'enfile un jean et un T-shirt : je vais aller à la ferme l'aider, ou du moins proposer de le faire.

Je me mets à rire en enfilant mes bottes toujours crottées. Si on m'avait dit un an plus tôt – voire un mois – que je passerais mes vacances à me salir les mains dans une ferme, j'aurais hurlé de rire.

Mais je me sens différente.

Enfin… presque. Je porte toujours mon collier de perles, évidemment.

***

Comme il fait jour et pas trop chaud, je décide d'y aller à pied. Il a cessé de pleuvoir, mais le ciel est nuageux et l'atmosphère lourde. Sur le chemin qui mène à la route, j'appelle Ann. Je suis surprise qu'elle décroche, vu qu'il est très tôt.

– Oh, bonjour Ann, je m'apprêtais à vous laisser un message pour vous dire que j'ai décidé de ne pas rentrer chez moi finalement.

– Oh, super ! Je suis ravie. Vous avez survécu à la coupure d'électricité de cette nuit ?

– Bien sûr. J'ai allumé une bougie et j'ai passé une excellente soirée.

Tu veux que je te parle de mes quatre orgasmes ?

– Super. Profitez bien de votre séjour et n'hésitez pas à me téléphoner si vous avez besoin de quoi que ce soit.

– Je n'y manquerai pas. Merci beaucoup.

Je traverse la route juste en face de la maison des Valentini et j'aperçois Georgia en train de sortir de chez elle, une tasse de café à la main.

– Bonjour ! crie-t-elle depuis la véranda tout en me saluant de la main.

– Bonjour !

Je lui rends son salut et j'emprunte l'allée qui monte vers chez elle.

– Je vous ai vue traverser la route. Quel bon vent vous amène aussi tôt ?

Elle me sourit par-dessus le rebord de sa tasse.

Merde, que dire ? Je rougis avant même de répondre.

– Euh, je me suis dit que je pouvais proposer un coup de main à Jack. (Je fais un signe du doigt en direction du lac.) Il ne fait pas vraiment un temps à aller à la plage.

– Non, répond-elle, légèrement amusée. Est-ce que Jack sait que vous venez ?

– Non, dis-je en enfonçant, comme toujours, les mains dans les poches de mon jean. Si je l'avais prévenu, je suis presque certaine qu'il m'aurait dissuadée. Je n'ai pas vraiment été d'un grand secours l'autre jour.

Elle éclate de rire.

– Toute paire de bras supplémentaire est bonne à prendre. Mais si vous entriez prendre un café d'abord ? Puisqu'il ne sait pas que vous êtes là, il ne vous attend pas, pas vrai ?

– Si, réponds-je en souriant, même si j'ai très envie de le voir. D'accord, merci. Un café, c'est une bonne idée.

Je la suis dans sa maison jusqu'à la cuisine, où Cooper est assis sur le sol en train de jouer avec des Tupperware.

Je lui ébouriffe les cheveux.

– Salut, beau gosse.

– De la crème et du sucre ? demande Georgia en me servant une tasse.

– Oui, s'il vous plaît.

Je m'assieds devant l'îlot central et elle pose une tasse de café, une petite carafe de crème et un bol de sucre devant moi.

– Voilà. Faites-vous plaisir.

J'ajoute de la crème dans mon café jusqu'à ce qu'il ait une parfaite nuance de beige et je bois une gorgée.

– Impeccable. Merci.

Elle tient sa tasse à deux mains, les coudes posés sur le comptoir en face de moi, et elle me regarde comme le chat qui n'a pas encore dévoré le canari mais qui sait très bien où se trouve la cage.

Elle soupçonne quelque chose.

Je me sens rougir de nouveau et je tente de me dissimuler derrière ma tasse de café.

– Je ne sais pas garder un secret, dit-elle tout à trac.

– Oh ?

– Non, pas quand je suis dévorée par la curiosité, poursuit-elle en posant sa tasse et en se redressant. Hier soir, quand je suis rentrée du travail, j'ai remarqué que la voiture de Jack n'était pas là. Et ce matin, je l'ai surpris en train de rentrer. Où il a passé la nuit ?

L'éclat qui brille dans ses yeux me dit qu'elle en a, au contraire, une idée très précise.

Je m'agite sur mon siège, les yeux baissés sur le comptoir en formica blanc.

– Euh… Je ne suis pas vraiment, euh, je n'ai pas le droit de…

Merde ! On n'a pas du tout parlé de ça. Est-ce que Jack veut garder le secret ?

– Pas de problème, répond-elle en levant une main. Vous n'avez pas besoin de me raconter les détails. Je voudrais juste vous dire qu'hier quand Jack est venu s'excuser, Pete et moi avons bien senti qu'il y avait quelque chose de différent chez lui. Il était plus détendu, plus ouvert, moins buté et moins désagréable.

– Intéressant.

J'essaie de me la jouer cool en buvant mon café.

– Oui. Très. (Elle tripote sa tasse en souriant.) Pete lui a carrément demandé s'il avait baisé.

J'avale ma gorgée de café trop vite et je me mets à tousser.

– Qu'a-t-il répondu ? je demande une fois que j'ai retrouvé l'usage de la parole.

– Il n'a ni confirmé ni nié.

Je porte de nouveau ma tasse à mes lèvres, tout en essayant de garder l'expression la plus neutre possible.

Elle m'adresse un sourire éclatant.

– D'accord. Changeons de sujet.

– Bonne idée.

– On peut peut-être se tutoyer, non ?

J'acquiesce.

– Jack t'a raconté les nouvelles ? On a décidé d'ouvrir un restaurant et de faire traiteur. En tout cas d'explorer toutes les options.

– C'est génial.

– J'ai hâte que l'on s'y mette. Et je me disais qu'une fois que le nouveau site serait en ligne, je pourrais commencer à bloguer sur ce projet.

– Parfait ! C'est exactement le genre d'histoire qu'il faut raconter.

– Brad est censé nous appeler dans la journée pour nous dire si on peut aller visiter la maison cet après-midi. (Elle grimace.) Le problème, c'est que le mercredi, de 15 heures à 19 heures, on est au marché fermier de Frankenmuth. Du coup, il va peut-être falloir attendre.

– Quelqu'un d'autre pourrait faire le marché à votre place ?

Elle hausse les épaules.

– Ce n'est pas vraiment le truc de Jack, du moins depuis que…

La porte de la cuisine s'ouvre à la volée et Jack fait son apparition. Mon rythme cardiaque s'accélère. Mes bras et mes jambes se mettent à picoter. Des papillons volent à toute allure dans mon ventre. Et je ne peux pas m'empêcher de sourire, surtout quand je vois ses cheveux. Il ne porte pas de casquette, certainement parce qu'aujourd'hui il ne fait pas beau, et il ne s'est pas coiffé. Il est toujours échevelé. À cause de mes mains.

Je croise les jambes.

– Salut, fait-il avec un sourire certes modeste mais qui n'en est pas moins un sourire. Que fais-tu là ?

– Je suis juste venue voir si tu avais besoin d'aide aujourd'hui.

– Oh. Je suis passé prendre un café.

Il fait un geste en direction de la cafetière mais il ne bouge pas ; il me regarde, toujours avec ce même petit sourire aux lèvres. Georgia nous regarde tour à tour.

– Je te sers une tasse, Jack ?

– Ah, je m'en charge.

Il se dirige vers le placard et aperçoit Cooper. Il se penche pour le prendre dans ses bras.

– Salut, mon pote !

– Pa'c ! fait Cooper une fois dans les bras de Jack.

– Tu veux aller au parc, encore ? le taquine Jack. Tu n'en as pas marre ?

– Il n'en a jamais marre, fait sa mère. Mais je ne veux plus que tu lui achètes une glace quand tu l'emmènes. Hier, il a refusé de dîner.

Jack repose son neveu et lui pince le nez.

– Ne t'inquiète pas, mon pote. Tu auras quand même ta glace. C'est à ça que servent les oncles.

Georgia lui donne une petite tape sur l'épaule.

– J'étais en train de dire à Margot que Brad allait s'arranger pour qu'on puisse visiter la maison des Oliver cet après-midi.

Jack marmonne quelque chose d'inintelligible en retour, tout en se servant une tasse, et Georgia et moi levons les yeux au ciel.

– Mais il y a un problème parce qu'ils sont supposés faire un marché quelque part, dis-je.

– Le marché de Frankenmuth. De 15 heures à 19 heures.

– Je me disais qu'on aurait pu le faire, non ? je propose, enthousiaste. Je n'ai jamais fait un marché de fermiers et j'aimerais bien voir comment ça se passe.

Jack pivote et s'adosse au comptoir.

– Non. Je n'aime pas ce genre de truc.

– Pourquoi ?

– Je suis sûr qu'il y a des gens, là-bas, répond-il sur un ton bourru.

– Oh, ce n'est pas vrai. Évidemment qu'il y a des gens… On appelle ça des clients, intervient Georgia. Je pense que c'est une excellente idée ! Tu devrais le faire, Jack.

Il porte la tasse à ses lèvres et bougonne avant de boire une gorgée.

– S'il te plaît ? Je serai sage.

Je pose ma tasse, frappe dans mes mains et lui adresse mon meilleur sourire.

Il soupire et me jette un regard sévère, mais je sens qu'il est sur le point de sourire.

– Je suppose qu'il faudra que je t'achète une glace à toi aussi.

Je bats des mains.

– Youpi ! Une glace !

– C'est génial. Merci, dit Georgia. Je te confirmerai ça dès que Brad m'aura téléphoné.

– Non, pas besoin ! je rétorque, tout excitée. Quoi qu'il arrive, c'est Jack et moi qui ferons le marché.

– Vraiment ? demande Georgia en jetant un coup d'œil à son beau-frère. Tu es d'accord ?

– Pas de problème.

Jack termine son café et pose sa tasse dans l'évier.

– Il faut que je me remette au travail si je dois perdre une demi-journée. Est-ce que tout est prêt pour cet après-midi ?

– Non, mais je vais tout trier, laver et emballer ce matin, et Margot pourrait peut-être m'aider à préparer les tables et les panneaux. Comme ça, je pourrais lui montrer comment il faut tout installer. Tu n'auras plus qu'à charger le camion.

– Avec plaisir, dis-je. Dis-moi ce qu'il faut faire.

– D'accord. (Jack me jette un coup d'œil.) Tu peux m'aider à ramasser les œufs avant de commencer ?

– Je suis obligée ? réponds-je en fronçant le nez.

– Oui.

– Amusez-vous bien tous les deux, fait Georgia en riant.

Dès que Jack a le dos tourné, elle lève les deux pouces dans ma direction.

Nous nous dirigeons vers le poulailler. Mes bottes pataugent dans la boue, mes narines sont assaillies par l'odeur du fumier et je suis anxieuse à l'idée de devoir encore ramasser des œufs sous le cul d'une poule coléreuse. Mais je suis surtout surexcitée par la journée qui s'annonce.

CHAPITRE 23

JACK

Dès que nous avons contourné l'écurie, et que nous trouvons hors de vue de la maison, j'attrape Margot par la main, je la fais pivoter et je pose les lèvres sur les siennes. Nous nous embrassons, nos corps luttant pour être le plus près possible l'un de l'autre comme si cela faisait une éternité que nous ne nous étions pas vus. Elle a la même odeur que la nuit dernière : elle sent la vanille et le sexe.

Bordel, c'est sexy. Je n'ai pensé à rien d'autre que ça depuis que j'ai quitté son lit. J'étais perturbé et distrait, et je me suis retrouvé plusieurs fois à faire les choses trop lentement ou à regarder dans le vague.

– Que t'arrive-t-il ? m'a demandé Pete une heure plutôt quand il m'a trouvé immobile dans l'écurie, une corde à la main.

Oh, rien, je suis juste en train d'imaginer que j'attache la gentille dame qui travaille pour nous, peut-être après lui avoir bandé les yeux. Puis je lui baise la bouche. Normal.

Quand je l'ai vue dans la cuisine, mon cœur s'est emballé et je ne pensais pas réagir ainsi. Depuis combien de temps n'ai-je pas été aussi heureux de voir quelqu'un ? Elle est si jolie avec ses cheveux attachés, sans maquillage et dans un simple T-shirt blanc. Il sera sale ce soir, mais je pense qu'elle s'en fiche.

– Waouh, commente-t-elle lorsque nous nous arrêtons pour respirer. C'est une récompense parce que j'ai accepté de t'aider à ramasser les œufs ?

– C'est parce que je suis content de te voir. Et aussi parce que grâce à toi, j'ai dormi la nuit dernière.

Elle s'illumine.

– C'était la question que je voulais te poser. Tu m'avais dit que tu ne dormais pas bien.

– C'est le cas. Mais la nuit dernière, j'ai dormi.

J'essaie de ne pas trop analyser ça et de me contenter d'apprécier d'être reposé. Si je laisse mon esprit galoper sur le pourquoi du comment, je vais devoir me poser des questions auxquelles je n'ai pas envie de répondre.

– Je suis super heureuse.

Elle se balance sur ses pieds.

Je l'embrasse de nouveau, plus lentement et plus tendrement cette fois-ci, désireux d'étirer ce moment le plus possible. Mais quand mes mains commencent à s'égarer et que je sens une certaine tension au niveau de ma braguette, je me dis que je ferais mieux d'arrêter.

– Je préférerais continuer à t'embrasser plutôt que travailler, mais j'ai quand même pas mal de trucs à faire avant qu'on ne parte au marché.

– Je suis tout à toi, répond-elle en souriant. Mets-moi au travail.

***

Margot est toujours aussi nulle pour ramasser les œufs (« Je ne peux pas prendre celui qui est sous la poule… Je trouve ça personnel, comme si elle voulait vraiment le garder »), mais elle se souvient des leçons que je lui ai données l'autre jour et elle travaille beaucoup plus vite. Après ça, Pete et moi allons nous occuper des clôtures et Margot aide Georgia à tout préparer pour l'après-midi. Je n'ai pas fait de marché depuis des années, et quand je m'en occupais, c'était Steph qui organisait le stand. J'espère que Margot se souviendra de tout ce que Georgia lui aura dit à ce sujet.

Un peu avant midi, nous chargeons le camion – sans oublier un panier avec le pique-nique que Georgia nous a préparé pour déjeuner – et nous prenons la route de Frankenmuth.

– Quel genre de musique écoutes-tu ? je lui demande tout en prenant la direction de l'Ouest.

Le soleil commence juste à percer les nuages et j'ai l'impression qu'il va faire beau, ce qui est toujours bon signe pour le commerce.

– Oh, j'aime tout.

– Tout ? je demande en cherchant quelle station de radio on peut capter. Je vais voir ce que je peux faire, mais ce camion est vieux et il n'a aucune option, contrairement à, disons, une Mercedes.

Elle me donne un petit coup dans les côtes.

– Ma Mercedes date de 1972. À l'époque, les options n'existaient pas.

– C'est vrai. De toute façon, qui en a besoin ?

Je monte le son et je baisse les vitres puisque la climatisation ne fonctionne pas.

– Hank Williams à la voix éraillée, dans un camion Chevrolet qui a connu des jours meilleurs, sur une route de campagne, le vent dans tes cheveux… (Je lui donne un petit coup sur la jambe et je poursuis avec un accent du Sud.) On ne peut pas faire plus country que ça, bébé.

Elle éclate de rire et rejette la tête en arrière :

– Yihaaaa !

Je ris à mon tour. Je ne me suis pas senti aussi bien depuis très, très longtemps.

***

Nous arrivons au marché aux alentours de 13 h 30, nous repérons notre emplacement et déchargeons le camion. Margot se charge de quelques objets lourds, s'essuie le front avec le creux du coude et commence à tout mettre en place.

– Je peux le faire, je propose quand je la vois batailler avec un tréteau récalcitrant.

Elle se redresse, souffle sur une mèche de cheveux qui lui tombe sur les yeux et me lance un regard noir.

– Je ne suis pas complètement nulle, Jack. Je peux ouvrir un tréteau.

– D'accord, d'accord.

Je me détourne pour dissimuler un sourire tout en déballant la balance.

Une fois les nappes installées et les produits mis en place exactement comme Georgia l'a spécifié, Margot fait un pas en arrière et jette un regard critique sur notre stand.

– Ce serait bien qu'il y ait plusieurs niveaux sur la table. Et plus de profondeur.

Je fronce les sourcils.

– De la profondeur ?

– Oui. J'aime beaucoup les paniers de toutes les tailles posés sur le sol et les vieux tonneaux. Mais sur les tables, ça pourrait être mieux. (Elle se tapote le menton avec un doigt.) Il faudra refaire la bannière quand vous aurez votre nouveau logo, et il faudra aussi placer le logo sur la nappe de devant. Il faudrait quelque chose d'un peu moderne et d'un peu démodé en même temps. Fashion mais authentique.

– Quelle différence cela fait-il ? Ce n'est pas la qualité des produits qui attire les gens ?

Elle m'adresse un sourire indulgent.

– La qualité des produits les fait revenir. Regarde autour de toi : vous êtes très nombreux. Comment vas-tu te démarquer ? Les gens prennent des décisions sur une première impression et en une seule seconde, Jack. Il faut attirer le regard avec quelque chose de visuellement impressionnant. Il faut les appâter.

Je me gratte la tête. Je ne sais pas du tout comment faire cela, mais si quelqu'un sait ce qui est visuellement impressionnant, c'est bien Margot.

Elle contourne le stand et attrape son sac à main.

– Je reviens tout de suite.

– Où vas-tu ? Tu ne veux pas qu'on déjeune avant que ça ouvre ?

– Donne-moi dix minutes, fait-elle par-dessus son épaule tout en s'éloignant d'un pas précipité.

Elle est de retour cinq minutes plus tard avec des plantes aromatiques en pot et des fleurs de toute taille qu'elle dispose sur la table. Elle réarrange tout pour faire de la place. Elle fait un pas en arrière, observe le résultat et acquiesce.

– C'est mieux. Et le basilic sent divinement bon. Une fois qu'on aura vendu quelques produits, j'utiliserai les boîtes vides pour décorer le bout de la table, mais pour l'instant ça fera l'affaire.

– C'est toi le chef. On déjeune ?

– Oui. Je suis affamée.

On engloutit à toute allure le pique-nique que Georgia a préparé : des sandwiches, des pickles et des cookies.

– J'espère qu'ils pourront visiter la maison aujourd'hui, dit Margot tout en dévorant un biscuit.

Je décapsule la bouteille d'eau et j'en bois une gorgée. Elle me donne un coup de pied.

– Pas toi ?

– Je suppose que si.

Elle fait claquer sa langue.

– Tu n'es vraiment pas cool. Moi, en tout cas, je suis excitée pour eux. C'est le rêve !

– Je sais, réponds-je, réticent. Et même si je ne suis pas enchanté à l'idée qu'ils achètent cette masure en ruine, je suis content que ça les rende heureux.

– C'est parce que sous ton extérieur grincheux, il y a un cœur qui bat. (Elle m'adresse un regard supérieur.) Admets-le, tu es une guimauve.

Je fais une grimace.

– Une guimauve ? Ça ne me plaît pas beaucoup.

– Pas de souci, fermier grincheux, j'emporterai ton secret dans la tombe. (Elle me donne un petit coup sur la jambe.) Je ne dirai à personne à quel point tu es un mec sympa.

Je me penche vers elle pour lui murmurer à l'oreille :

– Et en échange, je ne révélerai à personne à quel point tu es une coquine.

Alors, elle pousse un petit cri étouffé avant d'éclater de rire.

– Tu as intérêt.

– Jack ?

Je lève les yeux vers la femme qui vient de m'interpeller et pendant une seconde terrifiante, j'ai l'impression de me trouver devant un fantôme. Nom de Dieu.

– Suzanne.

Je me rassieds immédiatement sur mon siège, que j'éloigne un peu de celui de Margot.

– Je pensais bien que c'était toi. J'ai vu la bannière et je m'attendais à voir Pete et Georgia.

La petite sœur de Steph jette un coup en direction de Margot avant de reporter son attention sur moi.

– Je ne t'ai pas vu depuis une éternité.

– Ce n'est pas moi qui me charge du stand, d'habitude.

Plus elle vieillit, plus Suzanne ressemble à Steph : même carnation, même taille et même stature, jusqu'à sa voix qui ressemble beaucoup à celle de ma femme. Elles avaient trois ans d'écart, donc Suzanne doit avoir trente ans à présent, l'âge de Steph quand elle est morte.

– Viens ici, fait-elle en ouvrant grand les bras.

Je me lève, contourne le stand et la prends maladroitement dans mes bras. Elle se met sur la pointe des pieds, exactement comme le faisait Steph, et mon estomac se noue.

– Je suis contente de te voir.

– Moi aussi.

Mais c'est un mensonge. Je la lâche et je regagne la sécurité du stand le plus vite possible. Heureusement, elle n'a pas la même odeur que sa sœur. Suzanne porte un parfum fleuri. Steph ne se parfumait jamais.

– Bonjour. Je suis Margot Lewinston, fait Margot en lui tendant la main avec un sourire.

Est-ce que Suzanne a hésité avant de la lui serrer ? Je l'ai peut-être seulement imaginé. Je suis déstabilisé et je commence à transpirer.

– Suzanne Reischling.

Elle serre la main de Margot et même si elle porte des lunettes de soleil qui m'empêchent de voir ses yeux, je devine qu'elle la jauge des pieds à la tête.

– Ravie de faire votre connaissance, dit Margot.

– Moi de même. Vous êtes une nouvelle employée à la ferme ?

Margot éclate de rire.

– En quelque sorte. Je fais du marketing pour eux. Je les aide avec leur marque et leur pub. Ce genre de choses.

– Intéressant, réplique Suzanne en croisant les bras. Vous êtes du coin ?

– Non. Moi, je viens de Grosse Pointe, au nord de Détroit.

– Je sais où c'est.

La froideur dont Suzanne fait preuve avec Margot me ramène à la réalité.

– Margot est là pour une semaine afin de comprendre comment on travaille.

J'éprouve l'étrange besoin de la défendre.

– Absolument, et j'accompagne Jack aujourd'hui pour voir à quoi ressemble le marché. C'est la première fois que je fais un marché de fermiers. Je suis très excitée.

Le sourire de Margot est toujours authentique, et son ton amical. Elle glisse les mains dans les poches arrière de son jean et se balance sur ses pieds.

– C'est sympa, constate Suzanne d'un ton neutre.

– Et toi ? Tu es avec ta mère ? (Je me tourne vers Margot.) Madame Reischling vend des confitures maison et des pâtisseries.

C'est l'une des raisons pour lesquelles j'évite de venir au marché. Je n'ai pas envie de les voir. La mère de Suzanne n'a jamais rien dit, mais je suis certain qu'elle me tient pour responsable de tout ce qui s'est passé et qu'elle meurt d'envie de m'engueuler. Je sais exactement ce qu'elle me dirait : « Si tu n'avais pas été là, elle serait médecin, probablement mariée à un collègue, elle vivrait dans une grande maison et elle attendrait son premier enfant. »

Et elle aurait raison.

– Je suis là avec maman, oui, et je sais qu'elle adorerait te voir. Tu viens la saluer ?

Je jette un coup d'œil à Margot. A-t-elle a compris de qui il s'agissait ? Si c'est le cas, son expression ne le montre pas. Elle est très forte pour garder son calme et tenir sa langue. Elle pourrait me donner des leçons.

– Peut-être plus tard. Il faut que l'on termine de tout mettre en place ici.

– D'accord. Mais n'oublie pas. On est toujours ta famille, n'est-ce pas ?

Dans sa bouche, on dirait presque une accusation.

– Bien sûr.

J'enfonce les mains dans mes poches en espérant qu'elle ne cherchera pas à me prendre de nouveau dans ses bras.

Elle sourit avec sa bouche si semblable à celle de Steph et je me raidis.

– À plus, alors.

Elle s'éloigne sans un regard pour Margot.

Quand elle est hors de portée de voix, je pousse un soupir et me laisse tomber sur la chaise afin de boire une longue gorgée d'eau.

Margot s'assied à son tour.

– La sœur de Steph ? demande-t-elle gentiment.

– Oui.

Elle hoche la tête.

– C'est bien ce que je pensais. Elles se ressemblent.

– Oui.

– Ça a dû être difficile.

Je hausse les épaules.

– Steph était très différente de sa sœur.

– Comment ça ?

– Des personnalités différentes. Des centres d'intérêt différents. (Je pose mon regard sur elle.) Et Steph ne t'aurait jamais traitée de cette façon.

Margot m'adresse un sourire triste.

– J'ai eu le sentiment qu'elle n'appréciait pas ma présence à tes côtés.

– Peut-être parce que c'est quelque chose que je faisais avec Steph.

Margot penche la tête.

– Alors sa réaction est compréhensible.

– Peut-être. Mais ce n'est pas pour ça qu'elle a raison, dis-je en soupirant et en fermant brièvement les yeux. Tu sais, quand Steph était en vie, sa famille ne m'aimait pas beaucoup.

– Vraiment ? demande Margot. Et pourquoi ?

Je hausse les épaules.

– Ils pensaient qu'elle méritait mieux que de m'épouser. C'est vrai. Je le lui ai dit un million de fois.

Je bois de nouveau une gorgée d'eau, furieux. Je préférerais que ce soit du whisky.

– Je trouve cela difficile à croire.

– Je ne comprends pas pourquoi, je réplique sèchement. Tu as pu constater par toi-même que je suis un gros connard.

– Mais tu es un homme bon, Jack. Oui, il t'arrive de te mettre en colère et de t'énerver. Quand on t'agace, tu réagis vivement. Et c'est vrai qu'il t'arrive d'être un connard. (Sa voix s'adoucit.) Mais je t'ai aussi entendu t'excuser. Je t'ai vu traiter les gens et les animaux avec amour et gentillesse. Je t'ai vu traiter la *poussière* avec amour et gentillesse.

Je réprime un sourire.

– Et en plus, murmure-t-elle au creux de mon oreille, tu as de grandes mains, une langue incroyable et un sexe imposant. Que demander de plus ?

Je souris, réticent, et je secoue la tête. Est-ce qu'elle pense vraiment qu'un sexe imposant remplace tout ce que je ne possède pas ? Margot entre toutes ?

– Euh, la stabilité ? La sécurité financière ? Une jolie voiture ? Une grande maison ? Des bijoux de prix ?

– Tu m'as dit toi-même que ça ne l'intéressait pas.

– Mais toi, oui.

C'est sorti de nulle part. Pourquoi diable ai-je comparé Steph à Margot ? Merde.

– Oublie ce que j'ai dit.

– Non, écoute, fait-elle en posant une main sur ma jambe. Tu n'as pas tort. Ces choses sont importantes pour moi : je n'en ai jamais manqué, ni de rien de ce que l'argent peut acheter. Mais tu sais quoi ?

Nous sommes tellement différents.

– Quoi ?

– Il me manque quelque chose.

– Quoi ? Que peut-il bien te manquer alors que tu as tout ce que tu veux ? Et que si tu vois quelque chose que tu n'as pas, tu peux l'acheter ?

Elle lève les yeux au ciel.

– Ça me fait de la peine d'avoir à te le révéler, mais chez Bloomingdale's, on ne vend pas le bonheur, Jack. Il y a plein de gens riches malheureux et plein de gens pauvres heureux.

– Je suppose.

– Est-ce que Steph et toi étiez riches ?

– Non.

– Mais vous étiez heureux.

– Oui. On était même trop heureux.

Elle penche la tête.

– C'est-à-dire ?

Bon sang, pourquoi ai-je dis ça ? Coucher avec elle est une chose, mais je ne veux pas en révéler trop sur mon compte.

– Rien.

– Tu voulais dire quelque chose, Jack.

Je soupire. Je sens le poids revenir sur mes épaules pour la première fois de la journée.

– Je voulais juste dire que le genre de bonheur que nous partagions ne peut pas durer.

– Pourquoi ?

– Parce qu'il était trop bon pour être vrai. Je ne le méritais pas.

Ferme ta grande gueule, Valentini ! Qu'est-ce que tu fous ?

Elle me dévisage un instant.

– Pourquoi ?

– Bon sang, Margot. Est-ce que tu peux lâcher l'affaire, s'il te plaît ? Je ne veux pas en parler. Tu ne comprendrais rien et ça ne te regarde pas.

Et je ne peux pas commencer à te raconter des trucs. C'est juste impossible.

– Mais je…

– Laisse tomber, j'ai dit ! Steph et moi, ça ne te regarde pas !

Et parce que mon sale caractère menace de prendre le dessus et que j'ai l'habitude de devenir très cruel quand cela arrive, je bondis sur mes pieds et je me barre.

Je ne sais pas où je vais : je veux juste mettre de la distance entre nous. Je passe au milieu des autres étals, aveuglé par la rage, je débouche sur le parking et file dans la rue.

Et pourquoi m'a-t-elle posé ces questions ? J'étais de si bonne humeur aujourd'hui. Je me sentais heureux. Pourquoi a-t-elle tout gâché en titillant mon chagrin avec une barre chauffée à blanc ? Ce n'est pas parce qu'on baise qu'elle a le droit de me demander quels sont mes sentiments. Il n'est pas question de sentiments entre nous ; on se contente de coucher ensemble et c'est tout ! Nous n'avons pas besoin de compliquer les choses en parlant de notre passé, de notre souffrance ou de ce qui nous manque. À l'instant où nous commencerons à évoquer ces choses-là, notre relation va se transformer : je ne le veux pas et Margot n'en a pas besoin.

Je prends quelques inspirations profondes, j'arrête de marcher et je pose mes mains derrière ma nuque. J'attends que mon rythme cardiaque ralentisse, que mon agitation cesse et que mes réactions volcaniques s'apaisent.

Au bout de quelques minutes, je me suis calmé.

J'ai honte de moi. J'en ai trop dit. Il y a quelque chose chez elle qui me pousse à m'épancher comme un animal blessé. Je ne peux pas faire ça. Et encore une fois, parce que j'étais furieux contre moi-même, c'est elle qui en a pris plein la gueule.

Quand apprendrai-je enfin que me retourner contre les autres ne sert qu'à accentuer ma culpabilité ? Margot n'a aucune idée que je me sens responsable de la mort de Steph, et elle ne peut évidemment pas savoir pour quelle raison. Et il est hors de question que je le lui dise. D'abord parce que ce serait un fardeau qu'elle ne mérite pas de porter ; ensuite parce que mes révélations assombriraient ce qui est censé être une relation légère ; sans compter que ce serait une trahison, en un sens. C'est une chose de coucher avec elle, mais notre lien doit rester purement physique. Je peux me montrer amical, mais pas romantique et encore moins intime. Moins elle en sait sur moi, mieux c'est.

Je dois me montrer prudent. Pour nous deux.

Sur le chemin du retour, je m'arrête pour lui acheter des fleurs. Comme je ne sais pas ce qu'elle aime, je choisis un petit bouquet d'hortensias dont la couleur me rappelle le bleu de ses yeux.

Elles sont joliment emballées dans du papier kraft et attachées par de la ficelle, mais quand j'aperçois Margot toute seule à notre stand, l'air un peu inquiet et très triste, je me dis que j'aurais dû choisir un bouquet plus gros.

Je la rejoins.

– Salut.

– Salut.

Elle ne lève pas les yeux, fixés sur ses genoux.

– C'est pour toi, dis-je en lui tendant les fleurs. Je suis désolé.

Elle jette un regard au bouquet, puis à moi.

Elle prend une profonde inspiration.

– Moi aussi, je suis désolée.

– Tu n'as aucune raison de l'être.

– Si, si…, fait-elle en secouant la tête. Je n'aurais pas dû t'ennuyer ainsi. Je n'ai jamais perdu personne, et je ne sais pas ce que ça fait. Je n'ai même jamais aimé personne comme ça. (Elle plonge son regard dans le mien.) Je n'ai aucun conseil à te donner. Je ne t'en veux pas du tout de t'être mis en colère.

– Ce n'est pas après toi que j'étais en colère. Je sais que c'est l'impression que j'ai donnée, j'ajoute précipitamment quand je vois le doute se peindre sur son visage. Mais je te promets que ce n'était pas le cas. J'étais furieux contre moi-même et je me suis emporté. Je suis désolé. Je m'excuse.

– Excuses acceptées, dit-elle en souriant avant d'enfouir le nez dans le bouquet de fleurs. J'adore les hortensias. Merci.

– Je suis impressionné que tu connaisses ces fleurs.

Ses yeux bleus brillent au-dessus du bouquet.

– Tant mieux.

– Ils sont de la même couleur que tes yeux. C'est pour cela que je les ai pris.

Elle baisse le bouquet et m'adresse un regard surpris, rougissante. Elle ouvre légèrement la bouche comme si elle s'apprêtait à dire quelque chose, puis elle la referme.

Mon cœur se met à battre un tout petit peu trop vite pour mon propre confort, du coup je jette un coup d'œil à ma montre : il est presque 15 heures.

– Le marché ne va pas tarder à ouvrir. Tu es prête ?

– Oui. Que dois-je faire ? demande-t-elle en rangeant soigneusement le bouquet sous la table et en se levant.

– Ne laisse partir aucun client les mains vides.

Je me redresse et mes articulations craquent.

Elle m'adresse un grand sourire.

– Fastoche. Je pourrais vendre de l'eau à un homme qui se noie, tu te souviens ?

– Je me souviens. Et j'y compte bien.

Elle lève le pouce tandis que quelques personnes approchent du stand. Je la regarde les charmer, leur sourire, je serre des mains quand elle me présente et je lui fais un *high five* quand ils repartent avec un sac plein de légumes et d'œufs.

Et la même scène se reproduit, encore et encore. Margot a vraiment ça dans le sang. Elle attire les gens. Ils l'écoutent. Ils lui parlent. Pas étonnant qu'elle soit si compétente dans son job : elle est belle, gentille et sincère. Les gens ont envie de lui faire plaisir. Je me rends bien compte qu'elle a fait des recherches sur l'agriculture durable et les bienfaits de la nourriture bio. Je suis moi-même épaté par son savoir, notamment parce que je sais qu'elle l'a acquis dans un temps très court. Elle est intelligente. Et elle fait tout ça gratuitement ?

– C’est génial. Je n’ai qu’à te regarder faire et encaisser l’argent pendant que tu bosses.

– Tu dis n’importe quoi, ce n’est rien du tout. C’est toi qui as fait le plus gros travail en faisant tout pousser ! Je n’arrive pas à croire que je ne me sois jamais interrogée sur la provenance de ma nourriture et sur ce qu’elle contient. Je suis très admirative de ce que tu fais. Et en plus, je trouve ça super fun !

Elle reporte son attention sur les clients suivants et je ne résiste pas à l’envie de l’enlacer.

– Fais gaffe, citadine. Je vais avoir envie de te garder.

Je la lâche et elle éclate de rire.

Mais le plus flippant, c’est que je ne plaisante qu’à moitié.

CHAPITRE 24

MARGOT

Une fois le marché terminé et le camion chargé, Jack propose de m'inviter à dîner pour me remercier. Je lui réponds que ce n'est pas nécessaire, que je me suis bien amusée, mais il insiste. Je pense qu'il s'en veut encore de la scène qu'il m'a faite, même s'il n'en a plus parlé de l'après-midi.

En tout cas, moi, je m'en veux. Je voulais juste le rassurer et lui prouver qu'il était à la hauteur de Steph, lui montrer qu'il mérite d'être heureux, mais je n'aurais pas dû insister ainsi. Il m'a demandé de lâcher l'affaire. Je trouve ça triste qu'il pense ne pas mériter d'être heureux. Je n'ai jamais entendu quelqu'un parler de lui-même de cette manière, et ça me fend le cœur.

Quand il est parti, quasiment en courant, j'ai eu comme une envie de pleurer. Je l'ai presque forcé à m'accompagner au marché où il avait l'habitude d'aller avec sa femme, il est tombé sur sa belle-sœur, ce qui a fait resurgir des souvenirs douloureux, et voilà que j'ai aggravé les choses en posant des questions qui ne me regardent pas.

Et je me suis comportée comme une connasse en égrenant des platitudes du genre « l'argent n'achète pas le bonheur » ! Comment puis-je comparer ma situation, qui est juste de l'ennui, à la perte tragique qu'il a subie ? On dirait vraiment une gamine pourrie gâtée qui se plaint qu'il lui « manque quelque chose » dans sa vie. Je n'ai jamais rien réclamé. J'ai envie de me donner des baffes ! J'imagine bien ce qu'a ressenti quelqu'un comme Jack, qui sait ce que c'est que de se battre, de batailler et de souffrir. Moi, je ne sais rien de tout cela.

Et ses excuses ont été si mignonnes. Tripp m'a déjà offert des roses, mais il les a toujours fait livrer. Et même si j'apprécie le formalisme classique du geste (Quelle femme n'aime pas qu'on lui offre des fleurs ?), la façon dont Jack m'a tendu le bouquet aujourd'hui était très personnelle et affectueuse. La façon aussi dont il a pris sur lui, dont il s'est penché pour me tendre les fleurs, dont il les a choisies en raison de leur couleur. Tout cela est important pour moi.

Jack compte pour moi. Mais je ne sais pas encore à quel point.

Il n'est pas allé saluer la mère de Steph, et j'en suis ravie. Je crois beaucoup aux conventions sociales, mais après la façon dont Suzanne a agi envers moi, je n'ai pas l'impression qu'il lui doive quoi que ce soit. Elle m'a embarrassée alors qu'elle aurait très facilement pu se montrer sympa. Après tout, je ne représente aucune menace pour la mémoire de sa sœur. Je veux juste le faire sourire, le faire rire et qu'il se sente bien, même si ce n'est que pour un temps.

– Je connais un endroit qui te plaira en ville, dit-il en quittant le parking.

– Et comment sais-tu ce qui me plaît ?

– Parce qu'au menu il y a *de la charcuterie, du fromage*[7] et des cocktails maison. Et c'est très chic, ajoute-t-il en levant son petit doigt.

Je lui donne une tape sur la main.

– Oh, arrête. Tout me va. Et je ne suis pas habillée pour me rendre dans un endroit chic, dis-je en tirant sur mon T-shirt. Je suis en nage et dégueulasse.

– Tu ne seras jamais dégueulasse.

Je souris.

– Merci. Es-tu certain que nous sommes habillés comme il faut ?

– Oui. Il n'y a pas beaucoup d'endroits qui imposent un *dress code* par ici, tu sais.

Nous demandons une table sur la terrasse. On nous place sous une guirlande électrique et un parasol rayé. C'est une table pour quatre, et je suis ravie que Jack s'asseye à côté de moi et non pas en face. Nous commandons à boire – un Martini pour moi et un whisky *on the rocks* pour lui. En attendant, nous parcourons le menu et choisissons charcuterie,

7. En français dans le texte.

fromage et autres tapas. Nos verres arrivent et le logo sur les petites serviettes cocktail me rappelle que je veux lui poser une question.

– À quoi ressemble une betterave quand on la ramasse ?

Il hausse un sourcil par-dessus le rebord de son verre.

– Pourquoi veux-tu savoir ça ?

– Parce que j'ai besoin d'en dessiner une. Montre-moi. Dessines-en en trois.

Je déplie la serviette et je prends un stylo dans mon sac à main.

Il me lance un regard étonné mais s'exécute.

– Comme ça ?

– Parfait.

Je me mords la lèvre et j'ajoute une petite bannière au-dessus du dessin, sur laquelle j'écris : « On ne peut pas battre la ferme des frères Valentini ».[8]

Je lui lance un regard timide.

Il grommelle mais sourit.

– Qu'est-ce que c'est ?

– Une idée de logo. Ce serait mignon sur le linge de maison et la bannière, non ? Des T-shirts ? Des tote bags ?

Je suis très excitée à cette idée.

– Et ces betteraves représentent Brad, Pete et moi, c'est ça ?

8. Jeu de mots intraduisible en français. Betterave se dit *beet* en anglais, et battre *beat*.

Je hoche la tête, ravie.

– On pourrait même leur dessiner des visages !

– Tu me tues.

– Non, je te marque. (Je récupère la serviette et le stylo que je range dans mon sac.) J'ai eu plein d'idées aujourd'hui.

– Moi aussi. Mais aucune n'implique des betteraves.

Nos regards se croisent et de l'électricité passe. *Il a encore envie de moi !* Mon cœur bat plus vite. J'avais peur qu'après avoir vu Suzanne aujourd'hui et s'être énervé contre moi dans l'après-midi, le brasier qui couve entre nous soit éteint, mais il brûle toujours.

Nous dînons rapidement.

***

Sur le chemin du retour, je demande à Jack quel est son plat préféré. L'idée folle m'est venue d'essayer de cuisiner pour lui. Cela le fera beaucoup rire.

– Voyons. Probablement le steak au barbecue. Avec des pommes de terre cuites deux fois. Et des légumes du jardin.

Merde. C'est compliqué. Je ne sais pas faire de bar-becue. Et qu'est-ce que c'est, des pommes de terre cuites deux fois ? Pourquoi faut-il les cuire deux fois ? Une ne suffit pas ?

Il me jette un coup d'œil.

– Pourquoi me poses-tu la question ? Tu vas cuisiner pour moi ?

– Inutile de te marrer, je réponds en fronçant un peu les sourcils. Je pense que je peux le faire, mais je ne sais pas comment utiliser le barbecue du cottage.

– Pourquoi ? Il est compliqué ?

– Je ne sais pas. J'ai demandé à la gérante comment l'allumer et elle a commencé à me parler de charbon et de liquide allumage. J'ai trouvé ça dangereux.

Il éclate de rire. Je ne me lasserai jamais de ce bruit, même s'il se moque de moi.

– Tu es hallucinante. Tu as vraiment mené une vie très protégée.

– Pas tant que cela, je réponds, sur la défensive.

– Ah non ? Jouons à un jeu, fait-il en me lançant un regard à la dérobée. Je vais nommer quelque chose et si tu ne l'as jamais fait, tu devras enlever un vêtement.

– Quoi ? je réplique, indignée. D'accord, mais si je l'ai fait, c'est toi qui dois enlever un vêtement.

– Pas de problème.

– Vas-y, alors.

– Changer une roue.

– Eh, ce n'est pas juste ! Commence par quelque chose de plus simple. Quelle femme sait faire ça ?

– Plein. Tu devrais apprendre. Tu as une vieille voiture : que feras-tu si tu crèves ?

– J'appellerais un dépanneur.

– Et si tu n'as pas de téléphone ?

Je soupire.

– Un vêtement, fait-il sur un ton d'avertissement.

– D'accord. (J'enlève une botte.) Suivant.

– Faire le plein.

– Ha ! Ça, je l'ai fait ! Enlève quelque chose.

Il sourit de toutes ses dents.

– Tiens le volant.

Je m'exécute et il ôte son T-shirt. Je salive. Même dans l'obscurité de la cabine du camion, je distingue les muscles de ses bras et les lignes de ses abdos.

Il reprend le volant.

– Être serveuse dans un bar.

– Bon sang. (J'enlève mon autre botte.) Je n'ai jamais travaillé l'été. On partait en vacances à l'étranger.

Jack trouve ça hilarant.

– D'accord, d'accord. Quelque chose de plus facile. Déboucher les chiottes.

J'enlève une chaussette.

– Tondre la pelouse.

J'enlève l'autre chaussette.

– Fumer un joint.

J'ôte mon T-shirt.

– Dormir sous la tente.

C'est le tour de mon jean.

Il sourit.

– Ce jeu est génial.

– J'espère que la police ne va pas nous arrêter, fais-je en croisant les bras.

– Il se peut que je m'arrête quand même.

Mes orteils se mettent à me picoter.

– Te bagarrer.

Je réfléchis un instant.

– Quel genre de bagarre ?

– Ben, une bagarre. Du genre classique, quand on utilise les poings.

– Les poings ? Pas des scones ?

– Quoi ? demande-t-il en me jetant un coup d'œil. De quoi parles-tu ?

J'éclate de rire.

– Mon ex, cette fouine, s'est pointé chez moi il y a quinze jours, à deux heures du matin, pour me demander en mariage. Ça me paraît incompréhensible à présent, mais je lui ai dit que j'allais réfléchir. Le lendemain soir, je suis tombée sur lui et sa connasse de petite amie à une levée de fonds pour la campagne de mon père : elle portait la bague en diamant avec laquelle il m'avait fait sa demande la veille. Il s'était rendu directement de chez moi à chez elle.

– C'est n'importe quoi.

– Oui. J'ai découvert après que son père lui avait ordonné d'arrêter de coucher à droite et à gauche et de se ranger, et c'est pour cela qu'il voulait se marier. S'il ne le faisait pas, il n'hériterait pas et ne pourrait pas payer ses dettes de jeu.

– Eh bien, fait Jack en secouant la tête. Apparemment, être riche ne résout pas tous les problèmes.

– Non. Quoi qu'il en soit, j'étais tellement furieuse après lui que je lui ai balancé des scones à la figure devant tout le monde.

Il me regarde.

– Des scones ? Tu n'as pas trouvé mieux ? Il n'y avait pas un vase ou un truc du genre ? Dans les films, les gens riches balancent toujours des vases.

Je lui donne un petit coup sur le bras.

– J'ai fait tomber un vase. Est-ce que ça compte ? J'ai aussi accidentellement mis le feu à une nappe.

Jack secoue de nouveau la tête, mais il sourit.

– Est-ce que tu as atteint ta cible ?

– Une ou deux fois.

– Combien de scones as-tu lancés ?

Je hausse les épaules.

– Une bonne douzaine.

Son sourire s'élargit.

– Tu es irrécupérable. Je suis désolé, mais ce n'est pas une bagarre.

Je dégrafe mon soutien-gorge en soupirant. Je laisse les bretelles sur mes épaules pendant un instant tout en regardant autour de moi.

Nous sommes sur une route de campagne mal éclairée et nous n'avons pas croisé beaucoup de voitures, mais quand même. J'entends la voix de ma mère dire : « Les femmes Thurber ne se déshabillent pas dans des véhicules en mouvement ».

– Allez, citadine. Montre-moi ce que tu as.

J'enlève totalement le soutien-gorge. Et je prends la pose d'une pin-up.

– Monsieur est content ?

Il me jette un rapide coup d'œil et fronce les sourcils.

– Oh merde, je n'avais pas pensé à ça. Je ne vais pas pouvoir continuer à conduire si tu es toute nue à côté de moi.

– Bien fait ! Tu aurais dû y penser avant de proposer ce petit jeu.

Jack ralentit immédiatement, il tourne à droite sur un petit sentier qui serpente entre deux champs, puis il coupe le contact et tout devient sombre et silencieux.

– Viens par ici.

Mais avant que j'aie pu bouger, il se glisse vers moi et me fait passer sur ses genoux, mes jambes de chaque côté de ses cuisses. Nos bouches se mêlent tandis que ses mains se dirigent vers mon dos. Il m'attrape par les fesses et m'attire contre la bosse qui tend son jean. Je frotte mes hanches contre lui : je suis déjà trempée.

Je caresse son torse, ses bras et ses abdos, je me gorge de son odeur. Je suis enivrée par l'idée de lui, de nous, le fait que nous soyons en train de faire quelque chose de fou, de spontané, de probablement illégal et de stupide sur la propriété de quelqu'un d'autre. On pourrait nous voir. Nous surprendre. On pourrait avoir des ennuis.

Je n'ai jamais eu d'ennuis.

– Tu me fais tellement bander.

Il fléchit les hanches et les soulève du siège.

– J'adore ça, poursuit-il.

Des mots que je n'ai jamais prononcés se déversent de mes lèvres avec facilité.

– Je veux que tu me baises. Maintenant. Ici.

Je tends la main vers sa ceinture. Quelques secondes plus tard, j'ai enlevé ma culotte et il a baissé son jean juste assez pour libérer son sexe. Je m'empale dessus, les yeux fermés et je sens ses doigts agripper mes hanches.

Je me sens puissante, solide et charnelle. Je n'ai jamais eu une telle conscience de mon corps ni ressenti un tel désir. Je n'ai jamais eu faim, soif ou été épuisée au point que mon corps réclame de la nourriture, de l'eau ou du sommeil avec autant de force que le besoin que je ressens de me remplir de cet homme. Je suis liée à lui. Ancrée par lui.

Quand il pénètre profondément en moi, je reste immobile un instant, pour graver ce souvenir à jamais dans ma mémoire.

Il ouvre les yeux.

– Baiser dans une voiture ?

Je souris tout en commençant à bouger.

– Jamais.

– C'est bien. Je suis un pionnier.

Il me caresse et m'embrasse les seins tandis que je vais et viens sur lui : je me cambre sous ses doigts, sa bouche et ses dents.

Je n'ai pas souvent chevauché un homme, mais mon corps sait exactement ce qu'il doit faire, comment se frotter, s'agiter, presser mon clitoris contre la base de son sexe et trouver l'angle parfait. Quand je jouis, c'est une sensation toute nouvelle : je ressens des contractions profondes et incroyables tandis que mon sexe se crispe autour du sien et que le monde se paillette d'or derrière mes yeux.

– Je te sens, murmure-t-il contre ma poitrine. Je te sens jouir, et ça me rend dingue.

– À mon tour de te sentir.

J'ai du mal à parler. Il prend les choses en main, m'attrape par les hanches et me fait coulisser brutalement sur sa queue. Puis il change de rythme, me ramène étroitement à lui et mon clitoris recommence à vibrer.

– Jouis pour moi encore. Maintenant.

J'adore quand il me donne des ordres comme ça, d'une voix aussi dure que son sexe.

– Oui, réponds-je dans un souffle, tout en le laissant manipuler mon corps comme s'il le possédait, je me rends complètement. Fais-moi jouir.

C'est de la magie, la façon dont il sait quoi faire avec moi, la façon dont mon corps réclame et le sien répond. La façon dont son corps commande et le mien obéit. Nous partageons tout : la spirale ascendante, le pic vertigineux, la chute libre… Et tandis que nous nous cramponnons l'un à l'autre, nous nous embrassons et reprenons notre souffle, quelque chose en moi commence à céder.

***

Ce léger sentiment de malaise ne me quitte pas tandis que je me rhabille et qu'on regagne la route. Mais d'où vient-il ? Le sexe a été incroyable ; chaque fois est encore meilleure que la précédente. Chaque fois, je me sens plus à l'aise à l'idée de laisser l'instant présent prendre le dessus. Chaque fois, je ressens davantage de plaisir à m'abandonner à lui et à m'autoriser à prendre ce que je veux. Ce dont j'ai besoin. Est-ce que j'ai peur qu'il ne ressente pas la même chose ?

Non, ce n'est pas ça. Tout ça lui plaît autant qu'à moi. Je l'entends dans sa façon de parler, je le vois dans sa façon de me regarder, je le sens dans sa façon de bouger. Nous nous sentons libres l'un avec l'autre. C'est comme si la nature temporaire de notre arrangement nous donnait la permission d'être aussi débridés que nous le voulons. Nous ne nous soucions de rien, notre relation ne connaît aucune hystérie, pas de complications… Mais nous avons une *deadline*. Une date d'expiration. Dans une semaine, ce sera certainement terminé.

Je jette un coup d'œil à Jack et mon ventre se noue.

Et si je ne veux pas que ça s'arrête ?

CHAPITRE 25

JACK

Tandis que le camion prend de la vitesse sur la route plongée dans l'obscurité, je garde les yeux rivés devant moi mais mon esprit est agité. Les questions que j'ai refusé de me poser ce matin reviennent et cette fois-ci, il n'est pas question de les ignorer.

Pourquoi est-ce que tout est si facile avec elle ? Pourquoi le sexe est-il si bon ? Pourquoi est-ce que je me sens si bien avec elle ? Qu'est-ce qui me plaît donc autant chez Margot Lewiston, riche citadine qui ne sait même pas allumer un barbecue et encore moins en utiliser un ? Et quand je la regarde, pourquoi ai-je cette impression que je dois absolument la posséder ?

Avec Steph, le sexe était super, mais pas comme ça. Je m'en veux de comparer parce que les deux femmes sont très différentes ; je ne dirais pas que c'est meilleur avec Margot, mais cela satisfait un besoin différent chez moi. Avec Steph, le sexe était passionné parce qu'on était amoureux, on se comprenait, on prenait soin l'un de l'autre. C'était l'expression physique de notre connexion émotionnelle, de notre histoire. On avait traversé tant d'épreuves ; je voulais la protéger, la chérir même pendant l'amour. Je n'ai jamais eu l'idée de me montrer brutal avec elle, de lui tirer les cheveux, de lui laisser des bleus. Garder le contrôle n'a jamais été un problème, parce que j'avais impression que je l'avais.

Avec Margot, le cul est passionné aussi, mais d'une manière complètement différente. Si coucher avec Steph me donnait l'impression de plonger dans un lagon bleu turquoise, avec Margot, c'est comme sauter dans les chutes du Niagara sans parachute. C'est brutal, turbulent, plein de panique et de désespoir. À n'importe quel moment, je peux ressentir du plaisir ou de la douleur, de la crainte ou du soulagement, le calme ou le chaos. Je dois me battre pour garder le contrôle, pour la dominer, pour combattre le sentiment que je suis impuissant. Heureusement, cette dynamique fonctionne pour elle aussi. Elle aime que je ne la traite pas comme une femme délicate et cassable, et quand je donne un ordre, elle obéit.

J'adore la contradiction entre la Margot que tout le monde connaît et celle qui baise avec moi. J'adore toutes les cochonneries qu'elle murmure, toutes les griffures et les morsures qu'elle laisse sur mon corps, tous les cris et les gémissements animaux qu'elle pousse.

C'est peut-être ça, l'explication. Peut-être que c'est si bon entre nous parce que nous pouvons être quelqu'un que nous ne sommes avec personne d'autre. Ou alors c'est parce qu'il y a une date d'expiration à notre relation, tout comme le sexe en vacances est toujours meilleur que le sexe de tous les jours. Si j'ai réussi à dormir l'autre nuit avec elle, c'est peut-être parce que pour la première fois depuis des années, j'ai réussi à oublier pendant un temps et à lâcher ma douleur. J'ai le droit, n'est-ce pas ? Parce que ce n'est que temporaire ? Je reprendrai ma souffrance dès qu'elle sera partie. Là, je reste concentré sur le présent. Sur elle.

Je lui jette un regard : elle est en train de se mordiller le pouce.

– Tu as l'air bien sérieux. Est-ce que tu es inquiète à l'idée de ce que je vais faire ensuite pour te sortir de ta zone de confort ?

Elle m'adresse un regard en coin tout en souriant.

– Je devrais m'inquiéter ?

– Et comment.

– Fouets et chaînes ?

– Tu aimerais, n'est-ce pas ? Non, je vais t'emmener faire du camping.

Son sourire s'efface immédiatement.

– Quoi ?

– Tu m'as bien entendu.

– Du camping dans le genre… on dort dehors sur le sol dans les bois ?

Elle pose la question comme si elle n'avait pas vraiment compris le concept.

– Oui. Tu as peur ?

Je lui donne un petit coup dans les côtes.

– Oui ! Il y a des bêtes qui rampent sur le sol ! Il n'y a pas de toilettes ! Ni de service d'étage ! Ni de draps !

J'éclate de rire.

– C'est vrai.

– Il y a des bêtes dans les bois, murmure-t-elle comme si elle ne voulait pas les alerter de sa présence.

– Ma chérie, le seul animal dans les bois dont tu doives avoir peur, c'est moi.

Je lui jette un coup d'œil à la dérobée. Elle a les yeux écarquillés, moitié ravie, moitié terrifiée.

– On ne pourrait pas juste se trouver un gentil petit Bed & Breakfast ?

– Quel intérêt ? réponds-je en empruntant l'allée qui mène chez Pete et Georgia. Non, je veux t'emmener camper pour de bon pendant une nuit. Tu peux bien te débrouiller pendant une nuit sans luxe, n'est-ce pas ?

J'éteins le moteur et je la dévisage.

– Une nuit ? demande-t-elle en tremblant.

– Une nuit.

Elle réfléchit un instant puis se redresse.

– D'accord. Oui. Je peux camper pendant une nuit. Et toi, poursuit-elle, impérieuse, tu pourras supporter une soirée en smoking sur le thème de Gatsby le magnifique pour une levée de fonds à la Société Historique ?

– En smoking ? (Je fais semblant de réfléchir.) Je n'ai pas de smoking.

– Ne t'inquiète pas, je gère, fait-elle en me tapotant le bras.

– Hors de question. Je ne veux pas aller assister à ce genre de dîner.

– Tu as peur que je te lance un scone à la figure ? fait-elle en infléchissant le poignet comme si elle s'apprêtait à me jeter quelque chose.

J'éclate de rire tout en ouvrant la portière.

– Non, ça en réalité, j'aimerais bien te voir faire.

Elle descend du camion et me retrouve à l'arrière, et nous commençons à décharger.

– Allez, s'il te plaît ? Ce sera drôle.

– Ça m'étonnerait.

Elle se met à rire à son tour.

– Je ne crois pas non plus que le camping sera drôle.

Nous nous dirigeons vers l'appentis dans la nuit, les bras pleins de cartons vides.

– Mais en fait, tu sais quoi ? Je pense qu'on s'amusera bien à ce gala.

– Ah oui, et pourquoi ça ?

– Je pense qu'on s'amuserait partout.

Je souris en me demandant qui se sentira le plus déplacé : Margot dans un sac de couchage, ou moi dans un smoking ? C'est serré, mais je pense que je gagnerai. Et puis, je suis très à l'aise avec elle parce que je sais que c'est quelque chose de temporaire. Hors de question de faire des promesses qui m'engageraient au-delà du jour de son départ.

– Je suis désolé, Margot. Mais non.

Elle soupire.

– Tu es injuste. Moi, je dois quitter ma zone de confort pour toi, mais toi, tu ne quittes pas la tienne pour moi ?

– Tu vas quitter ta zone de confort pour *toi*. Je vais te donner une leçon de survie. Genre t'apprendre à allumer une allumette.

– Et quand ça ?

– Aujourd'hui, c'est mercredi. Demain soir, je garde Cooper. Donc, que dirais-tu de vendredi soir ?

– D'accord. Est-ce que j'ai besoin de fringues particulières pour camper ?

Nous sommes arrivés devant l'appentis et j'éclate de rire en ouvrant la porte, en l'imaginant vêtu de pied en cap dans des vêtements de camping de haute couture, tout en blanc.

– Non. Tu peux t'habiller comme tu veux. Où tu peux rester nue.

– Salut vous deux.

Je sursaute, manquant faire tomber ce que j'ai dans les bras, le corps tout entier sur le qui-vive. Ce n'est que Georgia qui se dirige vers nous, et j'ai beau savoir qu'elle ne voulait pas me surprendre, il me faut un moment avant de recommencer à respirer normalement.

– Salut, Georgia, dit Margot sans me quitter des yeux.

– Comment ça s'est passé ? demande ma belle-sœur, les mains dans les poches arrière de son pantalon.

Mon cœur bat toujours trop vite. Je rentre dans l'appentis et je range les cartons le long du mur.

– Super, répond Margot. Je me suis bien amusée.

Une seconde plus tard, je sens sa main sur mon dos, une caresse brève et rassurante. Elle ne dit rien, elle ne cherche même pas mon regard, mais je sais très bien ce qu'elle fait… et je lui en suis reconnaissant.

– Tu t'es bien amusée ? répète Georgia en riant pendant qu'on ressort.

– Oui, et j'ai plein d'idées.

Nous regagnons le camion, Georgia sur les talons.

– Margot est une vendeuse née, j'explique. On a tout écoulé.

– Vraiment ? Waouh !

– Est-ce que vous avez visité la maison ? demande Margot.

Georgia secoue la tête.

– Demain matin à 10 heures. Tu veux venir ?

– Avec plaisir ! répond Margot avant de me jeter un coup d'œil. À moins que Jack ait besoin de moi.

Bon sang, qu'elle est mignonne ! Je lui adresse un sourire.

– Non, je te donne ta journée.

Georgia jette un coup d'œil à l'arrière du camion.

– Vous avez vraiment tout vendu ?

– C'est Margot qui a tout fait. Son sourire est magique. Personne ne peut rien lui refuser.

Margot s'illumine.

– C'est très flatteur, mais je me suis contentée de vendre ce que tu as fait pousser. C'est ça, la vraie magie.

Georgia nous lance un coup d'œil par-dessus son épaule et je me sens rougir. Pourquoi ai-je fait cette remarque sur son sourire ? Georgia soupçonne certainement quelque chose à présent.

– Allez, finissons-en.

J'essaie de garder un ton professionnel, mais je suis persuadé que le cerveau de ma belle-sœur carbure à toute allure. Elle ne prononce plus un mot durant tout le temps qu'il nous faut pour finir de décharger, et ça ne lui arrive jamais.

– Bonne nuit, tous les deux, fait-elle une fois le déchargement terminé. Merci encore de vous être occupés du marché aujourd'hui. À demain. Oh, Jack, tu es toujours partant pour garder Cooper demain soir ?

J'acquiesce.

– Oui.

– Super, merci. Bonne nuit !

– Bonne nuit, Georgia, dit Margot.

Dès que nous nous retrouvons seuls, elle me regarde.

– Elle a compris.

– J'en ai bien l'impression.

– Est-ce que ça t'embête ?

Je me frotte la nuque tout en réfléchissant. Ça m'est égal que Georgia ait deviné, mais je ne voudrais pas qu'elle le dise à mes frères. Ils s'en donneraient à cœur joie. Ils gâcheraient tout. Mais ce n'est pas le problème de Margot.

– Non, ça ne m'embête pas. Elle me comprend.

Elle hoche la tête.

– On dirait bien.

Nous restons immobiles un instant, en écoutant les criquets chanter et le vent faire bruisser les feuilles des arbres. La nuit, je me sens seul. Mais je ne veux pas l'être ce soir. Pire encore : je ne veux pas la quitter.

– Et donc…

Je fais un pas vers elle. Elle me regarde en souriant.

– Et donc…

– Qu'est-ce que tu veux faire ?

– Sincèrement ? Prendre une douche.

Je hausse un sourcil.

– Quelle coïncidence.

***

Je contemple la baignoire, incrédule.

– Tu es sérieuse ? Du bain moussant ? Je n'ai pas pris de bain moussant depuis trente ans.

On s'est arrêté chez moi – Margot m'a attendu sur la véranda – afin que je puisse prendre des vêtements propres, puis nous avons regagné son cottage où elle a rempli la baignoire avec de l'eau chaude et des bulles.

Margot glousse.

– Eh bien il était temps. Quel âge as-tu, d'ailleurs ?

– Trente-cinq ans. Et toi ?

– J'aurai trente ans le mois prochain.

– Et tu prends toujours des bains moussants ?

– Aussi souvent que possible. Et je ne me déplace jamais sans mon gel moussant.

Elle inspire les yeux fermés.

– Ça sent bon, non ?

J'inhale le parfum de la lavande.

– Je dois bien admettre que oui.

– Tu vois, franchement, parfois un peu de luxe ne fait pas de mal.

Elle a l'air très contente d'elle-même. Nous nous déshabillons et Margot grimpe dans la baignoire, tandis que je me contente de la regarder.

– On ne rentrera jamais à deux là-dedans.

– Bien sûr que si.

Elle se rencogne dans le fond de la baignoire, lève les yeux vers moi et fait éclater les bulles.

– Viens jouer.

Je parviens à entrer dans la baignoire sans tomber, et nous passons les cinq minutes suivantes à nous laver et à nous rincer avec une espèce de gel douche chic qu'elle a apporté. Il sent super bon, comme sa peau. Mais je ne peux pas résister à l'envie de la taquiner.

– Je vais sentir comme une fille maintenant. Qu'est-il arrivé au bon vieux savon ?

Elle fronce les sourcils.

– Ce n'est pas bon pour ta peau.

– Oh.

Je me lave les cheveux avec le gel douche et elle me regarde, abasourdie.

– Jack ! Ce n'est pas du shampooing !

– Quelle différence ? Ça mousse. Je suis sûr que ça va me laver les cheveux.

Elle attrape une bouteille posée sur le rebord.

– Rince-toi. Je vais m'en occuper.

Je lève les yeux au ciel je la laisse me laver les cheveux avec son shampooing hors de prix, qui ne mousse pas aussi bien que le truc merdique qui est dans ma douche. Je le lui dis.

Elle soupire avec une patience exagérée et commence à me masser le cuir chevelu.

– C'est parce que ton shampooing bon marché contient des produits chimiques qu'on appelle des sulfates pour qu'il mousse davantage. Je suis surprise, Jack. Tu évites les produits chimiques dans ta nourriture mais tu ne fais pas attention à ce que tu mets sur ta peau et sur tes cheveux ?

Je peux à peine parler tant ses mains sur mon crâne me font un bien fou. Tous mes nerfs picotent et je commence à bander. Il se peut même que je gémisse.

– OK, tourne-toi et mets la tête en arrière.

Je dois me lever pour obéir, et elle se met à glousser.

– Quoi ?

– Ta… Ton…

Elle désigne mon sexe qui la regarde, à moitié raide, recouvert de petites bulles blanches.

– Il est marrant.

Je mets les mains sur les hanches.

– Ce n'est pas vrai, Margot. Tu peux dire le mot « bite », tu sais. Mais je t'interdis de dire qu'elle est drôle.

– Je suis désolée, fait-elle, prise d'un fou rire incontrôlable. Mais je ne t'avais jamais imaginé ainsi : dans ma baignoire, recouvert de bulles de lavande avec une demi-érection.

Elle secoue la tête et essaie de se ressaisir tandis que je la dévisage.

– Je saurai m'en souvenir quand on sera dans les bois.

Je pivote, me rassieds et penche la tête en arrière.

– Non ! Je suis désolée. Ne me torture pas dans les bois.

Elle utilise une tasse pour me verser de l'eau sur la tête et rincer le shampooing.

– Relève-toi.

– Pourquoi ? Tu vas encore te moquer de moi ?

Mais j'obéis et je lui fais face, seulement cette fois-ci, je fais bien attention à ce que ma queue ne porte aucune trace de savon.

– Non. (Elle s'agenouille et fait glisser ses mains le long de mes jambes.) Je suis désolée. (Elle embrasse ma cuisse droite.) Ta queue n'est pas drôle. (Elle embrasse la gauche.) Elle est même très sérieuse. (Elle embrasse mon gland : il tressaille comme s'il voulait lui rendre son baiser.) Elle est parfaite.

Je retiens mon souffle quand je sens sa langue sur moi. Elle me lèche lentement et je sens mon ventre trembler et les muscles de mes jambes se raidir. Je bande complètement en quelques secondes et elle fait courir la langue tout le long de ma hampe. Ça fait tellement longtemps…

Je baisse les yeux vers elle : elle me regarde en souriant, avec ce petit sourire coquin auquel je ne résiste jamais.

– C'est mon tour.

– Ton tour de quoi ? parviens-je à dire tandis qu'elle s'empare de mon sexe.

– De te goûter. (Elle fait courir sa langue sur le gland.) De te rendre dingue. (Elle l'enfourne et la suce lentement.) De te faire jouir avec ma bouche.

Je gémis tandis que ses lèvres vont et viennent sur ma queue. Elle engouffre la moitié, l'aspire et recommence encore et encore, jamais trop brutalement, jamais trop vite et sans faire aucun bruit. L'effet de sa langue est incroyable, sa bouche est chaude et humide et j'adore la façon dont elle garde les mains sur ce qu'elle ne parvient pas à mettre dans sa bouche : tout est techniquement parfait, mais il faut bien admettre que Margot me taille la pipe la plus polie qu'on m'ait jamais taillée.

Contrairement à la façon dont elle bouge quand on baise, j'ai l'impression qu'elle a presque peur de me faire mal. Ou alors elle a peur que je lui fasse mal. Une fille comme elle n'a probablement pas fait ça souvent. Peut-être même qu'elle n'aime pas ça et qu'elle ne le fait que pour me faire plaisir.

Merde... Qu'est-ce que je suis censé faire ?

Je glisse les mains dans ses cheveux et je m'oblige à garder le contrôle, à me retenir, mais tout me crie de prendre les choses en main.

Non, espèce de connard ! Laisse-la faire ! Ce n'est pas parce qu'elle aime que tu la baises brutalement qu'elle a envie de s'étouffer sur ton sexe. Merde, maintenant je pense à ça. Il faut que je me calme.

Je la lâche

Je contemple le plafond et compte jusqu'à dix.

Elle comprend parfaitement ce que je fais.

– Jack, proteste-t-elle, es-tu en train de te retenir ?

Je la regarde et je vois ses grands yeux bleus me lancer un regard accusateur tandis qu'elle frotte mon gland contre ses lèvres. Sa peau est humide et ses tétons dressés. Elle est magnifique. Et tendre. Quel est mon problème ? Pourquoi ai-je envie qu'elle s'étouffe sur ma queue ? Je ne suis pas un animal, merde !

– Je ne veux pas te faire de mal.

– Ça n'arrivera pas.

– Tu n'as aucune idée de ce que j'ai envie de te faire maintenant.

– Explique-moi.

Je gémis. Je sais que je suis incapable de lui refuser quoi que ce soit.

– Apprends-moi, Jack. Vraiment.

Elle rougit tout en posant les mains sur mes cuisses.

– Je n'ai pas beaucoup d'expérience dans ce domaine. Mais je veux apprendre. Je veux que ce soit bon pour toi. Dis-moi ce que tu veux que je fasse. Dis-moi ce que tu veux.

Je déglutis. Je l'empoigne par les cheveux.

– Ouvre la bouche. (Elle obéit et je la prends le plus profondément possible.) Je veux que ta bouche soit tellement pleine de ma queue que tu ne puisses plus respirer.

Elle sursaute quand je percute le fond de sa gorge, et je pense qu'elle va essayer de reculer. Mais, non.

Elle pose de nouveau les doigts à la base de mon sexe et me regarde, dans l'attente.

– Bonne petite. Maintenant, écoute-moi. Je veux que tu arrêtes d'être polie. Utilise tes mains. Salis-toi. Et fais du bruit. Tu n'es plus la reine de la promo : je veux que tu me suces comme si tu étais la petite coquine gourmande qui fait ça sous les gradins. Compris ?

Compris, oui. Elle a parfaitement compris. Elle se jette sur moi comme une star du porno.

Cinq minutes plus tard, je jouis si fort que je vois des galaxies tourbillonner sur le plafond de la salle de bains et que j'ai l'impression que mon corps va s'envoler dans l'espace. Elle avale jusqu'à la dernière goutte.

– Alors, dit-elle, le souffle court. C'était assez gourmand pour toi ?

Je l'attrape sous les bras et je la fais asseoir sur le rebord de la baignoire, puis je m'agenouille et écarte ses jambes.

– Oh putain, oui.

Je place la tête entre ses cuisses, et je lèche lentement son clitoris.

– Mais je vais l'être encore plus.

CHAPITRE 26

JACK

– Parle-moi de ça.

Les mains de Margot caressent le tatouage que j'ai sur le côté, ce qui me fait frissonner. Cela fait probablement une heure que nous sommes dans cette baignoire, les bulles ont disparu et l'eau n'est plus vraiment chaude. Mais je répugne à sortir.

Il ne pleut pas ce soir. Je n'ai pas de raison de rester.

– Ce sont des hirondelles.

– Je peux les regarder ?

Je me tourne afin de lui présenter mon dos.

– Tu en as deux, fait-elle en les caressant du bout des doigts.

– J'ai fait deux contrats à l'armée.

– Ah. Elles t'ont porté bonheur ?

Je ferme les yeux. J'entends des coups de feu. Je vois des cadavres sur le siège avant. Je sens l'odeur du sang.

Je déglutis, je contracte le ventre et je balaye les souvenirs affreux de ma mémoire.

Ici et maintenant. Ici et maintenant. Ici et maintenant.

– Je me suis fait tatouer quand je suis revenu.

– Elles symbolisent plus un voyage que tu as accompli qu'un talisman, alors ?

– Quelque chose dans ce goût-là.

– Est-ce que tu es content de l'avoir fait ? De t'être engagé, je veux dire.

– Je me suis souvent posé la question. Je suppose que la réponse est oui. Si je devais recommencer, je sais que je m'engagerais au moment où je l'ai fait.

– Tu sais, tu es la première personne de mon âge que je rencontre qui a fait l'armée.

Je lui jette un coup d'œil par-dessus mon épaule.

– Vraiment ?

– Oui. Je pense que quelques-uns de mes camarades de classe ont fait l'Académie Navale, mais je ne connais pas de vrais soldats. Sauf si on compte les vétérans de la Seconde Guerre mondiale, évidemment.

– Waouh.

Sa vie est si différente de la mienne.

Elle pose un baiser sur ma clavicule.

– Je n'ai jamais rencontré quelqu'un d'aussi courageux que toi.

J'émets un petit bruit désapprobateur, mais en réalité le compliment me plaît.

– Merci.

– Ni quelqu'un qui travaille aussi dur et qui en sache autant sur des choses que j'ignore.

– Ni quelqu'un qui a les mains aussi sales que moi tous les soirs. Je pense que la plupart des gens que tu fréquentes portent des costumes, ont des chaussures bien cirées et vont chez le coiffeur tous les mois.

... et possèdent des bateaux, des clubs de golf et des actions en bourse. J'ai du mal à ne pas me comparer à tous ces mecs.

– Eh, fait-elle en me donnant un petit coup dans le dos. Ça ne me déplaît pas que tu aies les mains sales tous les jours.

Je n'en crois pas un mot.

– Ah oui ?

– Oui. Ça te rend différent. C'est pareil pour tes tatouages.

Elle soupire, passe les bras autour de mon cou et s'adosse contre la baignoire, m'entraînant avec elle.

– Je n'ai pas de tatouages, moi.

J'ai le dos contre sa poitrine, et la tête dans le creux de son cou. Je sens toute tension m'abandonner.

J'aimerais ne jamais quitter cette baignoire.

– Je ne m'attendais pas à ces tatouages.

– Pourquoi pas ?

– Juste l'impression que ce n'est pas ton genre.

– C'est vrai, fait-elle après un moment de réflexion. Tu as raison. En fait, je trouve ça magnifique, mais exotique et interdit. Comme si c'était un truc réservé aux gens plus courageux que moi.

– Pourquoi ? Tu as peur d'avoir mal ?

– Non, pas vraiment. Mais j'aurais peur de ce que l'on penserait de moi.

– Tu t'en fous des autres.

Elle soupire de nouveau.

– Muffy en mourrait.

– Non, Margot. Elle n'en mourrait pas.

– Peut-être pas. Mais elle penserait que je suis devenue folle.

– Elle peut en conclure ce qu'elle veut. Tu ne peux pas passer ta vie à craindre ce que les autres pensent de toi, Margot. Ce genre de peur fonctionne comme une cage : elle peut t'emprisonner pour l'éternité si tu ne fais pas attention.

Elle ne répond pas tout de suite. Puis elle me dit :

– De quoi as-tu peur, toi ?

Je ne réponds pas parce que je sais que j'en dirais trop. Elle est trop douce, trop tendre, trop chaleureuse ce soir. Ce serait trop facile de raconter des choses qu'elle n'a pas besoin d'entendre, ce serait trop égoïste de ma part de lui révéler des trucs juste pour partager le fardeau de mes vérités. Elle essaierait de me faire croire que je ne suis pas le monstre que je sais que je suis, exactement comme l'a fait Steph.

Mais ça me ferait du bien.

– Tu n'as probablement peur de rien, pas vrai ? demande-t-elle en me pressant contre elle. Tu es un dur à cuire. Tu ne crains rien.

Je réponds sans réfléchir.

– J'ai peur qu'on ne me reconnaisse pas.

Un silence.

– Comment ça ?

– Rien, réponds-je du tac au tac.

Qu'est-ce que je fous ? J'essaie de me relever mais elle me maintient en place et m'enlace avec ses jambes.

– Franchement, pourquoi on ne te reconnaîtrait pas, Jack ?

Je pousse un soupir et je me permets de me rendre juste un petit peu. Juste cette fois-ci.

– On pourrait ne pas me reconnaître si je lâche prise.

– Si tu lâchais prise de quoi ?

– De mon passé.

– Tu n'as pas besoin de faire ça ; ton passé sera toujours une partie de toi. Mais tu ne dois pas le laisser t'emprisonner ou t'empêcher d'avancer.

Si. Elle ne sait pas. Elle ne comprend pas.

– Hé, fait-elle en me pressant de nouveau contre elle. Parle-moi.

Dieu sait que j'en ai envie. Mes secrets poussent contre les parois de mon cœur, si fort que j'ai l'impression que mon torse va s'ouvrir pour les déverser. J'ai envie d'admettre ma culpabilité. D'ouvrir mes blessures. De saigner pour elle.

La tentation me submerge tout entier.

– L'accident. C'était ma faute.

– Je ne comprends pas.

J'essaie de déglutir mais j'en suis incapable.

– L’accident de Steph.

– Qu’est-ce que tu racontes ? Ce n’est pas toi qui conduisais la voiture qui l’a renversée.

– Non. Mais… il y a eu une autre voiture.

Ma voix se fait plus faible et je me mets à trembler.

– Il y a des années de ça. En Irak.

Margot me caresse lentement la poitrine en cercles apaisants.

– Je t’écoute. Raconte-moi.

Ma gorge est sèche et serrée, mais l’histoire se fraie un chemin malgré tout.

– Mon convoi se déplaçait dans le pays et on a fait une halte pour se reposer. Avec deux gars, on a monté un check-point. Ils utilisaient des voitures piégées pour des attentats, il fallait donc empêcher tous les véhicules de pénétrer dans la zone de repos des soldats.

Elle frissonne comme si elle avait compris ce qui va suivre. Elle pose ses lèvres contre ma tête.

– On avait des panneaux écrits en farsi pour obliger les conducteurs à s’arrêter ; et si une voiture ne le faisait pas, on faisait des tirs de semonce à six cents mètres. C’était rare que les véhicules essaient de passer quand même, à moins qu’ils ne contiennent des bombes artisanales. Mais une nuit…

Je m’interromps. Une voix dans mon crâne me hurle d’arrêter de parler, mais je ne le peux pas. Chaque mot libère une espèce de pression à l’intérieur de moi. Il faut que je raconte tout.

– Une nuit, quelqu'un ne s'est pas arrêté ? Il y avait une bombe dans la voiture ?

Je secoue la tête et ravale le sanglot qui menace de m'étouffer.

– Non. Mais il est possible que le chauffeur ait cru que les tirs de semonce venaient de derrière parce que la voiture a pris de la vitesse dès que l'on a commencé à tirer. J'ai visé directement dans le pare-brise. Je n'ai même pas réfléchi.

– Bien sûr que tu n'as pas réfléchi, répond-elle sur un ton assuré. Jack, personne ne t'en veut. Tu as fait ton travail. Tu as protégé des gens.

– Je ne suis même pas allé voir qui était dans la voiture avant le lendemain matin, quand il a été temps de changer de position.

Mes yeux s'emplissent de larmes.

Elle s'immobilise complètement.

– Et ?

– Il y avait une femme derrière le volant. Et elle avait des enfants avec elle.

– Oh mon Dieu !

– Trois enfants.

Ma voix se brise et des larmes coulent sur mes joues.

– Oh, Jack, fait Margot d'une voix aussi brisée que la mienne en me serrant très fort. Ça a dû être horrible pour toi.

Je prends une profonde inspiration et me ressaisis.

– Tu sais quoi ? Même pas. Ce que j'ai fait m'a à peine effleuré. J'étais même fier de moi. (Les mots sont amers sur ma langue.) Ce n'est que lorsque je suis rentré chez moi que j'ai été frappé par ce que j'avais fait. J'ai perdu les pédales. Je ne pouvais parler à personne, je ne me sentais en sécurité nulle part, je ne me sentais pas normal. J'attendais de payer, tu comprends ? J'étais certain que j'allais forcément être puni pour ce que j'avais fait. Et je voulais l'être. Je n'attendais que ça.

Elle me serre encore davantage et je la sens trembler pendant qu'elle pleure. Elle embrasse mes épaules, ma tête, mon cou. Elle me caresse la poitrine et le ventre, comme si elle voulait se rassurer et être sûre que je sois toujours là.

– Je suis désolée. Je suis tellement contente que tu sois là. Tu n'as rien fait de mal.

Je ne mérite ni sa compassion ni ses larmes.

– Tu sais combien de cauchemars j'ai pu faire sur cette femme ?

Je pose le pouce et l'index au coin de mes yeux.

– Je la vois en rêve devant moi et je la supplie, je la supplie d'arrêter, mais elle ne le fait pas. Je me réveille en tremblant et en hurlant.

– Tu fais toujours ces cauchemars ?

– Parfois. Ça allait mieux pendant un moment, après que j'ai commencé à consulter. Je prenais des médicaments qui me faisaient oublier mes rêves. Du coup, j'avais moins peur de dormir. Mais j'ai arrêté après l'accident de Steph.

– Pourquoi ?

– Parce que c'était ma faute.

Je me retire dans la vérité qui me torture, je répète les mots qui me hantent :

– « Il lui sera fait ce qu'il a fait aux autres. »

– Non, Jack. Tu as tort. Tu as sauvé des vies, et ça n'a rien à voir avec l'accident de Steph. Tu n'es pas responsable, dit-elle en reniflant et en se redressant.

Je ferme les yeux.

– Mais c'est la seule explication possible.

– Il n'y a aucune logique dans une telle tragédie.

– Parfois, je rêve du check-point et c'est Steph qui est au volant de la voiture, je murmure. Dans mon subconscient, elles sont liées à jamais.

Elle me berce tendrement et ses mots sont pleins de larmes.

– Ce n'était pas Steph, Jack. Elle était l'amour de ta vie et tu ne lui aurais jamais fait de mal. Tu l'as rendue heureuse.

– Je le voulais tellement.

– Et c'est ce que tu as fait. Si elle était là à présent, je sais qu'elle te dirait la même chose que moi : ce n'est pas ta faute.

Je sais parfaitement qu'elle a raison, Steph me dirait ça, elle l'a fait mille fois dans ma tête. Mais je ne peux pas la croire.

– Elle serait certainement en colère de te voir te culpabiliser comme ça, poursuit Margot. Elle voudrait que tu te pardonnes afin de pouvoir être heureux de nouveau. Tu ne crois pas ?

Bien sûr que si.

Elle se tiendrait là et elle se disputerait avec moi comme elle avait souvent l'habitude de le faire. Mais si je me pardonne, ça veut dire que je me donne la permission de tourner la page, d'être heureux alors que je ne le mérite pas. Je ne ferai plus jamais cette erreur.

– Je ne peux pas.

Elle me berce de nouveau, les bras serrés autour de moi, les lèvres contre ma peau. Quand elle reprend la parole, sa voix est basse :

– Est-ce que tu as raconté ça à quelqu'un d'autre ?

J'hésite.

– Steph et mon psy savaient ce qui s'est passé en Irak. Mais je n'ai raconté à personne que je me sens responsable de la mort de Steph, à part toi.

Elle digère lentement l'information ; nous la digérons tous les deux. Je viens de partager avec elle une part de moi que personne d'autre ne connaît. Je ne sais pas pourquoi je lui fais autant confiance, mais c'est comme ça. Je songe de nouveau que c'est parce que sa présence dans ma vie est temporaire. Ça me libère et je peux être moi-même.

– J'aimerais vraiment pouvoir faire quelque chose pour toi, dit-elle.

Je pousse un soupir. Je lui ai dit la vérité. Et même si je ne me sens pas vraiment mieux ni plus optimiste, je me sens moins seul. Je pose mes mains sur les siennes.

– Tu es ici. Tu m'écoutes. C'est quelque chose.

– Je suis là pour toi. Je suis contente que tu m'aies parlé de tout cela.

– Moi aussi.

Et je suis surpris soudain de me rendre compte que je le pense vraiment. Je n'avais pas l'intention d'en révéler autant sur moi, cela faisait bien longtemps que je n'avais pas senti une telle proximité avec quelqu'un, cette intimité qui te force à partager tes secrets.

Elle soupire doucement et s'appuie de nouveau contre la baignoire.

– Tu veux entendre quelque chose de ridicule ?

– Oui, bien sûr.

– J'ai accepté de venir ici parce que ma mère m'a obligée à quitter la ville après l'Incident des Scones.

Je tourne la tête pour pouvoir la regarder.

– Quoi ?

– C'est la vérité. Il fallait que je quitte la ville jusqu'à ce que les rumeurs se calment.

– Et c'est fait ?

– Oui. Elle m'a appelée hier pour me dire que je pouvais de nouveau me montrer.

– C'est pour ça que tu voulais partir hier ?

– Oui.

Je suis tellement content qu'elle ait changé d'avis.

– Mais tu es toujours là.

– Je suis toujours là, répète-t-elle dans un murmure.

Je l'embrasse et sens ses doigts me caresser la joue. Ses lèvres sont tièdes et douces et ont un goût de lavande. Je n'ai qu'une envie :

passer l'éternité à l'embrasser, mettre ce baiser sous cloche et rester emprisonné avec lui, coupé des souvenirs qui me hantent et d'un avenir qui ne s'accomplira jamais.

J'en ai tellement envie que je ne passe pas la nuit avec elle.

CHAPITRE 27

MARGOT

Le lendemain matin, je me rends chez Pete et Georgia juste avant 10 heures. Je n'ai pas bien dormi et je me sens un petit peu vaseuse : j'apprécie la caresse du soleil sur mes bras. Je prends une profonde inspiration en espérant que l'air frais parviendra à me réveiller, ce que les trois tasses de café successives que j'ai avalées ont échoué à faire. L'odeur de fumier me parvient, portée par la brise, et je plisse le nez. Est-ce qu'ils l'utilisent comme engrais ? Comment s'habitue-t-on à ce genre d'odeurs ? Voilà quelque chose qui ne me manquera pas quand je serai rentrée chez moi.

En revanche, ce qui me manquera, c'est la présence de Jack. Les dernières vingt-quatre heures ont été incroyables. Quelque chose a changé entre nous. Ce que nous partageons n'est plus une passade dénuée de sens. Je me sens proche de lui. J'ai envie de le protéger. Je suis fière de lui aussi. Il me fascine et j'adore ce qu'il me fait ressentir.

Je suis en train de tomber amoureuse de lui si vite que tout le reste devient flou.

C'est étourdissant. Nous ne sortons même pas ensemble ! Par le passé, chaque fois que j'ai développé des sentiments pour quelqu'un, ça m'a pris du temps. Et ces sentiments se sont enracinés dans des intérêts communs plutôt que dans une attraction physique intense. J'ai mis six mois à coucher avec Tripp ! Je n'ai jamais eu de plan cul, et je n'ai jamais couché plusieurs fois avec quelqu'un qui n'était pas mon petit ami.

La nuit dernière a été hallucinante. Je l'entends encore m'ordonner de me comporter en petite coquine gourmande… Est-ce mal d'être excitée par ce genre de propos ? Comment a-t-il deviné que c'était ce dont j'avais besoin : qu'il me donne la permission d'agir ainsi, avec la lumière allumée et sous ses yeux ? C'est ce qui m'a rendue nerveuse. Avant ça, on avait toujours baisé dans le noir, et c'était donc plus facile pour moi de me laisser aller à cette facette de ma personnalité que je ne connaissais pas. J'ai eu le trac hier soir, d'autant plus que je n'ai pas une expérience folle en matière de fellation. Mais je voulais le faire pour lui. Je voulais qu'il se sente bien de toutes les manières possibles.

Quant à tout ce qu'il m'a fait… Je m'arrête de marcher pendant un instant, je mets la main sur mon ventre et je reprends mon souffle.

Avec Jack, tout est différent. Maintenant, je comprends de quoi Jaime parlait quand elle évoquait « l'alchimie physique vertigineuse ». Et depuis que j'y ai goûté, je ne veux plus m'en passer.

Mais ce n'est pas seulement physique. Ça ne l'est plus. Quand je songe à la façon dont il s'est confié à moi la nuit dernière, dont il a partagé quelque chose qu'il n'avait jamais dit à personne d'autre, sa façon de pleurer et de se montrer vulnérable… J'ai juste envie de le serrer dans mes bras, de l'embrasser et de pleurer pour lui, de faire en sorte que tout aille bien pour lui et de le rendre heureux.

Mais comment ?

J'espérais qu'on passerait de nouveau la nuit ensemble, surtout qu'il avait bien dormi avec moi la nuit précédente, mais je n'ai pas voulu lui mettre la pression. Je le lui ai proposé, il a refusé, j'ai lâché l'affaire. Il en a révélé tellement sur lui qu'il devait certainement avoir besoin de se retrouver seul. Je comprends parfaitement et j'ai appris à ne pas insister. Si j'essaie de me rapprocher, il pète un plomb et fait machine arrière, comme un cheval rétif.

Je lui ai donc souhaité une bonne nuit et je me suis recouchée, pelotonnée contre l'oreiller sur lequel il a dormi la nuit précédente. Je suis restée éveillée pendant des heures, que j'ai passées à rejouer chaque instant du jour et de la nuit, à batailler pour contrôler mes sentiments et à suffoquer chaque fois que je songeais à l'histoire qu'il m'a racontée.

Le matin venu, j'ai dû me résoudre à affronter la vérité. Je suis amoureuse de lui et je ne veux pas que ça s'arrête.

Je veux trouver une solution pour que l'on reste ensemble.

Est-ce vraiment hors de question ? Plein de couples ont une relation à distance, n'est-ce pas ? Deux heures de route, ce n'est rien ! La plupart du temps, je peux travailler où je veux et j'aime beaucoup cette petite ville. Il n'y a pas de boutiques de luxe, ni de restaurant trois étoiles ni de salon de beauté glamour, mais Main Street est charmante, la plage peu fréquentée et les fermes sont magnifiques. Je pourrais même recommencer à faire de l'équitation ! Lorsque je me suis occupée des chevaux l'autre jour, je me suis rendu compte à quel point ils m'avaient manqué.

Mais tandis que j'attends que la circulation ralentisse afin de traverser la route, un problème plus épineux que celui de la distance me saute aux yeux : Jack ne veut pas se remarier. Il pense qu'il ne retombera jamais amoureux. Il ne veut pas lâcher son passé. Une partie de moi se dit que je suis complètement folle de penser au mariage étant donné que je l'ai rencontré il y a moins d'une semaine, mais une autre partie insiste.

Les choses sont extrêmement intenses entre nous et ça ne fait que cinq jours. Si on sort vraiment ensemble et que ça continue à bien se passer, aurai-je envie d'investir du temps, de l'énergie et des sentiments pour un homme qui ne désire pas la même chose que moi ? J'ai presque trente ans et je ne veux pas attendre davantage avant de fonder une famille. Si ce n'est pas possible, quel intérêt ?

Tandis que je traverse en courant les deux voies avant d'emprunter l'allée qui mène chez Pete et Georgia, je songe de nouveau à l'alliance que porte Jack et j'entends sa voix résonner dans ma tête.

Je sais ce que j'avais. Ça n'arrive pas deux fois.

Mon cœur se serre. Comment le convaincre du contraire ?

***

Jack avait raison à propos de la maison des Oliver. Il y a beaucoup de travaux à faire, notamment changer la toiture, mais Brad a raison lui aussi : comme toutes les beautés vieillissantes, elle possède une bonne structure sous d'épaisses couches de poussière, de moisissure, de papier peint fané, de peinture écaillée, de moquette puante et de pourriture. Il faudra du temps, de l'argent et beaucoup d'amour, mais on peut la restaurer.

Sur le chemin du retour, Georgia est surexcitée.

– Je le savais. Je savais que je l'adorerais.

Brad et Pete marchent devant nous, Cooper dans les bras de son père.

Je lui souris.

– Ça pourrait être super. Il est très facile d'abattre le mur arrière pour agrandir la cuisine.

– Pete et moi avons l'intention d'ouvrir un Bed & Breakfast en plus du restaurant.

– Quelle idée merveilleuse ! Et ce sera parfait pour recevoir des mariages.

– Absolument. Et si on abat le mur du fond pour agrandir la cuisine, on peut construire un étage pour nous. Il y aurait donc cinq chambres dans la vieille partie de la maison pour les invités.

Son enthousiasme est contagieux et je me sens envahie par une énergie vibrante.

– Oui ! Oh, Georgia, c'est parfait. Et imagine la déco… Ça pourrait être merveilleux.

– Je sais ! s'écrie-t-elle, une lueur de passion dans le regard. Des lits anciens, une vieille table en bois dans la salle à manger, de la vaisselle vintage, de l'argenterie… (Elle pousse un soupir.) Mais pour tout ça, il faut de l'argent. Et nous n'en avons pas.

– Vous ne pouvez pas vendre votre maison ?

Georgia secoue la tête.

– Impossible. Elle est dans la famille depuis trop longtemps. Et elle est hypothéquée avec la ferme, qui appartient de manière égale à Pete, Brad et Jack. Tout l'argent que nous en retirerions devrait être séparé en trois parts égales.

– Est-ce que Jack y habiterait si vous partiez ?

Je me demande où il était ce matin et si lui aussi pense non-stop à la soirée que nous avons passée tous les deux.

– Il pourrait peut-être racheter votre part.

– Ça m'étonnerait. Il n'a pas d'argent et il adore son maudit chalet.

– On pourrait croire au contraire qu'il voudrait le quitter, vu les circonstances. Est-ce que les souvenirs ne sont pas trop douloureux ?

Dès que les mots ont franchi mes lèvres, je comprends que le nœud du problème est justement là : il reste dans ce chalet pour s'empêcher de tourner la page.

– Si.

Elle soupire alors que nous atteignons le sentier qui mène à leur véranda. On entend déjà les autres à l'intérieur.

– Je ne le comprends pas toujours. C'est évident, il refuse d'avancer. Il préfère rester malheureux et je ne sais pas pourquoi.

Je baisse les yeux vers le sol. Je connais les raisons de la décision de Jack, mais il est hors de question que je le trahisse en les révélant à sa belle-sœur.

– Il a gardé tous les vêtements de Steph dans le placard.

Je pousse un petit cri et nos regards se croisent de nouveau. C'est un détail qu'il a omis de mentionner.

– Waouh.

Elle secoue la tête.

– Je lui ai proposé de l'en débarrasser à plusieurs reprises, mais il refuse que quiconque y touche.

– C'est très triste, dis-je en posant ma main sur mon cœur. Comment peut-il vivre ainsi ?

– Il prétend que c'est ce qu'il veut. Et chaque fois que nous tentons de l'aider, il s'emporte.

– C'est vrai, réponds-je en me souvenant de sa colère d'hier au marché. Mais c'est difficile de ne pas essayer parce qu'une fois qu'on le connaît, on se rend compte qu'il est très malheureux et on a envie de l'aider.

Georgia me dévisage un instant.

– Il faut que je te dise quelque chose. Il est différent depuis ton arrivée. Il va mieux.

– Depuis que je suis là ?

Elle lève les yeux au ciel.

– Oui. Quand vous êtes rentrés du marché hier soir, on aurait dit deux adolescents énamourés. Inutile de faire semblant.

– Semblant de quoi ?

J'essaie d'avoir l'air innocent, mais j'ai surtout l'air pudique.

Georgia éclate de rire.

– Je ne sais pas exactement ce que tu fais, mais il ne m'a jamais dit que j'avais un sourire magique. Je ne l'avais pas vu comme ça depuis des années. Quel dommage que tu vives si loin !

– Oui, réponds-je en jouant avec ma tresse, les sourcils froncés. Mais je ne sais pas si ça changerait quelque chose de toute façon. Est-ce qu'il lui arrive de sortir avec des femmes ?

– Jamais.

– Il m'a dit l'autre jour qu'il ne voulait pas se remarier. Il ne veut pas fonder de famille.

– Oui, c’est ce qu’il prétend aussi chaque fois que nous essayons de le convaincre de se remettre à fréquenter des femmes. C’est triste, je sais qu’il ferait un très bon père. Et il est encore jeune.

Je pousse un soupir et tente de dissimuler ma déception sous un mensonge.

– Oh, bon. De toute façon, je ne pense pas être son genre de femme et il n’est pas vraiment mon type de mec.

– Ah, je ne sais pas, répond-elle sur un ton léger. Je pense que ça pourrait fonctionner. Il arrive que les opposés s’attirent, pas vrai ? Tu pourrais peut-être le faire changer d’avis.

Je souris. Les contraires s’attirent, c’est certain, mais entre nous ce n’est pas l’attraction qui pose problème. Nous en avons en stock. Notre problème, c’est que l’attraction est de plus en plus forte. Elle nous rapproche. Et mon cœur se met à ressentir autant de choses que mon corps.

Sauf que mon cœur ne l’intéresse pas.

***

Georgia et moi discutons encore un peu de la marque que je voudrais développer et des stratégies médias que j’ai en tête. Je suis ravie d’apprendre qu’ils ont contacté un Web designer et commencé à travailler avec elle sur un projet. Elle me demande de nouveau de lui envoyer ma facture, mais je refuse poliment.

– Vous allez avoir besoin du moindre dollar pour acheter cette maison. Considérez que je vous fais un don pour vous aider.

Elle me serre dans ses bras avant de rentrer chez elle pour discuter avec Pete et Brad. Je suppose que Jack devra finir par se mêler à la discussion, mais il n'est pas venu visiter la maison. J'espère qu'il sera raisonnable et qu'il acceptera qu'ils l'achètent.

Je voudrais aussi le voir aujourd'hui. Nous n'avons rien prévu, mais il a enregistré son numéro de téléphone dans mon portable avant de partir hier soir. Il va peut-être m'appeler.

En attendant, je n'ai pas envie de rester assise à ne rien faire, parce que du coup je ne ferai que penser à lui. Au lieu de ça, je réfléchis à leur stand au marché et à leurs étals, puis je me rends dans la boutique de loisirs créatifs la plus proche pour acheter du matériel. Je passe aussi à l'épicerie pour acheter les produits frais pour les prochains jours. En voyant les pommes de terre, je me demande de nouveau pourquoi il faut les faire cuire deux fois et je me promets de faire des recherches. Je pourrais peut-être prendre un cours de cuisine, voilà qui me sortirait pour de bon de ma zone de confort.

Apprendre à cuisiner. Recommencer à faire du cheval. Je dresse une liste mentale des choses que je pourrais changer dans ma vie pour être plus heureuse et plus épanouie. Arrêter de me prendre la tête avec mon trentième anniversaire. M'investir dans le mouvement de la justice alimentaire.

Après avoir avalé un sandwich au beurre de cacahuète et à la confiture pour le déjeuner, je passe le début de l'après-midi à travailler sur l'étal et à réfléchir à de possibles solutions pour résoudre les problèmes d'argent de Pete et Georgia. Il serait peut-être possible de décrocher un prêt professionnel. Mais je ne sais absolument pas comment cela fonctionne puisque je n'en ai jamais eu besoin.

Je suis en train d'écrire une liste de prix sur une ardoise lorsque mon téléphone vibre, m'annonçant l'arrivée d'un SMS.

Salut, toi. C'est Jack.
Tu veux me retrouver au parc ?
Je suis avec Cooper.

Je m'empare de mon téléphone, un grand sourire niais aux lèvres.

Bien sûr. À quelle heure ?
Dans 20 minutes ?

C'est parfait : j'aurai le temps de finir ce que j'ai commencé.

À tout à l'heure !

Je repose mon portable et me mets à fredonner tout en terminant la liste, avant de la brandir devant moi pour m'assurer que j'ai écrit de manière lisible et esthétique. Une fois satisfaite, je range tout, je vais aux toilettes, me brosse les dents et retouche mon maquillage. Au dernier moment, je décide d'ôter le rouge à lèvres que je viens de mettre et de le remplacer par du baume au miel. C'est plus naturel et ça a meilleur goût.

Tout en marchant vers le parc, mes pieds sont cent fois plus légers que ce matin. Rien n'a changé, mais la perspective de le voir suffit à m'enthousiasmer. Lorsque je l'aperçois, debout derrière Cooper qu'il pousse sur une balançoire, les papillons dans mon ventre se multiplient. Je ne veux pas perdre cette sensation, je songe tout en traversant le terrain de jeu dans sa direction.

Il lève les yeux à mon approche et m'adresse un sourire qui me fait vaciller.

– Salut.

– Salut.

Il jette un coup d'œil par-dessus son épaule.

– Tu ne viens pas du cottage ?

Je grimace.

– Si, mais je suis allée trop loin alors j'ai dû faire le tour. Je n'ai pas fait attention.

Il éclate de rire.

– Tu es à trois cents mètres. Il n'y a que toi pour te perdre.

– Je sais, je sais.

Je suis prête à le laisser me taquiner tout son saoul tant que je peux le regarder pousser son neveu sur la balançoire. Son T-shirt noir moulant met en valeur ses bras et son torse, son jean est une perfection et les lunettes de soleil aviateur qu'il porte sans sa casquette habituelle lui donnent un air un peu plus policé et un peu moins militaire. Ça me fait des choses. Dans la culotte.

– Tu as entendu parler de la maison ? je demande.

Il marmonne quelque chose d'inintelligible.

– Je prends ça pour un oui.

– J'en ai entendu parler. Apparemment, ils ont eu l'idée débile d'ouvrir un motel, c'est ça ?

– Mais ce n'est pas vrai, fais-je en levant les yeux au ciel. Ce n'est pas un motel, Jack, c'est un Bed & Breakfast.

– Peu importe. Je ne m'opposerai pas à leur projet, mais je ne vois pas où trouver de l'argent.

– C'est ce qu'a dit Georgia. Ils ne pourraient pas obtenir un prêt ou un truc du genre ?

– Je suppose qu'ils peuvent essayer.

Son ton n'est pas vraiment optimiste.

– J'aimerais trouver un moyen de les aider, fais-je, songeuse.

C'est affreux d'avoir son rêve à portée de main et de ne pas pouvoir le réaliser. J'ai été gâtée toute ma vie. Je n'ai jamais dépensé d'argent de manière frivole ou irresponsable, mais je ne sais pas non plus ce que ça fait de ne pas pouvoir me payer quelque chose dont j'ai vraiment envie.

– C'est très gentil de ta part, mais ils se débrouilleront. *Nous* nous débrouillerons.

– Tu t'occupes de Cooper ce soir ?

J'ébouriffe les cheveux du petit garçon quand la balançoire le ramène vers moi.

– Oui. Pete et Georgia travaillent tous les deux.

– Qu'est-ce que tu vas faire avec lui ?

– Lui payer une glace en guise de dîner, lui acheter des bonbons et le laisser regarder la télévision jusqu'à ce qu'il s'endorme. (Il me sourit.) La routine, quoi.

– Ça a l'air cool.

– Tu veux te joindre à nous ?

Mon cœur manque un battement.

– Oui. Avec plaisir.

Nous passons une heure au parc, et je suis émerveillée de voir à quel point Jack sait s'y prendre avec Cooper. Il fait du toboggan avec lui, lui fait faire du tourniquet et l'aide à se hisser dans la vieille cage à grimper. Lorsque Cooper tombe et s'égratigne le genou, Jack le nettoie, sèche ses larmes et lui fait un câlin. Lorsqu'il est temps de partir et que Cooper insiste pour faire encore une fois du toboggan, Jack le devance. Quand nous nous dirigeons vers le marchand de glaces, Jack met le petit garçon sur ses épaules et il tient ses petites mains durant tout le trajet.

Plus tard, je le regarde préparer le dîner pour Cooper et lui faire avaler jusqu'à la dernière bouchée. J'assiste au bain – nous échangeons un regard complice quand il commence à remplir la baignoire – et Jack fait attention de ne pas lui faire couler de l'eau dans les yeux quand il lui rince les cheveux. Puis il lui met une couche propre et un pyjama avant de lui brosser les cheveux dans une adorable imitation de sa propre coupe.

– Là, fait-il. Tu ressembles à ton oncle Jack.

Cet homme devrait être père, c'est tout ce que je suis capable de penser.

Quand il est temps d'éteindre la lumière et de le mettre au lit, je lui dis que je l'attendrai en bas, je souhaite bonne nuit à Cooper et je descends dans la cuisine.

Dès que je pénètre dans la pièce, j'entends Cooper réclamer « Maman » en chouinant, puis la voix de Jack dans le baby-phone.

– Allez, mon pote, cette-fois, il est temps de faire dodo. Où est doudou ?

Je me place devant le petit écran en souriant et je regarde Jack saisir quelque chose dans le lit à barreaux avant de blottir le petit Cooper en larmes contre son large torse.

– Tu veux que je te berce un peu ? D'accord.

Il disparaît de ma vue. Quelques secondes plus tard, Cooper se tait. Et Jack se met à chanter.

Sa voix est basse au début, et je dois me pencher vers le baby-phone pour l'entendre mieux. Au départ, je ne reconnais pas la chanson – quelque chose à propos d'un engoulevent –, mais après quelques vers, je pose la main sur ma bouche, le cœur battant la chamade. C'est la chanson de Hank Williams que nous avons écoutée dans le camion hier en nous rendant au marché. Il l'a fredonnée en même temps. Il a une jolie voix, profonde et mélodieuse, avec juste ce qu'il faut de rocaille.

Mes bras sont parcourus de chair de poule. Je pose la main sur mon cœur, surprise de découvrir que ma poitrine est toujours faite de chair et d'os alors que j'ai impression d'être en train de fondre. Je n'ai jamais rien entendu de si tendre.

Une boule se forme dans ma gorge.

Laisse-moi une chance de te rendre heureux, Jack. Laisse-moi essayer.

CHAPITRE 28

JACK

Je me lève en prenant bien garde de ne pas réveiller mon neveu endormi dans mes bras. Je maudis le plancher qui craque sous mes pieds et j'essaie d'éviter les endroits bruyants entre le rocking-chair et le berceau. Après l'avoir allongé sur le dos, je pose un baiser sur le bout de mes doigts, lui caresse le front et me glisse en silence hors de la chambre. Je trouve Margot assise sur une chaise dans la cuisine, une main sur le cœur. Quand elle m'aperçoit, elle pose l'autre main dessus. J'ai l'impression qu'elle est sur le point d'éclater en sanglots.

– Merde. J'ai oublié d'éteindre le baby-phone.

– Je ne peux pas parler, je suis une flaque.

Je me dirige vers le frigo pour prendre une bière tout en grommelant. Je n'ai qu'une envie : poser les mains (et le reste) sur elle, mais je trouve ça déplacé dans la maison de Pete et Georgia. Il faut donc que je trouve un moyen de m'occuper.

– Ne te fais pas de soucis. Ta tendresse secrète est en sécurité avec moi.

Je lui fais les gros yeux tout en décapsulant ma bouteille de bière.

– J'espère bien. Tu en veux une ?

– Non, merci.

– Un verre de vin ?

Elle hésite.

– C'est moche de boire le vin de Pete et Georgia.

– Pourquoi ? Ne me dis pas qu'on garde Cooper gratuitement ce soir.

J'attrape une bouteille sur l'étagère au-dessus du frigo et je la lui montre.

– Ça te va ?

– Top. Merci.

Je débouche la bouteille et lui sers un verre.

– Tu as faim ? J'avais prévu de commander une pizza.

– Une pizza, c'est génial.

Elle sourit et tout est parfait. Ses cheveux tressés sont parfaits. Sa façon de tenir son verre est parfaite. La façon dont elle a embrassé mon épaule la nuit dernière en me disant que j'étais la personne la plus courageuse qu'elle connaissait est parfaite. La pizza, avec sa pâte, sa sauce et son fromage, est délicieuse. Mais elle, elle a bien meilleur goût.

La nuit dernière, je suis resté allongé, éveillé, à penser à elle. À nous. Je croyais que je serais content d'avoir résisté à la tentation de rester avec elle, d'avoir été suffisamment fort, mais au lieu de ça, je me suis juste senti malheureux. Impatient. Seul. Par le passé, j'ai toujours trouvé une espèce de consolation dans ces sentiments, mais pas la nuit dernière.

La nuit dernière, elle m'a manqué.

J'ai pensé à la journée que nous avons passée ensemble, à sa façon de me faire rire et de m'écouter. Je me suis demandé quand je la verrais de nouveau, comment elle serait habillée et ce que nous ferions. Il y tant d'endroits où j'ai envie de l'amener, de choses que j'ai envie de lui montrer, de chansons que j'ai envie qu'elle entende, de plats que j'ai envie qu'elle goûte. Il y a des courbes de son corps que j'ai envie d'embrasser, des mots cochons que j'ai envie de lui murmurer à l'oreille, des choses que je veux lui faire. Mais je veux aussi l'écouter. Je veux savoir quels sont ses rêves, ses espoirs, ses souvenirs. Et je n'ai pas beaucoup de temps : une semaine, pas plus.

J'ai décidé de ne plus perdre une seule minute.

Parce que quand elle partira, ce sera fini. Je dormirai de nouveau seul pour le reste de ma vie. Je souffrirai pour les péchés que j'ai commis. Et ma solitude sera pire parce que j'aurai passé ces jours et ces nuits avec elle et d'une certaine manière, elle deviendra une partie de mon châtiment.

Un jour, un ami à l'armée m'a prêté un exemplaire du *Prophète* de Khalil Gibran, et ce bouquin a tellement résonné en moi que je l'ai acheté quand je suis rentré à la maison. Je pense souvent à cette phrase : *Plus profondément le chagrin creusera votre être, plus vous pourrez contenir de joie*. À cette période, cela m'avait redonné de l'espoir.

Plus tard, j'ai compris que l'inverse était aussi vrai : plus grande est ta joie, plus profond sera ton chagrin quand tu auras perdu les choses qui te donnent du bonheur.

Et j'ai appris que la perte est inévitable.

***

Après avoir dîné, je sors un paquet de cartes et j'apprends à Margot à jouer au gin-rami. Contrairement au ramassage des œufs, elle apprend très vite et s'améliore à toute allure. Mon esprit s'égare quelques fois en eaux troubles, et j'imagine à quel point ce serait chouette de vivre avec elle en hiver, lorsque les nuits sont longues et froides et qu'il n'y a pas grand-chose d'autre à faire que d'allumer un feu de cheminée, de jouer aux cartes ou de se blottir sur le canapé pour regarder un film. Je suis obligé de me réprimander.

Ne fais pas ça. Elle s'en va la semaine prochaine et, après tout, c'est tant mieux.

Si Pete et Georgia sont surpris de la trouver chez eux quand ils rentrent, ils n'en disent rien. Nous bavardons quelques minutes puis nous leur disons au revoir et nous sortons par la porte arrière.

– Viens ici.

Je l'attire dans l'ombre derrière la maison, loin des fenêtres, et je l'embrasse passionnément.

Elle passe ses bras autour de ma nuque et je la soulève. Ses lèvres sur les miennes me font l'effet de la pluie après la sécheresse.

– Waouh, tu avais ça en réserve ? demande-t-elle une fois que je la laisse reprendre son souffle.

Je la repose.

– Oui. J'avais peur, si je commençais chez eux, de ne pas être capable de m'arrêter.

– Mmm. Ne t'arrête pas, murmure-t-elle en se dressant sur la pointe des pieds et en m'embrassant dans le cou.

Sa langue sur ma peau fait naître mon désir et mon sexe se dresse. C'est comme si mon corps savait que le compte à rebours est déjà enclenché. Elle pose une main sur mon entrejambe, frotte la bosse sous mon jean tout en me léchant le lobe de l'oreille, puis elle fait courir sa langue le long de ma gorge avant de plonger les dents dans mon épaule.

– Oh, merde.

Je l'attrape par le bras et je l'entraîne à travers le jardin éclairé par la lune. Je ne réfléchis pas à l'endroit où je vais, je sais juste qu'il faut que nous nous retrouvions rapidement seuls tous les deux avant que je ne jouisse dans mon pantalon comme un adolescent.

Nous courons à travers les arbres en direction de mon chalet, et nous gravissons à toute allure les marches qui mènent à la véranda. Ce n'est que lorsque j'ouvre la porte d'entrée et que je l'attire dans le salon obscur que je me rappelle soudain que cet endroit est plein de souvenirs. Je n'immobilise, les doigts toujours autour de son poignet. Suis-je capable de faire ça ?

– Hé, fait-elle à voix basse. Tout va bien.

Je me retourne vivement vers elle : mon cœur est un champ de bataille.

– Merde, je chuchote.

Elle pose la main sur ma joue.

– Tout va bien. Je comprends.

– Margot, je suis désolé.

– Ne le sois pas. Je sais que c'est difficile.

Je pousse un profond soupir, lui prends les deux poignets et pose mon front contre le sien.

– Ça ne devrait pas être si dur. J'ai tellement envie de toi.

– Moi aussi, répond-elle d'une voix rauque.

L'obscurité est si épaisse que je ne distingue rien. Mais j'entends son souffle et je sens sa poitrine se soulever et s'abaisser. Je sens sa peau tiède sous mes paumes. Je respire ses cheveux et son parfum ravive les souvenirs de la nuit dernière. Je pose la bouche sur sa gorge, parce qu'il faut absolument que je la goûte.

– Jack, murmure-t-elle. Nous ne sommes pas obligés de…

– Je ne veux pas être seul cette nuit, je m'entends dire. Je n'en peux plus d'être seul.

– Rien ne t'y oblige, répond-elle en glissant les mains dans mes cheveux et en couvrant mon visage de baisers. Je ne te quitterai pas.

Ses paroles se fraient un chemin en moi tandis que nous nous déshabillons à toute allure et tombons à genoux. *Je ne te quitterai pas* tandis que je l'allonge tendrement sur le tapis et que je la recouvre. *Je ne te quitterai pas* tandis que je fais courir mes mains, mes lèvres et ma langue sur ses seins, ses flancs, son ventre. *Je ne te quitterai pas* tandis que je m'enfouis profondément en elle, ses bras lovés autour de mon cou, ses lèvres à un murmure des miennes.

Je ne te quitterai pas.

À quoi cela ressemblerait-il ? Qu'est-ce que ça ferait si je laissais aller la culpabilité, la douleur, la peur et si je regardais en avant et pas en arrière ? Qu'est-ce que ça ferait d'être de nouveau heureux ? De croire que je le mérite ? De penser que ça peut durer ?

J'essaie de repousser la folle graine d'espoir qui s'enracine en moi, mais elle est déjà profonde et forte et c'est terrifiant.

Quelque chose qui était fermé depuis longtemps en moi est en train de s'ouvrir, je sens que quelque chose presse, quelque chose qui se remplit de la présence, la confiance et la compréhension de Margot. De l'idée qu'elle pourrait ressentir quelque chose pour moi, de l'espoir que tout pourrait m'être pardonné, de la promesse d'une nouvelle vie, d'un nouveau commencement. Un nouvel amour.

Mais non.

Ça n'a rien à voir avec l'amour. Ce n'est pas une absolution, même pas une mise hors de cause.

C'est un état temporaire, un pansement sur une blessure. Bientôt, on te l'arrachera et tu saigneras de nouveau.

J'ai l'impression d'être coupé en deux : une partie de moi veut qu'on lui donne cette seconde chance d'aimer quelqu'un et d'être aimé en retour, tandis que l'autre exige de servir la sentence à vie que j'ai moi-même prononcée. Je veux désespérément retrouver le contrôle : je me concentre sur la chaleur et la friction entre nous, sur le bruit de sa voix qui prononce mon nom, sur la morsure de ses ongles dans mon dos. Je me concentre sur sa jouissance, je me frotte contre elle de la manière qui lui plaît, je lui murmure des mots crus dans l'oreille. Je suis brutal, comme les fois précédentes.

Mais cette fois-ci, c'est différent. Comment cela pourrait-il ne pas l'être ? Je lui ai tout raconté. Je suis vulnérable comme jamais. Je me suis mis à nu, j'ai dévoilé tous mes secrets, toute ma souffrance, toutes mes cicatrices.

Et elle veut toujours de moi.

Je me sens tomber.

Je tente de retenir mon orgasme : si nous jouissons ensemble, cela ne fera que renforcer notre alchimie sexuelle et nous rapprocher. Mais elle se cramponne très fort à moi comme si elle avait l'intention de ne jamais me laisser partir, elle me prend si profondément en elle, ses gémissements sont si intenses, ma queue si dure que je suis incapable de me retenir plus longtemps, je ne peux m'empêcher de franchir les portes et de me précipiter vers le bord du gouffre avec elle. Ma volonté n'est pas de taille à lutter contre les sentiments.

Ne me quitte pas, je songe à chaque coup de rein, à chaque battement de mon cœur.

Ne me quitte pas. J'ai besoin de toi pour me sentir vivant.

Comme nos corps s'immobilisent et que nos respirations s'apaisent, j'ouvre les yeux et la pensée de ce que je viens de faire me submerge.

Je l'ai laissée entrer. Je l'ai laissée s'approcher. Je me suis autorisé à ressentir des sentiments de nouveau.

Et pire que tout, j'ai amené une autre femme dans mon espace sacré. J'ai rompu une promesse. J'ai déshonoré un vœu.

Je n'en ai pas le droit. Pas le droit.

L'espoir que j'ai ressenti il y a quelques instants est anéanti par le poids de ma honte.

Je m'oblige à arrêter de justifier mon comportement et à admettre la vérité.

Il faut que ça cesse. Ce soir.

***

Je ne dis rien pendant que nous nous reprenons nos esprits. J'ai l'impression d'avoir reçu un boulet de canon en pleine poitrine et j'ai la gorge serrée.

– Je peux utiliser ta salle de bains ? demande timidement Margot.

– Bien sûr.

Ma voix est déjà sèche. Pendant qu'elle est dans la salle de bains, je m'assieds sur le canapé dans l'obscurité. Je me déteste d'en être arrivé là. *Je n'aurais jamais dû l'embrasser. La toucher. Lui demander de rester.*

Maintenant, il faut que je la fasse déguerpir et je ne connais qu'une façon de le faire et de m'assurer qu'elle ne revienne pas : rebâtir les murailles autour de mon cœur et me comporter comme un parfait connard. La mettre dehors. La blesser. Il faut qu'elle me déteste comme je me déteste.

Elle sort de la salle de bains, la lumière allumée derrière elle, et s'installe à côté de moi sur le canapé mais sans me toucher.

– Tu vas bien ?

Merde, Margot.

Ne sois pas gentille avec moi maintenant.

– Ouais.

– C'était… intense.

Je hausse les épaules. Mon estomac fait des nœuds.

– Tu ne le penses pas ? demande-t-elle en me regardant et en essayant, je suppose, de deviner mon expression dans le noir.

– Pas vraiment.

Son corps tout entier se voûte.

– Oh. Peut-être… que c'était juste moi alors.

– Peut-être.

Je ne supporte pas son regard, du coup je baisse les yeux sur ses genoux, qui sont étroitement pressés l'un contre l'autre, ses mains autour. Un jour, un riche bâtard avec des actions en bourse et une Porsche lui passera un gros diamant au doigt. Il lui paiera le grand mariage de ses rêves et une lune de miel luxueuse. Après ça, il achètera une grande maison qu'ils rempliront de beaux enfants qui fréquenteront des écoles privées et qui l'appelleront Maman. Elle aura tout ce qu'elle veut. *Elle sera dans son monde et elle sera heureuse.*

Je pose les yeux sur mon alliance. *Et moi, je serai là.*

– Jack, qu'y a-t-il ? Quelque chose ne va pas, je le sais.

– Rien, fais-je en me levant. Je vais te raccompagner chez toi.

J'attrape mes clés sur le comptoir et me dirige vers la porte d'entrée : elle n'a donc pas d'autre choix que de me suivre. Je la referme derrière elle et je descends les marches de la véranda, mais elle m'attrape par le bras.

– Eh. Attends une minute.

Je me raidis et la regarde.

– Quoi ?

– Tu es en colère contre moi ?

– Non.

Je suis en colère contre moi.

– Est-ce que ça te met en colère qu'on ait fait… ce qu'on a fait là ? (Elle me lâche.) Parce qu'on n'était pas obligé. Je t'avais dit que je comprenais.

– Ce n'est pas ça.

– Il y a quelque chose, dit-elle, les mains posées sur les hanches. Je sais que tu es cyclothymique, mais là tu as fait un virage à cent quatre-vingts degrés. Il y a une heure, tu ne pouvais pas t'empêcher de me toucher, et maintenant tu es glacial. Dis-moi ce que j'ai fait.

– Tu n'as rien fait, je rétorque sèchement.

– Alors dis-moi ce qui te passe par la tête. Dis-moi ce qui a dérapé. Dis-moi quelque chose, Jack ! (Sa voix se brise.) Tu n'as pas le droit de te fermer comme ça.

– Bien sûr que si, putain ! je hurle, furieux d'avoir baissé ma garde et de l'avoir laissée pénétrer mes défenses. C'est moi, Margot. Ce que je suis. Et c'est pourquoi on n'aurait jamais dû faire quoi que ce soit.

Son corps semble rétrécir. Si je pouvais voir ses yeux, je suis sûr que je découvrirais qu'ils sont pleins de larmes.

– Ce n'est pas toi. Je te connais.

Je dresse un nouveau mur.

– Tu penses que parce qu'on a baisé quatre fois, tu me connais ? N'importe quoi. C'était juste du cul.

Elle secoue de nouveau la tête, comme si elle n'en croyait pas ses oreilles.

– Pourquoi est-ce que tu fais ça ?

– Parce qu'il est temps, d'accord ? (Mes mains tremblent.) Nous savons tous les deux que ça ne peut pas durer, alors autant en finir maintenant.

– Et pourquoi ça ne pourrait pas durer ? Je ne vis pas si loin et…

Elle prend une profonde respiration. J'ai le sentiment que je n'ai pas envie d'entendre ce qu'elle va dire et j'ai raison.

– Je ressens quelque chose pour toi, Jack. Je ne veux pas que ça se termine.

Il faut que je sois sans pitié. Que j'arrache d'un coup le pansement.

– Eh bien moi, je le veux.

Elle se met à pleurer.

– Tu ne ressens rien pour moi ? Ces derniers jours ne signifient rien pour toi ?

Je hausse les épaules et elle met les mains sur son ventre comme si je l'avais frappée. Elle croit mes mensonges si aisément. C'est une véritable torture.

– Bon sang, fait-elle en pleurant tout en se dirigeant vers les marches. Je me suis tellement trompée à ton propos.

Je me maudis. Je la suis à travers les arbres, au-delà de l'endroit où nous avons couché ensemble la première fois et dans le jardin de Pete et de Georgia. Je la vois jeter un coup d'œil en direction de l'endroit où je l'ai embrassée passionnément il y a deux heures de ça et j'ai envie de donner un coup de poing dans un mur. *Tu ne t'es pas trompée sur mon compte. Mais je ne peux pas gérer les sentiments que j'éprouve pour toi. Je n'ai pas de place pour eux, ils ne rentrent pas en moi, ils ne rentrent pas dans la vie que je dois vivre. Je n'ai pas le choix, Margot ! Tu ne le vois pas ?*

Elle n'essaie même pas de rentrer chez elle à pied. Elle me connaît trop bien et c'est comme un uppercut supplémentaire dans mon ventre. Elle se dirige vers l'allée, grimpe dans mon pick-up et claque la portière si fort que j'ai peur qu'elle ne tombe.

Je me déplace au ralenti, comme si l'air autour de moi était boueux. Je m'installe derrière le volant et je mets le contact. Elle est assise le plus loin possible de moi, les bras croisés, les jambes serrées, la mâchoire crispée. Il y a moins d'une heure, j'étais en elle et elle m'y a accueilli. Je ne sentirai plus jamais ça.

Mes murailles commencent à se fissurer.

– Margot, écoute. Je…

– Tais-toi. Ne prononce pas mon nom, ne me parle pas, ne me regarde même pas.

Je pousse un soupir, je fais marche arrière et quitte l'allée. Je devrais être soulagé de voir qu'elle ne pleure plus, qu'elle ne me rendra pas les choses plus difficiles, apaisé de savoir qu'elle va bientôt rentrer dans son joli monde et oublier mon existence.

C'est exactement ce que je voulais, pas vrai ?

CHAPITRE 29

MARGOT

Le trajet de retour vers le cottage est une agonie. Je n'arrive pas à croire qu'il se comporte de cette façon. J'ai la tête qui tourne.

C'était juste du cul.

Vraiment ?

Mais il a attendu trois ans. C'est lui qui m'a draguée. Il m'a demandé de rester. Il s'est confié. Il a partagé avec moi des sentiments profondément personnels. Ce n'est pas juste du cul ! D'où vient ce soudain revirement ? Je réfléchis pour essayer de comprendre ce qu'il s'est passé.

Ainsi, il a juste fait semblant d'être un mec bien ? Est-ce que cet abruti à côté de moi est le vrai Jack Valentini ? Est-ce que cette semaine, il a fait semblant tout du long, juste pour coucher avec moi ? Je trouve cela difficile à croire, mais je suis perdue. Deux heures plus tôt on riait, on s'embrassait, on parlait.

Qu'est-ce qui est allé de travers ? Est-ce que tous les hommes sont des bâtards manipulateurs ? Je ne peux pas croire que Jack ressemble à Tripp.

Faire l'amour dans son chalet a peut-être été difficile pour lui. Qui sait ? il a peut-être eu l'impression de trahir sa femme.

Il se sent peut-être coupable d'avoir tant aimé ça. Malgré ce qu'il a dit, il y a vraiment eu quelque chose de différent ce soir. C'était plus intense, plus authentique, plus grand. C'était *bon*.

Je l'ai senti et je suis certaine que lui aussi. Je lui jette un regard à la dérobée : son expression et son langage corporel sont butés, comme d'habitude. Mais il y a autre chose… Sa main droite tapote nerveusement sa cuisse.

Je ne l'ai jamais vu faire ça. Quelque chose l'a bouleversé. Inquiété, voire terrifié.

C'est ça.

Je comprends tout d'un coup. Sa plus grande peur : tourner la page.

Peut-être que c'est ce qu'il a fait, et ça l'a horrifié.

Une légère tristesse tempère ma colère. Pourquoi se torture-t-il de la sorte ?

Pourquoi ne se pardonne-t-il pas ?

Pourquoi ne passe-t-il pas à autre chose ?

Pourquoi ne veut-il pas que je l'aide ?

Pourquoi est-il toujours si fidèle à cette souffrance ? Et après tout ce qu'il m'a raconté, il croit vraiment que je ne peux pas comprendre ce qu'il se passe ? Mais, comment peut-il penser ça ?

J'ai envie de le secouer. De l'étreindre. De lui hurler dessus. De le supplier. De l'accuser jusqu'à ce qu'il admette la vérité : il ressent quelque chose pour moi.

Mais à quoi bon ? Il ne l'acceptera jamais. Plus j'insisterai, puis il risque de se retirer en lui-même. C'est sans espoir. Jusqu'à ce qu'il prenne la décision consciente d'avancer, je ne peux rien faire. Et si les derniers jours ne suffisent pas à le convaincre, je dois me faire à l'idée que cela n'arrivera peut-être jamais. Je refoule mes larmes et je pose la main sur la poignée de la portière avant même qu'il soit garé devant le cottage.

– Margot.

Je me fige. Je refuse de le regarder.

– Je voudrais juste… que tu saches. J'ai… (Il peine à trouver ses mots.) J'ai passé un bon moment avec toi.

– Incroyable.

Je lui lance un regard noir. J'ai l'impression qu'il m'a giflée.

– Tu es sérieux ? Ça alors, c'est tout ce que tu trouves à me dire ?

Il redresse le menton.

– Que veux-tu que je te dise ?

– Je veux que tu admettes la vérité, Jack ! je m'écrie tout en maudissant les larmes qui coulent sur mes joues. (Depuis quand suis-je aussi émotive ?) Tu ressens quelque chose pour moi et tu as peur.

– Ne me dis pas ce que je ressens, rétorque-t-il, furieux, tout en s'agitant sur son siège. Tu ne peux pas être à ma place.

– Tu as raison, je ne le peux pas. Ce que je sais, en revanche, c'est que tu choisis d'être comme ça. Enfermé. Malheureux. Solitaire.

Je m'essuie le nez dans le creux de mon poignet et je parle plus bas :

– Tu n'es pas obligé d'être toujours comme ça, Jack. On pourrait être heureux ensemble si tu te donnais la permission de tourner la page.

Il ouvre la bouche pour dire quelque chose, puis il s'interrompt. Il serre le poing.

– Quand je t'ai demandé de rester, tu as dit que tu n'avais pas besoin de promesse.

– Mais c'était vrai ! Et ça l'est toujours. Je ne te demande pas de me promettre quoi que ce soit, Jack. Je te demande de me laisser une chance. C'est tout. Juste une chance.

Mon cœur bat la chamade tandis que je le vois peser mes mots contre ses certitudes. Ses lèvres tremblent et il ferme la bouche. Il fronce les sourcils. Il fléchit les doigts. Je vois bien qu'il bataille, il a envie de me donner raison, mais cette tentation se heurte à la force d'une conscience coupable. Qui va gagner ? Nos regards se croisent et pendant une fraction de seconde, j'ai impression qu'il me choisit.

Mais ce n'est pas le cas. Il détourne les yeux.

– Je n'ai pas de chance à te donner.

Dévastée, je descends du pick-up et cours vers le cottage, suffoquée par les larmes. Je referme la porte derrière moi, la verrouille et me précipite dans ma chambre. Je me jette sur le lit, attrape l'oreiller sur lequel il a dormi et sanglote pendant des heures.

Je pleure sur Jack, sur la vie qu'il mène et celle qu'il perd. Je pleure sur moi, parce que je n'ai pas réussi à le faire changer d'avis, parce que je n'ai pas suffi. Je pleure à l'idée de rentrer chez moi et d'essayer d'oublier que nous nous sommes rencontrés, que nous nous sommes embrassés, que nous nous sommes touchés.

Et je pleure sur ce qui n'arrivera jamais, cette chance qu'il ne me donnera pas.

CHAPITRE 30

MARGOT

Je ne dors pas de la nuit. Même après avoir cessé de pleurer, les questions tournent en boucle dans ma tête. Est-ce ma faute ? Me suis-je montrée trop insistante ? Ai-je précipité les événements ? Ai-je imaginé des choses entre nous qui n'existaient pas ? Suis-je folle d'être bouleversée à cause de quelqu'un que je connais depuis une semaine ?

Est-ce que le sexe était tellement bon que ça a obscurci mon jugement ?

Viennent ensuite les *peut-être*. Peut-être que je me suis fait des films. Peut-être qu'il ne m'a attirée que parce qu'il était l'exact opposé de Tripp. Peut-être que cette liaison n'est qu'une rébellion contre les règles familiales. Peut-être que je vais rentrer chez moi et comprendre qu'il n'aurait jamais trouvé sa place dans ma vie ni moi dans la sienne, et que c'est une bonne chose que nous ayons rompu.

Mais il y a aussi les *et si ?*

Et si j'étais venue ici pour une bonne raison ? Et s'il était la pièce manquante de ma vie ? Et si je refusais de lâcher l'affaire aussi vite ? Et s'il avait besoin de moi pour l'aider à guérir ? Et si je ne rencontrais plus jamais personne pour qui je ressentirais une telle passion ? Et si nous étions supposés être ensemble ?

L'anxiété mentale et émotionnelle est trop importante. J'ai besoin de retrouver la familiarité de ma maison, de me sentir ancrée quelque part. À six heures du matin, je fais mes valises, laisse un message pour la gérante avec la clé sur le comptoir, et je rentre chez moi.

Durant les deux heures du trajet, j'avale plusieurs cafés dégueulasses dans les stations-service et je tourne en boucle le souvenir de son rejet dans ma tête. J'ai l'impression de revivre la rupture avec Tripp ! C'est quoi, mon problème ? Pourquoi est-ce que personne ne veut de moi ? Suis-je fondamentalement détestable ? La perspective d'un avenir avec moi est-elle si terrible que ça ? Est-ce que je pue ? Je renifle mes aisselles.

Puisque mon déodorant semble efficace, ça doit être autre choseUne fois revenue chez moi, je suis convaincue que je ne vaux rien et que je suis répugnante.

Je laisse tomber mes valises près de la porte, me dirige tout droit vers ma chambre, troque mon short et ma blouse contre un pyjama et me mets au lit. Mais j'ai bu tellement de café pendant le trajet que je suis incapable de dormir. Je reste allongée, de plus en plus abattue, jusqu'à ce que je finisse par céder et téléphoner à Jaime.

– Salut. Alors, la vie à la ferme ? Tu as déjà eu tes quatre orgasmes aujourd'hui ?

– J'en suis loin. Je ne suis même plus à la ferme.

J'imagine le soleil en train de se lever au-dessus du lac, éclairant les chevaux dans le pré et créant des ombres derrière l'écurie, parfaites pour s'embrasser. Jack est-il réveillé ? Est-ce qu'il a dormi ? Et s'il est déjà au boulot, est-ce qu'il se rappelle les fois où je l'ai aidé ?

– Que s'est-il passé ? Tu as l'air malheureuse.

– Je le suis. (Je ferme les yeux.) Je ne devrais peut-être pas, mais c'est comme ça.

– Tu veux en parler ?

– Oui. Où est Claire ? On peut déjeuner ensemble ?

– Merde, je suis prise. Et Claire visite des maisons cet après-midi. On va picoler après le boulot ? 18 heures ?

– Où ça ?

– Le bar du Marais ? Je suppose que tes Martinis t'ont manqué.

– Pas vraiment, je réponds, morose.

– Dis donc Margot, tu es vraiment déprimée. Je vais envoyer un texto à Claire.

– OK. Peux-tu me rendre un service ?

– Tout ce que tu veux.

– Peux-tu appeler Georgia Valentini et lui dire que j'ai dû rentrer subitement chez moi, mais que je la rappellerai demain ? Je t'envoie son numéro.

Je suis incapable de lui parler tout de suite.

– C'est comme si c'était fait. Maintenant, va te faire masser. Ou va te faire faire une manucure-pédicure. Ou un brushing ! Ça te remonte toujours le moral.

– Ça va aller. Je suis juste fatiguée. (Ce n'est pas exactement un mensonge.) Je vais faire une sieste. On se voit ce soir.

Je raccroche, je lui envoie le numéro de Georgia par texto puis je balance mon téléphone. Je n'ai aucune envie de me faire masser, ni de me faire faire une manucure ou un brushing. Rien de tout cela ne me fera du bien, et je me sens même superficielle à l'idée d'être ce genre de personne, celle qui a besoin de se faire régulièrement chouchouter. Pourquoi est-ce que je n'utilise pas mon argent pour faire des choses qui ont du sens ? Qu'est-ce que je fous de ma vie ? Est-ce que je contribue, ne serait-ce qu'un peu, à l'intérêt général ? Des millions de gens vivent dans la pauvreté et je ne fais rien pour les aider ! Pas étonnant que personne ne m'aime !

Je me roule en boule, les genoux remontés sur la poitrine.

– Je suis une personne terrible et je ne sers à rien, je marmonne dans l'oreiller. Ma vie n'a aucun sens.

Je finis par avoir faim et je descends dans la cuisine. Mais même le contenu de mon frigo me déprime : du fromage à l'aspect suspect, du lait périmé, un bocal de cornichons, des citrons pourris et des boîtes de bouffe à emporter au contenu mystérieux. Quant au congélateur, il ne contient que des glaçons, une bouteille de gin et des repas pour une personne qui prouvent que je suis célibataire et incapable de cuisiner.

– Voilà ma vie, dis-je en voyant des nuages d'air froid s'élever du freezer. Du gin, de la solitude et de la cuisine allégée.

On dirait une chanson country.

Je finis par dénicher un paquet de crackers dans le placard, paquet qui doit certainement traîner ici depuis une fête en 2014, et je les mange, assise sur le sol de la cuisine. Ils sont mous et sans goût. Je renifle le fromage et décide que je ne suis pas désespérée à ce point, du coup je mange tous les cornichons. Après ça, je me recouche et je me cache sous les couvertures, où je finis par m'endormir.

La sonnerie de mon téléphone me réveille vers 17 heures. *Georgia Valentini*. Je me mordille la lèvre inférieure en me demandant si je dois décrocher. Vais-je arriver à faire semblant d'être normale ? L'ancienne Margot n'y aurait pas réfléchi à deux fois. Est-elle toujours en moi quelque part ?

Je fais de mon mieux pour la conjurer.

– Allô ?

– Oh, bonjour Margot. Je pensais tomber sur ta messagerie. Ton associée m'a appelée un peu plus tôt pour me prévenir que tu avais un problème familial. J'espère que tout va bien.

Georgia a l'air inquiet et je me sens coupable d'avoir menti.

– Oui, tout va bien. Plus de peur que de mal.

Juste ma crise existentielle personnelle.

– Ravie de l'entendre. Je voulais te dire à quel point nous te sommes reconnaissants d'avoir pris le temps de venir ici et de donner une impulsion à nos projets. Tu as fait tes recherches, tu étais prête, tu as appris à nous connaître et tu t'es montrée vraiment formidable.

– Merci.

– Et tu nous as inspirés pour que l'on essaie de réaliser notre rêve de restaurant. Même si nous n'obtenons pas la maison des Oliver, nous sommes bien décidés à ne pas nous laisser abattre.

– Je suis ravie de l'entendre. Des nouvelles à propos de la maison ?

– Rien de bien vraiment encourageant. Mais on va faire faire des devis pour les travaux, et Brad est en train de monter un dossier pour demander un prêt.

– Je croise les doigts pour vous.

– C'est sympa, merci. (Un silence.) Margot, j'espère que tu ne prendras pas mal si je te demande si tout va bien ? Tu n'as pas l'air dans ton assiette.

Je soupire.

– Ça va. Enfin, ça ira. Je suppose.

Elle émet un petit rire plein de compassion.

– Ce n'est pas très encourageant.

– C'est juste que… j'espérais quelque chose que je n'aurais pas dû.

– Je comprends. Margot, il est triste lui aussi, fait-elle après quelques secondes.

– J'en doute fort.

– Pourquoi ? demande Georgia sur un ton sincèrement surpris.

– Parce que c'est lui qui a rompu. Il ne veut pas de moi. Il ne veut pas assez de moi.

Elle soupire, exaspérée.

– Bien sûr que si. Je le vois. Mais il est tellement têtu comme une mule.

– Quoi qu'il en soit, ce qui est fait est fait. Et c'est ce qu'il voulait.

– Je suis désolée, Margot. J'aurais vraiment voulu que les choses se passent autrement.

– Moi aussi.

Maintenant, il faut vraiment que je raccroche avant de me remettre à pleurer comme une madeleine.

– Au revoir.

Je me demande comment elle sait que Jack est triste. Est-ce qu'il pleure dans sa tasse de café ? Est-ce qu'il s'est montré désagréable avec elle ? Est-ce qu'il l'a engueulée ? À cette idée, je suis prise de colère. Comment ose-t-il se comporter méchamment envers les autres ! Il est le seul responsable !

Parfaitement déprimée, je me dirige vers la salle de bains et jette un coup d'œil dans le miroir. Beurk. Mes cheveux sont tout emmêlés, mon visage est gonflé et mes yeux sont cernés et rougis.

– Tu sais quoi ? dis-je à mon reflet. Ça, c'est la vraie moi, et si les gens ne l'aiment pas, qu'ils aillent se faire foutre.

Je m'attache les cheveux en queue-de-cheval, j'enfile un jean et mon T-shirt de la fac, des chaussettes et des baskets. Je ne me sens pas du tout comme l'ancienne moi, alors à quoi bon lui ressembler ?

La Mercedes ne va pas vraiment avec ma nouvelle image, mais je réglerai ce problème demain.

***

– Waouh, fait Jaime. Voilà un look bien différent.

Je suis arrivée au bar la première et je me suis installée sur l'un des canapés en velours placés le long du mur. Mes amies sont assises en face de moi.

– Je me sens différente, je rétorque sèchement. Je ne vois pas pourquoi je n'en aurais pas l'air.

– Tu as raison, répond-elle sur un ton faussement joyeux, tout en jetant un regard à la dérobée à Claire. Tu veux bien nous expliquer ce qu'il se passe ?

– Ce qu'il se passe, c'est que je suis parvenue à la conclusion que ma vie est absurde.

– Margot, qu'est-ce que tu racontes ? demande Claire, surprise. Ta vie n'est pas absurde. Pourquoi dis-tu une chose pareille ?

– Parce que c'est la vérité, réponds-je en portant mon Martini gin hors de prix à mes lèvres.

Après avoir réfléchi pendant quelques minutes, j'ai décidé qu'une vie absurde n'est pas une excuse pour boire de l'alcool bon marché.

– Je ne contribue pas à la société. Le monde est rempli de choses terribles comme la pauvreté, la faim, la maladie, la maltraitance et je ne fais rien. Je vais vivre et mourir et l'humanité ne s'en portera pas mieux.

– Waouh, commente Jaime de nouveau tandis que la serveuse approche. Attends, j'ai besoin de boire un verre pour digérer tout ça.

Claire et elle commandent leurs apéritifs et elle se rassied.

– Bon. Que s'est-il passé ?

Je ne sais même pas par où commencer.

– Est-ce à cause de l'agriculteur ? demande Claire, perplexe. Jaime m'a tout raconté, mais aux dernières nouvelles, ça se passait bien.

– Ça se passait bien, dis-je en avalant une gorgée de mon verre. Mais je suppose qu'il s'est soudain rendu compte que je suis une citadine pourrie gâtée et égocentrique.

– Non mais ce n'est pas vrai, fait Jaime en levant les yeux au ciel et en se penchant vers moi. Est-ce que je dois te rappeler tout le boulot que tu abats gratuitement tandis que j'essaie de payer les factures du bureau ? Tu es la personne la plus généreuse que je connaisse, Margot !

Claire acquiesce.

– Tu es tout le temps en train d'assister à des déjeuners de charité et te porter bénévole pour plein de trucs. Je ne sais même pas où tu trouves le temps !

– D'accord, ta famille est pétée de thunes, admet Jaime, mais il y a bien des raisons pour lesquelles l'hôpital possède une aile Lewiston et le musée une galerie Thurber. C'est parce qu'ils donnent beaucoup d'argent.

– Tu te rappelles l'année dernière, quand j'ai évoqué la collecte de fonds dans mon école pour la famille qui avait tout perdu dans un incendie ? demande Claire. Tu étais la première à faire un chèque, et je sais de source sûre que c'était le plus gros.

– Mais tout ça, c'est impersonnel, je me plains. Je n'ai pas l'impression de faire quoi que ce soit d'utile à part signer des chèques. Et je mène une vie complètement protégée. Je ne sais même pas tondre une pelouse, changer un pneu ou faire griller un steak !

– Et alors ? Quel est le problème ? Tu es une bonne personne, Margot.

Jaime se penche vers moi pour poser la main sur mon poignet.

– Tu es généreuse, intelligente, drôle, brillante et tellement belle.

Je hausse un sourcil.

– Oui, bon, d'accord, aujourd'hui tu n'es pas au sommet de ta beauté, concède-t-elle, mais de manière générale, tu es une femme inspirante.

– Mais alors, pourquoi ne veut-il pas de moi ?

Je ferme les yeux et je sens soudain des larmes mouiller mes cils.

– Pourquoi est-ce que personne ne veut de moi ?

– J'espère bien que tu n'es pas en train de parler de Tripp, fait Jaime. Tu as assez perdu de temps avec lui. Quant à Jack, je n'en sais rien, ma chérie. (Sa voix se radoucit.) Peut-être qu'il n'est pas prêt à te vouloir. Peut-être qu'il aime toujours sa femme.

– C'est possible. Mais ce n'est pas l'impression que j'ai. Il a parlé de l'amour qu'il ressentait pour elle, et je suis bien persuadée que quand elle est morte, il a eu le cœur brisé. Mais il n'a jamais dit quelque chose du genre « Je l'aimerai toujours ». D'un autre côté, je poursuis tristement, il a quand même dit qu'il ne se remarierait jamais.

– Pourquoi ça ? demande Claire.

Je soupire.

– Il dit qu'il sait ce qu'il a eu, et que ça ne se produit pas deux fois.

– Il est peut-être fou, fait Claire en me tapotant le bras. Parce que je ne comprends pas qu'un homme ne saute pas sur l'occasion de sortir avec toi.

– C'est pourtant ce qu'il a fait.

Je soupire et porte mon verre à mes lèvres.

– Je ne sais plus où j'en suis. J'étais vraiment amoureuse de lui vous savez, les filles.

– Si vite ? demande Jaime pendant que la serveuse pose leurs verres sur la table.

– Oui. Au départ, j'ai juste pensé que c'était purement physique, mais…

Je frissonne en me rappelant la nuit où il a exposé son âme troublée.

– C'était aussi émotionnel. Et c'était super, en tout cas pour moi.

– Alors pourquoi est-ce qu'il a rompu ? demande Claire.

– Honnêtement, il ne m'a donné aucune raison. On a passé une super journée hier et puis… Hier soir, on a fait l'amour sur le sol de son salon, où il vivait avec sa femme, et c'était incroyablement intense. Et juste après, il m'a larguée. Il a dit qu'il n'aurait jamais dû commencer quoi que ce soit.

– Ah, ah. Tu lui as fait peur, fait Jaime, sur un ton assuré. Avant de rencontrer Quinn, je faisais tout le temps ça. Tant que ce n'était que du cul avec un mec, ça allait, mais dès qu'il y avait le risque de s'attacher, je me barrais.

– Tu as même essayé de faire ça avec Quinn, lui rappelle Claire.

Jaime acquiesce.

– Absolument. Et je n'avais pas les bagages émotionnels de Jack. Il a peut-être juste besoin d'un peu de temps et de distance. De voir les choses sous un autre angle. Je sais que moi, c'est ce dont j'avais besoin.

– Peut-être, dis-je. Mais nous avons échangé des paroles très dures hier soir. Je lui ai demandé de manière très claire de me donner une chance et il a refusé.

– N'abandonne pas. Il pourrait te surprendre.

Jaime boit une gorgée de son cocktail.

– Et s'il ne le fait pas, c'est tant pis pour lui parce que tu es une fille géniale.

– Et forte, renchérit Claire en me tapotant de nouveau le bras. Tu es l'une des femmes les plus fortes que je connaisse.

– Ce n'est pas vrai, réponds-je, en ayant l'impression d'être une imposture. J'ai passé toute ma vie à faire ce que l'on m'a dit de faire, à jouer le rôle de la fille dévouée et de la débutante en société. Il n'y a pas une seule décision que j'ai prise toute seule dont je sois fière. Je n'ai jamais pris un seul risque de ma vie.

– Bien sûr que si, affirme Jamie, loyale. Tu as démissionné pour travailler avec moi. C'était un risque.

– Pas vraiment.

Il n'est pas question qu'elles arrivent à me persuader de me trouver des qualités.

– Je savais que je ne serais jamais pauvre.

– Quand Tripp a dit qu'il ne voulait pas t'épouser l'année dernière, tu l'as largué. Et tu as refusé sa proposition l'autre jour, même si une partie de toi avait envie de dire oui, ajoute Claire. Ce n'était pas facile.

– Ah non, je n'ai jamais eu envie d'épouser cet abruti. C'est la bague qui me plaisait, ce qui prouve que je suis une femme superficielle.

– Tu devrais être fière comme tout de lui avoir balancé ces scones à la figure. Moi, je suis fière de toi. J'aurais vraiment aimé être là, dit Jaime en secouant la tête.

Je m'accorde un tout petit sourire.

– Oui, d'accord, je suis fière de ça.

– Tu vois ? Et tu peux encore changer des choses dans ta vie. Tu n'es pas obligée de faire ce que tu n'as pas envie de faire, poursuit-elle. Si tu ne veux plus travailler avec moi, dis-le, on se débrouillera.

– Non, je veux continuer à bosser avec toi. J'aime ça. J'aime aider les gens à réaliser leur rêve. (Je soupire et je termine mon verre.) N'allez pas croire, j'aime bien ma vie. J'aime ma famille, mes amis, mon travail. Et je mentirais si je disais que c'est compliqué d'être moi. Ce n'est pas vrai. Je ne manque de rien, hein ? Ce serait égoïste de ma part de vouloir plus que ce que j'ai déjà, non ?

– Margot, tu as le droit de vouloir partager ta vie avec quelqu'un, dit Claire. Personne ne pense que tu es égoïste parce que tu veux aimer quelqu'un qui t'aime en retour.

J'ai de nouveau une boule dans la gorge.

– Je le veux vraiment. Et même si ça a l'air complètement dingue, j'ai le sentiment que Jack aurait pu être cette personne. Je suis tellement frustrée et triste qu'il ne le voie pas.

Mes amies me lancent un regard compatissant.

– J'aimerais pouvoir te donner d'autres conseils, dit Jaime. Mais l'amour est une chose étrange. Quand tu le cherches, il se cache. Et quand tu ne le cherches pas, il te saute dessus et t'assomme.

– Dis-moi quelque chose que je ne sais pas, fait Claire en terminant son verre. C'est peut-être ça notre erreur, Gogo. On cherche.

Je secoue la tête.

– Je suis désolée, les filles. Je suis au trente-sixième dessous et je monopolise la conversation. Il m'a déçue, mais je survivrai.

Un sourire incertain se dessine sur mes lèvres.

– Pendant que j'étais là-bas, j'ai commencé à dresser une liste des choses nouvelles que j'ai envie de faire.

– Comme une *bucket list* ? demande Jaime en mangeant l'une des olives de son cocktail.

– Non, plus comme une Liste pour avoir une Vie plus Fun et plus Épanouissante.

– Qu'est-ce qu'il y a dessus ? demande Claire en souriant.

– Arrêter d'avoir peur d'avoir bientôt trente ans. Faire de l'équitation. Apprendre à cuisiner. M'investir dans le Mouvement pour la Justice Alimentaire. Me faire tatouer.

Ce dernier sort de nulle part, mais aussitôt qu'il a franchi mes lèvres, je sais que c'est la vérité.

– Waouh, fait Jaime pour la troisième fois. C'est une toute nouvelle Margot. Que s'est-il passé là-bas ?

– Ce n'est pas juste le lieu, réponds-je. La semaine a été intense, c'est vrai, mais en regardant ce qui s'est passé cette année, et peut-être même plus tôt, je pense que tout cela était en germe depuis longtemps.

Jaime acquiesce et lève son verre.

– À des vies plus fun et plus épanouissantes.

Claire et moi levons nos verres et trinquons. Je me sens mieux, je suis reconnaissante à mes amies de me remonter le moral, mais un petit morceau de mon cœur pleure toujours Jack. Et peut-être qu'il le pleurera toute ma vie.

CHAPITRE 31

JACK

Le matin qui suit ma rupture avec Margot est ensoleillé et chaud. Cela m'irrite profondément ; j'aurais voulu que le temps soit à l'unisson de ma mauvaise humeur. Je travaille plus lentement, je suis fatigué et tendu. Je ne retire aucune fierté de mon job. Aucun sentiment de contentement ou d'accomplissement. Je n'ai aucun espoir que la journée m'apporte une quelconque satisfaction.

Rien que du vide.

J'ai passé toute la nuit à me détester pour ce que j'ai fait. Mais je n'ai pas d'autre choix. Je sais depuis le début que je ne peux pas l'avoir. Ça n'a pas d'importance que Margot soit prête à me donner une chance… Je ne peux pas la prendre, voilà tout. Et elle mérite quelqu'un d'entier, de parfait, quelqu'un qui lui ressemble. Elle ne devrait pas perdre cette chance avec moi. Je suis trop brisé, trop abîmé.

Dieu sait pourtant que j'aurais pu l'aimer. Facilement. Profondément.

Si j'étais quelqu'un d'autre, si ma vie était différente, si je l'avais rencontrée plus tôt. À quoi ressemblerait cette vie alternative ? Serions-nous mariés ? Aurions-nous des enfants ? Pendant un instant, je m'autorise à imaginer un petit garçon aux cheveux bouclés comme Cooper et une petite fille qui aurait eu ses cheveux blonds et ses yeux bleus.

Je déglutis en m'imaginant les border le soir, leur lire une histoire, accepter de leur chanter une chanson supplémentaire, de leur faire un bisou de plus, encore un câlin. Après quoi, je partagerais avec Margot le reste de la nuit, mes pensées, mon corps et mon âme.

J'aurais pu prendre soin d'elle, et de tant de manières. Nous sommes différents mais peut-être que nos différences se seraient complétées. Nous aurions fini par nous emboîter comme deux pièces d'un même puzzle. Elle est cultivée et s'y connaît en business ; je suis fort et j'ai du bon sens. Elle a un don avec les gens ; j'ai un don avec la nature. Je sais faire pousser les plantes ; elle sait les vendre. Elle est aimable alors que je suis mal dégrossi, bavarde alors que je suis taciturne, sociable alors que je suis un animal solitaire.

J'aurais pu l'aimer.

La protéger. La chérir. J'aurais pu faire pour elle tout ce qu'elle ne sait pas faire, lui apprendre des choses, lui montrer ce qu'elle n'a jamais vu. Et elle aurait pu être mon lien vers le monde extérieur, elle m'aurait offert le refuge dont j'ai besoin. Elle aurait pu m'apprendre des choses aussi : sur l'art, sur la littérature, sur l'histoire. Des choses qui ne m'ont jamais intéressé mais que je veux apprendre.

J'aurais pu l'aimer.

J'aurais pu la laisser m'aimer. J'aurais pu être père. J'aurais pu être heureux.

Au lieu de ça, je suis seul. Mais au moins, c'est mon choix.

***

Je n'ai aucune envie de me rendre chez Pete et Georgia ce matin puisqu'ils risquent de me poser des questions sur Margot, mais je n'ai plus de café et j'ai trop besoin de caféine. Dès l'instant où je franchis la porte d'entrée, je montre très clairement que je n'ai pas envie de parler.

– Bonjour, Jack, fait Georgia quand je pénètre dans la cuisine.

Elle est en train de donner son petit déjeuner à Cooper. Je lui réponds par un vague marmonnement avant de traverser la pièce pour aller me servir une tasse. Même cette satanée cuisine me rappelle Margot. Je la vois assise au comptoir la nuit dernière (la nuit dernière !), devant son verre de vin, son assiette, en train de rire en jouant aux cartes. *On aurait peut-être pu vivre ici.*

– Quoi de neuf, aujourd'hui ?

– Rien.

Elle pourrait donner à manger à notre bébé à cette même table.

– Est-ce que Margot et toi êtes montés, ce matin ?

– Non.

On pourrait faire du cheval tout le temps.

– C'est un temps idéal pour le faire.

– Je n'ai pas le temps, je rétorque sèchement.

Mais elle a raison, il fait un temps idéal. *Je m'apprêtais à l'emmener camper ce soir.*

Elle me jette un regard surpris.

– D'accord. C'était juste une idée comme ça.

J'avale vite mon café : il me brûle la gorge et je suis ravi de souffrir. Je me demande si Margot dort toujours, si elle est rentrée chez elle ou si elle va rester un peu dans le coin. J'espère qu'elle va partir… Si je sais qu'elle est là, je pense que je ne pourrais pas m'empêcher d'essayer de la voir et je dois me tenir loin. Il le faut.

– Est-ce que Margot et toi voulez faire le marché demain ? J'ai l'impression qu'elle s'est vraiment bien amusée l'autre jour.

– Non.

Georgia me lance un coup d'œil, un peu plus appuyé cette fois-ci.

– Est-ce que tout va bien ?

– Oui.

Mais c'est un mensonge.

Je ne peux pas m'empêcher de penser à elle. Quoi que je fasse, quelque chose me rappelle son souvenir : le poulailler, l'écurie, le pré. Les bois, le lac, le chalet. Je fais un saut à la quincaillerie et l'habitacle de mon pick-up sent son odeur. Sur un coup de tête, je vais jusqu'au cottage, en me promettant de ne pas frapper, juste pour voir si sa voiture est là.

Elle ne l'est pas. À sa place est garé un mini-van. Quand je passe devant, je vois sortir une femme avec un seau plein de produits ménagers.

Elle est partie.

Je m'en veux d'être déçu. Je suis agacé par la façon dont mon cœur se serre. Je suis alarmé par la douleur que j'éprouve.

C'est quoi, mon problème ? C'est mieux ainsi, n'est-ce pas ? Je ne veux pas qu'elle reste ici et qu'elle me tente. Je suis content qu'elle soit partie, qu'elle soit hors de portée et hors de ma vie.

Un peu plus tard ce jour-là, j'emmène Cooper au parc en espérant que ça allégera mon humeur, mais même le parc me rappelle Margot. Bon sang, elle ne quittera jamais mon esprit ? J'ai pourtant fait ce qu'il fallait ! Quand obtiendrai-je un peu de paix en retour ?

Cette nuit-là, je suis si fatigué que je m'endors rapidement. Mais je me réveille à deux heures du matin après avoir fait un cauchemar, hurlant et tremblant, les draps trempés de sueur. Je me redresse, le cœur battant furieusement, la poitrine comprimée. Je cherche le danger autour de moi mais il n'y en a pas.

Quand mon cœur reprend son rythme normal, je m'assieds au bord du lit et je reste immobile un moment pour reprendre mon souffle, maudissant ce putain de subconscient qui ne me laisse jamais en paix.

Quelques instants plus tard, j'enlève les draps et je les remplace par des propres. Je songe aux mains de Margot en train de les empoigner avant de les laisser froissés et emmêlés. Je songe à son corps. Je me recouche et je reste tendu, éveillé, les yeux rivés au plafond. Est-ce que je la reverrai un jour ? Est-ce que je serai capable de l'oublier ? Est-ce que je lui manque autant qu'elle me manque ? Est-ce qu'un jour je vais arrêter de me demander *et si* ?

***

Après quelques jours horribles, je craque et je lui passe un coup de fil.

Il est plus de minuit, ce qui me fait vraiment passer pour un parfait connard, mais je ne peux pas tenir une minute de plus sans entendre sa voix. J'ai pris l'habitude de contempler sa photo sur le site Internet de sa boîte et cette image me rend dingue. Je voudrais que ses yeux bleus me regardent. Je voudrais que son sourire me soit adressé. Je voudrais caresser ses longs cheveux blonds. Je veux sa lumière, son rire et ses lèvres.

Et plus que ça, je veux retrouver les sensations qu'elle m'a procurées : le cœur qui bat, l'estomac qui se noue, le sang qui court à toute allure, tout ce qui me fait me sentir vivant, authentique et viril. Je veux être de nouveau désiré. J'en crève d'envie.

Mais c'est impossible, n'est-ce pas ? Elle n'acceptera jamais de me voir. Pas si je ne m'excuse pas et je n'admets pas que j'ai fait une erreur. Et ça, je m'y refuse. Ça n'a aucune importance que je souhaite que les choses soient différentes – elles ne le sont pas. La vie n'est pas un conte de fées. Je suis une bête qui ne risque pas de se transformer en prince, or elle mérite un prince.

Mais j'ai trop envie d'elle.

Je fais les cent pas à côté de mon lit tout en écoutant la sonnerie. *S'il te plaît, s'il te plaît, réponds, Margot*, je supplie en silence. La messagerie, ce serait bien aussi parce que j'entendrais le son de sa voix, mais je préférerais avoir une conversation. Je veux me sentir proche d'elle de nouveau.

Elle ne décroche pas tout de suite, et mes espoirs commencent à vaciller. Pourquoi devrait-elle te parler, abruti ? Mais la sonnerie s'interrompt soudain, et je l'entends respirer. La chair de poule me parcourt les bras et les jambes.

– Salut, dis-je à voix basse.

– Bonsoir.

– Je n'étais pas certain que tu répondes.

– J'ai failli ne pas le faire.

Sa voix est assourdie, et je me demande si elle dormait. À l'idée d'elle, étendue sous les couvertures, je sens la chaleur monter en moi.

– Est-ce que je t'ai réveillée ?
– Non.
– Tant mieux. Je suis…

Merde. Maintenant que je l'ai au bout du fil, je ne sais plus quoi lui dire.

– Je suis désolé d'appeler si tard.
– Ce n'est pas grave.
– Comment… Comment vas-tu ?

Merde. Question conne.

– Ça va. Et toi ?

Elle ne va pas bien. Je l'entends. Moi non plus.

– Ça va.

Un silence inconfortable s'installe durant lequel je ne pense à rien de ce que je pourrais dire et à dix choses que je ne pourrais pas prononcer, en commençant par *Tu me manques. Tu me manques tellement que je ne peux plus respirer.*

– Est-ce que ça va vraiment ? demande-t-elle.
– Non, admets-je.
– Moi non plus.
– J'ai tellement envie de te voir, dis-je tout à trac. Tu me manques.
– Tu me manques aussi. (Un silence.) Est-ce que… Est-ce que ça veut dire que tu as changé d'avis ?

J'ai tellement envie de répondre par l'affirmative que je suffoque.

– Non.
– Alors je ne peux pas te voir, Jack. Ça ne nous fera du bien ni à toi ni à moi.

– S'il te plaît, je murmure avant d'avoir pu m'en empêcher. J'ai besoin de toi.

– Non. Je vais raccrocher. C'est trop douloureux.

– Non, attends !

Paniqué, je lève une main comme si elle pouvait me voir.

– S'il te plaît, ne raccroche pas, Margot. Tu me manques tellement. Je ne fais que penser à toi toute la journée.

Elle ne répond pas tout de suite et j'entends soudain qu'elle pleure.

– Pourquoi est-ce que tu me fais ça ? J'essaie de t'oublier.

Mon cœur se brise pour nous deux.

– Je suis désolé, Margot. Je sais, je n'aurais pas dû téléphoner. Je suis juste… (Je m'empoigne les cheveux.) Je suis complètement perdu. Je ne sais pas quoi faire.

– Que veux-tu faire ?

Je soupire et m'assieds sur le lit. Ce que je veux est tellement simple.

– Je veux me sentir de nouveau vivant. Je veux ressentir de nouveau ce que j'ai ressenti quand j'étais avec toi.

Elle pleure ouvertement à présent, et c'est une torture de savoir que je ne peux pas la consoler.

Mais les mots ne me viennent pas. Quelque chose en moi les retient. La peur ? La culpabilité ? La honte ? Tout ça à la fois ?

– Jack, je ne peux pas faire ça. Je voudrais vraiment être avec toi, mais à condition que tu sois prêt à avancer. Je ne sais pas ce que tu dois faire pour cela, mais c'est à toi de le trouver.

Elle a raison, évidemment. C'est à moi de trouver la sortie de ce tunnel froid et solitaire. Je reste immobile, enchaîné au passé et incapable de me libérer, même pour elle.

Un moment plus tard, elle me murmure au revoir.

Je balance mon téléphone en jurant et je m'effondre, les coudes sur les genoux, la tête entre les mains. Au lieu de me sentir mieux, je me sens plus mal. Triste et en colère.

Ce que je veux est une chose ; ce que je suis capable de faire en est une autre.

Pourquoi ne s'en rend-elle pas compte ?

CHAPITRE 32

MARGOT

Le peu de progrès que j'ai fait ces derniers jours est balayé par le coup de fil de Jack.

Qu'essaie-t-il de m'infliger ? Et de s'infliger ?

Le ton de sa voix, tendre et pleine de chagrin, ne me laisse aucun doute : il est malheureux. Ce qu'il m'a dit m'a laminée : *tu me manques, je veux te voir, je veux me sentir vivant de nouveau*. C'est une agonie de savoir que nous voulons tous les deux être ensemble et que seul son entêtement nous barre la route. C'est la première fois de toute ma vie que j'ai envie de prendre quelqu'un dans mes bras et de le frapper avec un scone en même temps. A-t-il juste besoin d'un peu plus de temps ?

Mais combien de temps ? Et combien de temps suis-je disposée à attendre ? À un moment, ce ne sera plus de la patience, ce sera juste pathétique d'attendre quelqu'un qui ne voudra jamais de moi.

Il faut que je tourne la page. Que je me ressaisisse et que je trouve quelqu'un qui n'a pas envie de rester seul pour l'éternité. Quelqu'un qui accepte ce que j'ai à lui offrir. Quelqu'un qui reconnaisse que l'alchimie qui existe entre nous est plutôt rare.

Je sens la colère monter.

Je suis furieuse qu'il ne voie pas ce que nous pourrions être l'un pour l'autre. Je m'assieds dans mon lit et j'attrape un mouchoir dans la boîte posée sur ma table de nuit. Il est lâche alors que j'ai besoin qu'il soit courageux. Il est têtu alors qu'il a envie de céder. Je me mouche, je balance le mouchoir sur le sol et j'en attrape un autre.

J'espère que tu es encore plus malheureux que moi, Jack Valentini. Parce que c'est ta faute. Je ne t'ai jamais pressé. Je n'ai jamais insisté. Je me suis juste intéressée à toi, je te déteste d'avoir peur de faire la même chose. Je mérite mieux.

Quand je finis par m'endormir ce soir-là, j'ai le nez irrité, les yeux gonflés et j'ai mal à la tête. Mais j'ai décidé de ne plus perdre une seule minute à pleurer sur lui. C'est triste qu'il pense qu'il ne mérite pas d'être heureux à cause de son passé, mais c'est son choix et pas le mien.

Il y a plein de gens qui n'ont même pas la possibilité de faire ce choix, Jack. Il ne leur arrive jamais ce qui nous est arrivé à nous.

Je te déteste d'abandonner si facilement.

Ma colère bouillonne toute la journée. On est dimanche et je me dis qu'il faut que je m'occupe afin de ne pas penser à Jack. Je passe la journée à faire la lessive, nettoyer le frigo, réorganiser les placards de la cuisine et de la salle de bains, et faire les courses. Ça m'occupe, certes, mais ça ne m'empêche pas de penser à lui. Les vêtements que j'ai portés à la ferme me renvoient à son souvenir. La nourriture et l'alcool aussi. Mon bain moussant et mon shampooing de même. Le rayon légumes du supermarché, idem.

Un peu plus tard dans l'après-midi, je vais à la librairie acheter des livres de cuisine pour débutants. Dans la foulée, j'essaie de préparer un poulet au citron. Il est très bon et me donne une bonne dose de confiance, même si célébrer ce triomphe culinaire toute seule est un peu triste.

Le soir, alors que je suis au lit en train de lire une nouvelle romance que j'ai achetée à la librairie (et que j'ai choisie pour son résumé et pas parce que le mec sur la couverture ressemble à Jack, je le jure), mon téléphone se met à sonner.

Jack Valentini.

Je refuse de répondre. Mais il refuse de s'arrêter de sonner.

– Va te faire foutre, dis-je.

Mais mon cœur est douloureux. J'ai très envie d'entendre le son de sa voix.

Et s'il avait changé d'avis ? S'il m'appelait pour s'excuser ? S'il avait compris que nous méritions une chance ?

J'attrape le téléphone. *Waouh. Reste calme.* Je convoque l'ancienne Margot, je prends une profonde inspiration et j'appuie sur répondre.

– Salut.

– Salut, dit-il d'une voix brisée. Comment vas-tu ?

Sois forte. Ne pleure pas.

– Ça va, je réponds froidement.

– C'est bien.

Un silence. Ma patience s'amenuise.

– Qu'est-ce que tu veux, Jack ?

– Juste entendre le son de ta voix.

Je ferme les yeux et déglutis. Il ne m'appelle donc pas pour s'excuser. Maudit soit-il !

– Pourquoi ? Pour te torturer ?

– Je suppose.

– Je refuse de jouer à ce petit jeu, Jack, fais-je d'une voix un peu tremblante. Si tu veux te rouler dans ta propre souffrance, vas-y, mais je n'y contribuerai pas. C'est trop douloureux.

– Je suis désolé, Margot. Je n'ai jamais eu l'intention de te blesser. Je voudrais tellement être quelqu'un d'autre.

Je me mords la lèvre si fort que je m'attends à sentir le goût du sang sous ma langue.

– Je ne veux pas de quelqu'un d'autre ! Tu es aveugle ou quoi ?

– Tu dis ça maintenant, mais tu ne sais pas ce que ça implique d'être avec moi.

Sa voix se fait plus forte, furieuse même.

– Parce que tu refuses de me le montrer ! Tu n'es qu'un lâche ! Je ne sais même pas de quoi tu as si peur ! Tout ce que je sais, c'est que tu refuses d'être heureux et que du coup, tu m'empêches d'être heureuse aussi.

– Je t'épargne ! s'écrie-t-il.

– Non, c'est toi que tu épargnes ! Il va te falloir du temps pour tourner la page, Jack. Je le sais. Et je sais que ce ne sera pas facile. Mais je serai là pour toi, poursuis-je sur un ton plus doux. Tu ne veux pas essayer ?

Silence.

– Tu ne seras jamais heureuse avec moi.

Je prends une profonde inspiration et je mets mon cœur à nu une dernière fois en espérant qu'il ne va pas le piétiner.

– Donne-moi la chance de te prouver que tu as tort, Jack. Je ne te le demanderai pas une fois de plus.

– Je ne peux pas, murmure-t-il. Je le veux, mais je ne peux pas.

Je perds la bataille contre les larmes, et elles coulent sur mes joues.

– Alors dis-moi au revoir, parce que ça s'arrête là.

– Margot, s'il te plaît…

– Raccroche ! Je hurle. Je veux qu'il soit bien clair que c'est toi qui romps, Jack. C'est toi qui penses que tu ne peux pas m'aimer.

– Bien sûr que je peux t'aimer, Margot, répond-il sans hésiter, la voix pleine de colère. C'est juste que j'estime ne pas le mériter.

Je me force à garder mon calme.

– Alors dis-moi au revoir et raccroche.

Je retiens mon souffle, suspendue à l'espoir ténu qu'il dise quelque chose – n'importe quoi – mais pas au revoir.

Mais il ne le fait pas.

CHAPITRE 33

JACK

Les paroles de Margot me blessent profondément. La vérité fait toujours cet effet-là.

Tu es un lâche.

Tu n'épargnes que toi.

Tu rejettes la chance d'être heureux.

Je suis un lâche. Et un idiot. Et un connard. Je savais que je n'aurais pas dû l'appeler une seconde fois, mais je me sens si seul et si déprimé que je ne réfléchis pas correctement. J'ai mal, je voudrais aller mieux et comme elle est la seule personne qui peut me faire aller mieux, je l'ai appelée.

J'ai agi comme un gosse.

Je ne lui en veux pas de s'être mise en colère et de m'avoir insulté. Une partie de moi l'espérait probablement. Et je m'en veux terriblement. De quel droit lui ai-je téléphoné, lui ai-je dit ces choses, de quel droit l'ai-je blessée de nouveau ? Je n'ai pensé qu'à ma propre souffrance. Mais la sienne est réelle, aussi.

Je l'ai entendue dans sa voix. Je me suis répété des milliers de fois ces derniers jours que mon agonie était le prix à payer pour l'avoir laissée s'approcher de moi, mais quel est le prix qu'elle est en train de payer, elle ? Ça me tue de songer qu'elle est au moins à moitié aussi malheureuse que moi. Est-ce qu'elle pense vraiment que je l'ai quittée parce que je suis incapable de l'aimer ? C'est exactement le contraire !

Allongé sur mon lit, je pose les mains sur mon visage. Que vais-je faire ? Je ne peux pas vivre comme ça, déchiré entre le passé et le futur, entre deux vies, entre deux moi. C'est comme si je me tenais à un carrefour : un chemin ne mène nulle part, c'est une spirale sans fin de solitude et de routine ; l'autre va de l'avant, et même si je n'aperçois pas le bout de la route, je sais qu'il m'offre la possibilité d'être de nouveau heureux.

Que me faudrait-il pour que j'accepte que je mérite une seconde chance ?

***

Quelques soirs plus tard, Georgia m'invite à dîner. J'accepte, heureux de pouvoir échapper à la solitude silencieuse de mon chalet. Brad et Olivia sont là aussi, et après le dîner, nous sortons dans le jardin où mes frères font du trampoline avec leurs enfants.

Georgia et moi nous asseyons sur les rocking-chairs de la véranda. Un whisky à la main, nous regardons Pete essayer de faire un saut périlleux.

– Il va se rompre le cou, dis-je en gloussant un peu.

– Ne dis pas des choses pareilles, fait-elle en me lançant un regard à la dérobée. Mais ça me fait plaisir de t'entendre rire. Tu étais plutôt déprimé cette semaine.

J'avale une gorgée de whisky.

– Ouais.

– Je suis certaine que ce n'est pas la peine que je te pose la question, mais je vais le faire quand même. Tu veux en parler ?

Sur le trampoline, mes frères sautent, rient et prennent des photos de leurs enfants dans les airs.

Moi aussi, je veux vivre cela. Je le veux de toutes mes forces.

– Je vous envie tous, dis-je.

Je la vois opiner du coin de l'œil.

– Je comprends.

– Je pensais que je finirais par vivre dans cette maison, fonder une famille et tout le reste.

– Il n'est pas trop tard, tu sais.

– Tu le penses vraiment ?

– Oui.

Je réfléchis un instant, et je me force à être courageux.

– Georgia, est-ce que je peux te dire quelque chose ?

– Bien sûr.

– Tu sais, j'ai beaucoup réfléchi ces derniers temps. J'ai servi avec des mecs qui ne sont pas rentrés. Des gars plus forts que moi. Plus courageux.

Plus intelligents. Il m'arrive de me demander pourquoi j'ai survécu et pas eux. Y a-t-il une raison à tout ça ?

Elle me regarde sans rien dire.

– Je pensais que c'était pour Steph. Pour la famille qu'on devait fonder. Et quand elle est morte, tout cela m'a paru absurde de nouveau.

– Tu ne penses pas que tu pourrais retomber amoureux ? Avoir des enfants ?

J'hésite.

– Je ne le pensais pas.

– Et maintenant ?

– Maintenant…

Je prends une profonde inspiration et exhale lentement, puis je la regarde droit dans les yeux.

– Maintenant, il y a Margot.

Elle sourit.

– Qu'est-ce qui te retient alors ?

– Plein de choses, fais-je en contemplant les glaçons dans mon verre. J'ai vraiment merdé, Georgia.

– Je sais.

Quelque chose se noue dans ma poitrine.

– Tu lui as parlé ?

Georgia ne répond pas tout de suite : j'ai le sentiment qu'elle ne veut pas trahir la confiance de Margot.

– Oui.

– Je suis sincère quand je dis que j'ai merdé. Je lui ai fait beaucoup de mal.

– Demande-lui pardon.

Ça a l'air simple.

– Et si elle dit non ?

– Et si elle dit oui ? contre Georgia.

– Elle pourrait avoir tellement mieux. Elle pourrait trouver quelqu'un avec de l'argent, de belles voitures et…

– C'est toi qu'elle veut. Crois-moi.

Je la regarde droit dans les yeux et je lui dis la vérité.

– Je suis effrayé.

– Je sais. Et ce ne sera pas facile tous les jours, mais je suis sûre que ça en vaut la peine. Je le sais. Et même si Margot n'est pas la femme de ta vie, tu dois faire ça pour toi. Il est temps.

J'acquiesce. Je laisse ses paroles faire son chemin.

– Ça fera trois ans demain.

– Je sais, répond-elle à voix basse, les yeux pleins de larmes. Mais Jack, elle serait la première à dire que tu ne l'honores pas en refusant de tourner la page.

Elle pose la main sur mon bras.

– Tu utilises le souvenir de Steph pour te punir. Il est temps de la laisser partir. Je sais que c'est douloureux, mais il est temps.

Ma gorge se noue et je suis obligé de détourner les yeux des larmes de Georgia avant que les miennes se mettent à couler.

***

Le jour suivant, je me rends au cimetière. Je m'assieds en face de la tombe, comme d'habitude, j'imagine que Steph est à côté de moi et je me concentre sur le souvenir de sa voix.

– Salut. Il faut que je te parle.

Quoi de neuf ?

Ma gorge se serre.

– C'est dur.

Parle-moi.

Je déglutis.

– J'ai rencontré quelqu'un.

Bien.

– C'est vraiment bien ?

Pourquoi est-ce que ça ne le serait pas ?

– Parce qu'à cause d'elle, je doute de moi. Je remets en question des choses que j'avais décidé de ne jamais faire.

Du genre ?

– Du genre refaire ma vie avec quelqu'un, retomber amoureux. Passer ma vie avec quelqu'un au lieu de rester seul.

Ça a l'air sérieux. À quoi ressemble-t-elle ?

– Elle est impossible. Pourrie gâté. Une citadine qui sait tout.

Un rire résonne entre les tombes.

Quelqu'un t'a enfin remis à ta place, hein ?

– Elle adore essayer. (Je prends une inspiration.) Elle est gentille, intelligente et belle. Elle me fait rire.

Tu as des sentiments pour elle ?

– Oui, mais… je ne sais pas si je veux les accepter.

Pourquoi ?

– Ça me rend dingue qu'elle ne te ressemble pas du tout. Je me sens coupable… comme si je trahissais ta mémoire en tombant amoureux de quelqu'un qui est tout le contraire de ce que tu étais.

Tu ne me trahis pas, Jack. Je veux que tu tournes la page et que tu sois heureux.

Les larmes coulent sur mes joues. Je pose mon index et mon pouce sur mes paupières.

– Moi aussi, je veux être heureux, c'est juste que je n'y arrive pas. Comment faire pour y parvenir sans me sentir éternellement coupable ? Comment faire sans avoir l'impression de te trahir ?

Eh bien, la première chose à faire, c'est de retourner voir le psy. Il est temps que tu admettes que tu as arrêté d'y aller parce que ça t'aidait et que tu n'avais pas envie d'aller mieux.

Je cille. Je n'avais jamais envisagé cela de cette manière. Dans mon esprit, j'ai arrêté de consulter parce que c'était trop douloureux de parler de mes sentiments. Est-ce que Steph a raison ?

Ai-je manqué de courage ? Ai-je saboté volontairement ma guérison ?

Tu sais que j'ai raison. Ensuite, il faut que tu vides le chalet. Donne mes fringues. Jette mes affaires. Enlève mes photos du mur. Ou mieux encore, déménage. Tout ça fait partie de la prison que tu t'es créée et tu sais quoi ? Elle m'emprisonne, moi aussi.

J'ai l'impression d'avoir été frappé à l'estomac.

– Quoi ?

Tu as très bien entendu. Il est temps de me laisser partir, Jack.

J'ai la chair de poule. Je sens mes cheveux se dresser sur ma nuque.

– Mais je…

Ne discute pas. Si tu m'as aimée…

– Tu sais très bien que oui. Plus que quiconque. Tu as été l'amour de ma vie, Steph.

J'ai été l'amour de la vie que tu menais à l'époque, Jack. J'ai été ton premier amour… Mais je ne serai pas le dernier.

La brise fait bruisser les arbres tandis que je laisse ses paroles faire leur chemin et dissoudre les derniers doutes qui subsistaient en moi. Elle me rend ma liberté, et il faut que je fasse la même chose pour elle. J'ai l'im-pression que l'on m'a ôté un poids de la poitrine.

– Tu as raison.

Bien sûr que j'ai raison. J'ai une dernière requête : appelle cette femme et invite-la à dîner. Elle est certainement très malheureuse et en train de se demander ce qui se passe dans ton épaisse caboche. Je la comprends parfaitement : tu me rendais dingue, moi aussi.

– Je suis désolé, Steph. Pour tout.

Je sais. Je te pardonne. Tu es prêt ?

J'acquiesce.

– Je pense. Je ne peux pas dire que je n'ai pas peur, mais je crois que je sais ce que je dois faire.

Bien. Va vivre la vie que tu es censé mener. Tu as beaucoup d'amour à donner, Jack Valentini. Ne l'oublie jamais.

– D'accord, je murmure, en tremblant de tout mon corps. Steph… merci. Tu es un ange.

J'attends sa réponse, mais elle a disparu. Je ressens son absence aussi fortement que je ressentais sa présence quelques secondes plus tôt. Quelque part, je sais qu'elle ne reviendra pas.

Je dépose un baiser sur le bout de mes doigts, pose la main sur la stèle et lui dis au revoir.

***

Un peu plus tard ce soir-là, debout dans ma chambre, je regarde autour de moi. C'est la même pièce que d'habitude, mais je la trouve différente. Pour la première fois, je la vois pour ce qu'elle est : une prison. Steph est présente partout : ses vêtements dans le placard, ses livres sur les étagères, son shampooing dans la douche, ses photos sur le mur. Mais tout ça n'est pas juste une façon d'honorer son souvenir ; c'est un châtiment. Une sentence à vie.

Et pourtant, j'ai amené Margot ici. Je l'ai embrassée, je l'ai touchée. Et quand elle a proposé d'arrêter, c'est moi qui ai insisté. Mon désir pour elle était plus fort que ma volonté de préserver la sainteté de ce lieu. Me pardonnera-t-elle ? Me donnera-t-elle la chance qu'elle voulait si fort ? Je l'imagine et quelque chose dans mon ventre se fait plus léger. Je veux être heureux de nouveau. Et pour la première fois depuis des années, j'ai l'impression que c'est possible.

Je baisse les yeux sur ma main gauche et sur l'alliance qui enserre mon annulaire. Je l'enlève lentement, la regarde, puis la range dans le tiroir de ma table de nuit. Je ressens une brève angoisse mais après quelques profondes inspirations, elle passe.

Il est temps.

***

Durant la semaine qui suit, je passe quatre coups de fil très importants. Le premier à mon psy, qui est très content que je lui téléphone et qui me donne un rendez-vous rapidement. Le deuxième à Georgia, qui affirme être ravie de m'aider à vider les affaires de Steph. Le troisième atterrit sur la boîte vocale de Suzanne Reischling. Je lui laisse un message pour lui dire que je vide le chalet, et je lui propose de passer un soir de la semaine afin de récupérer des affaires si elle en a envie. Quant au quatrième, il est destiné à Brad. Je veux réfléchir avec lui et voir si nous pouvons aider Pete et Georgia à acheter cette maison.

Le plus logique, c'est de racheter leurs parts et de reprendre leur maison, d'autant plus que j'ai décidé de quitter le chalet – il contient trop de souvenirs – et je veux un endroit dans lequel je peux recevoir Margot sans culpabilité.

Brad affirme qu'il est ravi et qu'il aimerait bien que je rachète sa part aussi.

– J'appelle la banque, fait-il. Je vais leur expliquer la situation, étudier les chiffres. Voyons-nous dans la semaine.

– Parfait. Mais ne dis rien à Pete et à Georgia. Je ne voudrais pas qu'ils soient déçus.

***

La première séance de thérapie est douloureuse, mais je me suis promis d'être honnête. Pour la première fois, je raconte à mon psy ce que je ressens vraiment depuis la mort de Steph, la façon dont j'ai connecté sa mort à l'incident en Irak et la façon dont la culpabilité m'a empêché de tourner la page. Même s'il est incapable d'apaiser complètement ma conscience, il me donne des stratégies pour gérer la culpabilité et il m'ordonne de prendre des somnifères.

Il me parle aussi d'une séance de thérapie de groupe hebdomadaire destinée aux vétérans qu'il a mise en place depuis un an. Je m'y rends. Entendre les autres parler de leurs sentiments, raconter leurs histoires, admettre qu'ils sont submergés par la culpabilité et l'anxiété exactement comme moi me fait du bien. Je ne me sens plus seul. Il m'arrive de ne pas ouvrir la bouche pendant ces séances, et ce n'est pas grave.

Vider le chalet se révèle beaucoup plus compliqué. J'y parviens grâce à l'aide de Pete et de Georgia, en me souvenant que Steph m'a demandé de la libérer et en regardant Cooper jouer avec Bridget Jones pendant que l'on travaille. Mais ça ne se fait ni facilement ni rapidement. Ça nous prend toute la soirée du mercredi et la journée de jeudi. Par moments, je suffoque, par moments, je pleure, par moments, je dois sortir pour pouvoir respirer. Mais même ainsi, je suis sûr de moi. Je sais au fond de mon cœur que je fais ce qu'il faut.

Jeudi soir, Suzanne passe et ses yeux se remplissent de larmes quand elle aperçoit les sacs et les cartons dans le salon.

– Tu l'as vraiment fait, dit-elle en mettant une main sur son cœur.

– Il le fallait, je réponds d'une voix basse mais ferme.

Elle parcourt la pièce des yeux.

– Tu as enlevé les photos. Pourquoi ?

– Mais, tout simplement parce qu'elles m'empêchaient d'avancer, Suzanne.

Je la regarde droit dans les yeux et je me rends compte qu'elle ne ressemble pas tant que cela à Steph, finalement. Je suis soulagé.

– Oh.

Elle caresse doucement le couvercle d'un carton du bout du doigt.

– Est-ce que tu vas emménager avec la blonde que j'ai vue l'autre jour ?

– Cela ne te regarde pas.

– Je suis désolée, répond-elle faiblement. C'est une semaine difficile.

– Je sais, réponds-je sur un ton aussi malheureux. Mais elle ne voudrait pas que nous restions assis à la pleurer de nouveau. Elle voudrait qu'on célèbre sa vie en vivant la nôtre.

Elle hoche tristement la tête.

– Maman voudrait tout récupérer, mais elle était trop bouleversée pour venir elle-même.

– Je vais t'aider à tout charger. J'ai le 4x4 : on peut tout mettre à l'intérieur et transférer ensuite dans ta propre voiture.

– D'accord. (Elle ferme les yeux et soupire.) Je suis vraiment désolée pour ce que je t'ai dit. Tu as raison. Steph voudrait vraiment que l'on tourne la page. Elle me manque et ça me faisait du bien de savoir qu'elle te manquait aussi.

– J'accepte tes excuses. Et c'est normal qu'elle te manque, Suzanne. À moi aussi. Mais il m'a fallu beaucoup de temps pour en arriver là, et j'aime imaginer qu'elle est fière de moi.

– Elle l'est. J'en suis certaine.

Suzanne renifle puis émet un petit rire à travers ses larmes.

– Elle était tellement plus sympa que moi.

***

Trois semaines après son départ, je suis prêt à faire mes excuses à Margot et à lui demander de me laisser une autre chance. Mais je ne sais pas comment procéder. S'excuser par téléphone n'est pas la même chose que demander pardon en face-à-face. Admettre que l'on s'est trompé, exposer ses sentiments les plus intimes. Si je dois demander une seconde chance, il faut que ce soit en personne.

Mais comment ? Que puis-je donc lui dire pour la convaincre de me voir de nouveau sans dévoiler ce que je m'apprête à faire ? J'y pense toute la journée de vendredi et j'essaie de trouver quelque chose qui soit à la fois intelligent et romantique, mais je ne sais faire ni l'un ni l'autre. J'ai besoin d'aide.

Je ravale ma fierté et vais demander conseil à Georgia.

Elle sourit de toutes ses dents.

– Je ne sais pas ce que tu peux faire, mais je connais quelqu'un qui peut t'aider.

Elle attrape son téléphone sur le plan de travail et tapote l'écran à plusieurs reprises. Mon propre portable se met à vibrer dans ma poche, et je l'en sors.

Elle a partagé un contact avec moi.

– Jaime Owen ? Qui est-ce ?

– C'est la meilleure amie de Margot et son associée. Téléphone-lui.

Je fronce les sourcils. Impliquer une autre femme dans cette histoire ?

– Je ne suis pas sûr que ce soit une bonne idée.

– Appelle-la, insiste Georgia en me serrant le bras. Je peux t'assurer qu'elle saura exactement ce que tu dois faire.

Je lui réponds que je vais réfléchir, je joue un peu avec Cooper, puis je rentre chez moi pour ruminer. Georgia a probablement raison, mais c'est gênant… C'est une chose d'appeler Margot pour m'expliquer. Elle me connaît. Appeler cette Jaime, c'est complètement différent. Va savoir quelles histoires Margot lui a raconté sur mon compte et ce qu'elle pense de moi.

C'est ta faute. Entièrement. Appelle-la, connard.

Je pousse un gémissement enfantin et je compose son numéro.

– Allô ?

– Bonsoir, vous êtes bien Jaime Owen ?

– Oui. En quoi puis-je vous aider ?

– Je m'appelle Jack Valentini. Je suis…

– Oh.

Oh ? Qu'est-ce que ça veut dire ?

– Je suis un ami de…

– Je vois très bien qui vous êtes.

Elle n'est pas désagréable, juste un peu distante. Je suppose qu'elle voudrait me traiter de tous les noms, mais techniquement, je suis toujours un client.

Je ne suis pas certain de savoir comment procéder.

– Georgia m'a donné votre numéro de téléphone.

– Vous avez une question professionnelle ?

– Non ce n'est pas ça. C'est… (Je prends une profonde inspiration.) J'ai besoin de voir Margot.

– Pourquoi ?

– Pour m'excuser.

– Pourquoi ne l'appelez-vous pas directement ?

– Parce qu'il faut que je fasse plus que m'excuser, il faut que je me fasse pardonner ce que je lui ai fait, ce que je lui ai dit…

– Vous lui avez fait beaucoup de mal, vous savez.

Je ferme les yeux.

– Je sais. Je suis certain qu'elle vous a dit que je m'étais comporté comme un parfait abruti. Mais c'était la seule façon de la faire partir.

– Et vous aviez besoin qu'elle parte parce qu'elle ne vous intéressait plus ?

– Non, parce qu'elle m'intéressait trop, je réponds sans réfléchir en me demandant comment je vais expliquer une chose pareille.

Mais elle me surprend.

– Je le savais !

– Quoi ?

– Je savais que c'était ça. (Elle a l'air ravie.) Vous êtes tombé amoureux d'elle et du coup, vous avez fait machine arrière… Ou plutôt, dans votre cas, vous avez décidé d'effrayer Margot pour qu'elle ne s'approche pas davantage. Mais vous ne pensiez pas un mot de ce que vous avez dit.

– C'est ça, réponds-je, mystifié.

J'écarte le téléphone de mon visage et je regarde l'écran pendant une seconde. Est-ce que cette femme est voyante ?

– Vous avez eu peur, poursuit-elle, parce que lui permettre d'entrer dans votre intimité, ça voulait dire qu'il fallait que vous lâchiez prise. Et vous pensiez que vous en étiez incapable.

– Nom de Dieu, qui êtes-vous ?

Elle éclate de rire.

– Quelqu'un qui comprend. C'est quoi la suite ?

– Il faut que je la voie. Je voudrais lui faire la surprise, mais je ne sais pas comment m'y prendre.

– La surprise ? Mmmm.

– Oui. Et je pense qu'il faut que je la voie en personne. Il faut que je lui prouve que…

– Bon sang ! s'écrie-t-elle soudain. Que faites-vous demain soir ?

Rien d'autre que travailler.

– Rien, j'admets, et je me sens un peu pathétique.

– Bien. Margot a un cocktail au DIA. C'est une levée de fonds pour l'ouverture d'une nouvelle exposition dans la galerie Lewiston.

– Le DIA ?

Je ne sais pas ce dont il s'agit.

– Le Detroit Institute of Arts. Sa famille lui donne beaucoup d'argent chaque année.

– Ah.

Ça ne m'étonne guère. Je me prépare à entendre ce qui va suivre.

– Et ?

– Et quel meilleur moyen de lui montrer que vous voulez faire partie de sa vie que d'y entrer ? J'ai un billet : je vous en fais cadeau. Je ne lui dirai rien.

– Il n'y aurait pas un moyen… moins embarrassant pour moi de la voir ? Je n'aime pas la foule et je n'ai pas les bonnes fringues.

– Avez-vous un costume ?

Je grimace.

– Non. Je suppose que je peux en acheter un demain, mais… est-ce qu'il m'ira ? Et si je dois le faire reprendre ?

La dernière chose que je veux, c'est me pointer dans un cocktail chic dans un costume qui ne me va pas. Ce sera déjà assez pénible comme ça.

– Je connais du monde, fait-elle. Laissez-moi faire. Pouvons-nous nous retrouver en ville demain matin ?

J'en ai pour la journée manifestement, peut-être même deux jours, et j'ai besoin de l'aide de Pete et de Georgia à la ferme. Mais je suis persuadé qu'ils seront prêts à m'aider.

– Oui.

– Bien. Je vous enverrai un texto avec l'heure et le lieu du rendez-vous. Avez-vous besoin d'aller chez le coiffeur ? Je peux vous prendre rendez-vous.

Je passe la main dans mes cheveux et fronce les sourcils.

– Probablement. Merci.

– De rien. Je suis vraiment contente que vous m'ayez téléphoné, Jack, vous avez bien fait.

Je la remercie de nouveau et lui dis à demain. Après avoir raccroché, j'appelle Pete et Georgia pour leur demander s'ils peuvent prendre en charge la ferme pendant deux jours. Georgia travaille ce week-end, mais Pete me dit de ne pas m'inquiéter et que Brad l'aidera aussi.

– Tu fais ce qu'il faut, dit-il. Bonne chance.

– Merci. Je vais en avoir besoin.

CHAPITRE 34

MARGOT

Mener une vie plus fun et plus épanouissante est plus facile à dire qu'à faire, surtout quand on a le cœur brisé.

Après que Jack m'a repoussée une seconde fois, je décide de faire exactement ce que je voudrais qu'il fasse lui : tourner la page. Il a des sentiments pour moi mais il n'est pas prêt à tourner la page, et je ne suis pas certaine qu'il y parvienne un jour. Chaque fois que j'y songe, j'ai envie de pleurer, mais je ne peux pas le sauver de lui-même. Je ne peux travailler que sur moi.

Je me concentre sur ma liste.

Je m'inscris à un cours de cuisine. Je regarde les tutoriaux en ligne. Je lis des livres. Je fais une liste de choses à acheter pour la cuisine et je remplis mes placards et mes tiroirs d'ustensiles de cuisine et de gadgets. Je fais les courses avec un œil critique, je n'achète plus que des produits locaux et bio.

J'arrête de dîner à l'extérieur aussi souvent. J'invite mes amis à venir goûter mon pesto, ma piccata et mon gratin dauphinois. Je m'empêche cent fois de prendre des photos de mes triomphes culinaires pour les envoyer à Jack afin qu'il constate mes progrès et qu'il soit fier de moi.

Je vais monter trois fois au club et je décide d'acheter mon propre cheval. Il y a quelque chose dans cette relation qui m'a vraiment manqué. Je combats de nouveau l'envie de téléphoner à Jack pour partager mon excitation ; il n'y a personne dans ma vie qui comprenne aussi bien que lui le lien entre l'humain et le cheval.

Par le biais d'un ami, je m'investis dans le réseau de l'agriculture durable, une association à but non lucratif qui soutient les agriculteurs, renforce l'économie locale et promeut l'accès pour tous à une nourriture saine. L'un de leurs buts est de parvenir à lever davantage de fonds pour une association qui aide les familles à faibles revenus à manger sain et à acheter local. J'utilise mes connexions familiales pour trouver des fonds et je me porte volontaire pour créer des outils marketing nécessaires afin de faire connaître le programme, apprendre aux gens les avantages économiques et médicaux d'une nourriture bio et faire la publicité pour les marchés locaux.

Est-ce que j'ai vraiment l'intention d'abolir la pauvreté à moi toute seule ? Non, mais le travail est gratifiant et j'ai l'impression de contribuer à faire le bien autour de moi.

Et puis… je me fais tatouer. Mon tatouage est inspiré de l'une de mes histoires favorites, *L'Éveil*, de Kate Chopin. Au départ, je voulais simplement me faire tatouer un petit oiseau quelque part dans le dos, un minuscule symbole de mon propre éveil. Et puis je me suis rendu compte que je ne pourrais pas le voir. J'ai donc décidé de me faire tatouer l'intérieur du bras à la place et de troquer le dessin pour des paroles. Le tatouage est du coup plus gros et plus visible, mais est-ce que ce n'est pas le but final ? Maintenant, quand je baisse les yeux, je vois ces mots encrés noirs sur ma peau pâle :

L'oiseau
qui s'élève
au-dessus de l'avion
de la tradition
et des préjugés
doit avoir
des ailes puissantes.

Sept lignes d'écriture manuscrite élégante qui me rappellent de ne pas me laisser emprisonner par la crainte du regard des autres ni par ce qu'ils attendent de moi. Je suis mon propre chef et je fais mes propres choix. Être forte, c'est magnifique.

Évidemment, ce tatouage m'a aussi été inspiré par Jack et je voudrais qu'il le voie. Nuit après nuit, je rejoue toute notre histoire dans mon esprit, j'essaie de comprendre où tout a déconné, et je n'y parviens pas. Nous sommes différents, mais c'est ce qui a créé l'étincelle entre nous. Chaque fois que je pense à lui, je ressens toujours du désir. J'ai toujours envie de sentir sa peau contre la mienne. Sa voix me manque, son rire aussi, et sa façon de me taquiner. Et quand je pense à son passé, je pleure. Un jour, alors que Georgia et moi parlons de nouvelles photos de famille à mettre sur le site Internet, elle laisse échapper quelque chose de vague à propos de Jack qui « travaille sur lui-même ». Même si elle ne fournit pas plus de détails, mon espoir renaît.

Mais tandis que les jours se transforment en semaines et que je n'ai toujours aucune nouvelle de lui, il commence à s'étioler.

***

Muffy, comme je m'y attendais, manque s'évanouir en voyant mon tatouage.

– Qu'est-ce que tu t'es fait ? Est-ce que ça va s'effacer petit à petit ?

– Je ne veux pas que ça s'efface, mère. J'aime ça.

Nous sommes en train de boire un cocktail au DIA et elle regarde frénétiquement autour d'elle pour essayer de me dissimuler à la vue des autres, comme si j'étais nue. La gigantesque pièce est remplie de gens riches et bien habillés qui boivent des cocktails tout en écoutant un quatuor à cordes, mais il n'y en a qu'une qui est scandalisée par mon tatouage.

– Je ne te comprends plus, Margot. Tu lances des scones, ensuite tu deviens bénévole dans un refuge pour S.D.F., et maintenant tu te fais tatouer ? (Elle secoue la tête.) Mais tu es la fille de qui, en fait ?

– Calme-toi maman, fais-je en tapotant son épaule recouverte de taffetas. Tu devrais être contente, au contraire. Tu voulais que j'aie un Master en littérature anglaise, pas vrai ? *L'Éveil* est un classique.

– Margot Thurber Lewiston, ce n'est pas seulement ça le problème. Le problème c'est aussi ton comportement erratique.

– J'ai expliqué ce qui s'était passé pour cette histoire de scones et je me suis excusée une centaine de fois. Quant au refuge, j'aime aider les gens. Et ça ne me coûte que du temps.

Muffy me dévisage comme si j'étais folle.

– On donne de l'argent à ces endroits-là afin de ne pas avoir à y passer du temps.

Je soupire. Inutile d'essayer de me justifier.

– Ça ne me dérange pas d'y passer du temps. De toute façon, je n'ai rien d'autre à faire.

– J'aimerais mieux que tu te remettes à chercher un mari.

Je prends une gorgée de mon cocktail.

– Ce n'est pas si facile.

– Bien sûr que si. Tu es trop exigeante.

– Je ne vois pas en quoi c'est un problème.

– Ce n'en est pas un quand il s'agit d'engager un cuisinier, un jardinier ou une bonne. Mais trouver le bon mari est beaucoup plus simple.

Je serre les dents.

– Il est hors de question que je fasse un mariage de raison, maman. Je veux tomber amoureuse.

– Ne sois pas ridicule. Tout le monde fait des mariages de raison, Margot, fait-elle en levant les yeux au ciel comme si j'avais dit une bêtise.

– Même les femmes Thurber ?

– Surtout les femmes Thurber.

Elle me regarde de nouveau comme si j'étais dingue.

– Toutes les femmes Thurber de ma connaissance se sont mariées de manière raisonnable. Le mariage n'a rien à voir avec l'amour. Il s'agit de faire fusionner deux familles afin d'en créer une meilleure. C'est une question de préservation et de lignage. De tradition. (Elle renifle.) L'amour, c'est bon pour les enfants et pour les pauvres.

Si je n'avais pas grandi en écoutant les assertions ridicules de la fameuse « sagesse » de Muffy, j'aurais certainement été horrifiée. Mais elle est comme elle est. Dans son esprit, Tomber Amoureux est certainement aussi embarrassant que Faire un Scandale. Ça fait du bruit, c'est sale et indiscret. Mais je n'ai pas besoin de perpétuer ses idées étranges et j'élèverai ma fille autrement.

– Je suis vraiment désolée que tu penses ça, mère. Mais cette femme Thurber-là ne fera pas un mariage de raison. Je sais ce que je veux.

Répondre à Muffy de cette manière n'a peut-être pas l'air d'un acte de rébellion absolue, mais pour moi, c'est énorme. Il m'a fallu des années pour trouver le courage de l'affronter.

– Et que veux-tu ? demande-t-elle, la mine dépitée. Le prince de Galles ?

– Même pas en rêve. Je n'ai pas besoin d'un prince, mère. Juste d'un homme bon. Quelqu'un qui…

Par-dessus l'épaule de ma mère, j'aperçois quelqu'un se diriger vers moi.

Quelqu'un de grand, brun et beau. Quelqu'un vêtu d'un costume noir. Quelqu'un qui m'ôte toute capacité à parler, penser ou même respirer.

J'ai chaud tout d'un coup. J'ouvre la bouche. Je cille. Impossible. Ou au contraire est-ce possible ? Que fait-il donc ici ?

Je vacille, un peu étourdie, et ma mère m'attrape par le bras.

– Margot, est-ce que tout va bien ?

– Je ne sais pas, réponds-je en regardant, incrédule, Jack s'approcher de moi. J'ai le vertige.

Je croise le regard de Jack.

– Le vertige ? Tu n'avais jamais de vertige avant de te faire tatouer, rétorque-t-elle en me jetant un regard soupçonneux. Ton tatouage est peut-être en train de t'empoisonner.

– Ça n'a rien à voir avec ça. Excuse-moi.

Je me dirige vers Jack et plus j'avance, plus mon cœur bat vite. Bon sang qu'il est beau. La coupe du costume met en valeur son torse fin et sa poitrine musclée. Ses épaules semblent plus larges. Il s'est fait couper les cheveux et ils sont coiffés en arrière. Sa barbe est taillée aussi. Il a l'air élégant et sophistiqué.

Et nerveux comme tout.

Je ressens soudain le besoin de le protéger. Il a horreur de la foule. Et de s'habiller. Il a fait tout ça pour moi.

Mais je suis encore pleine de doutes et de colère. Est-ce qu'il est juste là parce qu'il a besoin de me voir ? Il veut sa dose, c'est ça ? Ou se punir ? Il est hors de question que je rentre dans ce jeu.

Nous nous retrouvons en plein milieu de la pièce et nous nous tenons immobiles, poitrine contre poitrine. Je ne sais plus où j'en suis et je respire vite. Quelqu'un derrière moi fait tomber un verre et quand il entend le bruit, Jack regarde vivement autour de lui, sur le qui-vive. Quand je vois son expression inquiète, la tension dans sa nuque et la transpiration sur son front, mon cœur se serre.

– Salut.

La compassion me pousse à glisser ma main dans la sienne et à entremêler nos doigts. Je suis en colère, mais je sais que tout cela est difficile pour lui.

– Regarde-moi.

Il se concentre un moment sur mon visage et se détend légèrement.

– Désolé.

– Que fais-tu là, Jack ?

– Je suis venu m'excuser.

– De quoi ?

Je retiens mon souffle.

– De t'avoir menti. D'avoir rompu. De m'être montré lâche. (Il fait une grimace.) Tu avais raison. J'avais peur de ce que je ressentais. Et de ce que ça signifiait.

L'espoir explose alors en feu d'artifice à l'intérieur de mon cœur.

– Ça signifiait quoi ?

– Ça voulait dire lâcher prise, lâcher tout : mon passé, ma culpabilité, ma souffrance et me donner la permission de tourner la page. Je n'étais pas prêt à ressentir tout cela. Et je ne le serais probablement toujours pas si je ne t'avais pas rencontrée.

Il jette de nouveau un coup d'œil autour de lui et déglutit péniblement.

– Margot, il y a tellement de choses que je dois te dire, mais je déteste vraiment la foule.

– Partons d'ici.

Il fronce les sourcils.

– Je me suis promis que je ne ferais pas ça. Si c'est important pour toi, alors c'est important pour moi.

– Jack, il n'y a rien de plus important pour moi maintenant que d'entendre ce que tu as à me dire.

Le soulagement se lit sur son visage.

– D'accord.

– Moi aussi j'ai des choses à te dire.

Il se raidit de nouveau.

– Suis-moi. On va trouver un endroit tranquille.

Je le guide hors de la pièce, le cœur battant à tout rompre.

***

Nous nous tenons par la main tout en traversant les galeries à la recherche de l'endroit idéal. Nous finissons par dénicher une salle vide avec un banc en son milieu et je laisse Jack m'y conduire. La pièce est faiblement éclairée pour protéger les tableaux, et les murs tendus de rouge la rendent très accueillante et romantique. Les papillons dans mon ventre sont hors de contrôle et je dois m'obliger à rester calme. Il dit exactement ce qu'il faut dire, mais est-il prêt à vivre quelque chose avec moi ?

Nous nous asseyons, Jack garde ma main dans la sienne et il baisse les yeux sur nos doigts entrelacés posés sur ses genoux.

– Tu t'es fait tatouer ?

Il soulève mon bras afin de pouvoir lire.

– Il est magnifique. Je l'adore.

– Merci. Moi aussi.

– Qu'est-ce qui t'a poussée à le faire ?

– J'ai décidé que tu avais raison. Il était temps d'arrêter de m'inquiéter de ce que les autres pensent de moi. J'en ai eu marre d'avoir peur de ce que l'on dirait si je faisais quelque chose de différent.

Il acquiesce lentement, baisse mon bras et me reprend la main.

– Qu'a dit Muffy ?

– Elle pense que je suis folle.

Son regard croise le mien et nous sourions tous les deux. Une partie de mes doutes se dissipe. *C'est si bon. S'il vous plaît, faites que ce soit vrai.*

– Tu sais, c'est marrant que tu aies décidé que j'avais raison à propos de quelque chose. Je me suis trompé sur quasiment toute la ligne.

Il baisse les yeux sur nos mains et caresse la mienne du pouce.

– C'est toi qui avais raison. Ce soir-là, dans le chalet. (Il lève les yeux vers moi.) J'ai ressenti quelque chose pour toi.

Je ne peux plus respirer.

– J'ai commencé à ressentir quelque chose de si profond que j'ai eu peur. J'ai eu l'impression que je perdais le contrôle, que je me perdais moi-même. J'ai paniqué. J'ai fait machine arrière. J'ai essayé de reconstruire mes murailles pour me protéger. Mais… (Il hausse les épaules.) C'était trop tard.

– Vraiment ?

– Oui. Ce que je ressentais pour toi n'a pas disparu juste parce que je t'ai rejetée. Après ton départ, je ne me suis pas senti plus fort ni plus en contrôle. Me faire du mal est une chose, mais t'en faire était cruel et lâche. J'ai eu l'impression d'avoir écrasé quelque chose de frêle, de jeune et de beau qui ne pouvait pas se défendre.

– C'est exactement ce que tu as fait.

Il faut qu'il sache ce que j'ai ressenti.

– Et je ne pouvais qu'assister à ça, impuissante. J'avais des sentiments pour toi. Je savais qu'il y avait quelque chose entre nous. Mais que pouvais-je faire ? Je t'ai demandé de me laisser une chance, et tu as refusé. Deux fois !

Je réprime mes larmes. Jack secoue la tête, le regard plein de chagrin.

– Je suis désolé, Margot. Je me suis haï de te dire non. Je voulais tellement te dire oui. Tu m'as manqué tout le temps. Je n'arrêtais pas de penser à la façon dont je me sentais quand j'étais avec toi. J'ai imaginé ce que la vie serait avec toi et j'ai failli crever en pensant que j'avais choisi la solitude. (Il ferme brièvement les yeux.) J'ai fini par comprendre que j'étais complètement crétin. Que je m'étais trompé en te larguant. Que je voulais absolument te donner cette chance.

Il prend mes deux mains dans les siennes et les presse étroitement.

– Si je suis ici ce soir, c'est parce que j'espère que tu n'as pas changé d'avis.

Mes craintes se dissipent, mais il faut absolument que je pose la question.

– Comment savoir que tu es sérieux à présent ? Comment savoir que tu ne vas pas paniquer de nouveau et rebâtir tes murailles ?

Il me presse la main.

– Tu n'as aucun moyen de le savoir. Il faut que tu me donnes une chance. Mais je te supplie de le faire.

Je ravale la boule qui s'est formée dans ma gorge.

– Tu es prêt ? À tourner la page, je veux dire.

Il acquiesce et me regarde droit dans les yeux.

– Oui. Durant ces dernières semaines, j'ai fait de gros progrès.

– Du genre ?

– J'ai repris ma thérapie. J'ai vidé le chalet. Et j'ai dit au revoir, conclut-il à voix basse.

Je comprends ce qu'il veut dire et je souris à travers mes larmes.

Il sourit aussi.

– Je veux prendre un nouveau départ, Margot. Et je veux que tu sois là avec moi. Accepte de me donner une chance.

– Oh, Jack, fais-je à voix basse. C'est tout ce que je veux. Je sais que je ne peux pas être ton premier amour, mais…

– Chut, dit-il en me posant un doigt sur mes lèvres. Je ne cherche pas mon premier amour. Je cherche le dernier.

Il se penche et m'embrasse. C'est un baiser tendre et doux ; mais c'est plus que ça. C'est une excuse, une promesse, un nouveau départ. C'est un baiser qui parle de lâcher prise, de tourner la page et de tomber amoureux. Je frissonne et Jack m'enlace.

– Tu as froid ?

– Pas du tout, réponds-je en sentant la chaleur parcourir mon corps. Maintenant, j'aimerais bien savoir comment tu m'as trouvée.

Il m'adresse un sourire timide.

– Grâce à ton amie Jaime.

– Jaime ! je m'écrie. Elle a prétendu qu'elle était malade et qu'elle ne pouvait pas venir ce soir.

– Elle m'a donné son billet.

Je secoue la tête, en essayant de rassembler les pièces du puzzle.

– Tu lui as téléphoné ?

– Oui. Hier soir. Je réfléchissais à une façon de te surprendre et Georgia m'a donné son numéro.

Je pouffe, ravie.

– Tout ça s'est passé en une nuit ? Ça a marché. Je suis surprise.

Il me regarde avec un sourire un peu triste.

– Ton rire m'a manqué. J'avais peur de ne plus jamais l'entendre.

– Maintenant, tu pourras l'entendre autant que tu voudras.

– J'ai autre chose à te dire, fait-il en s'éclaircissant la voix. Je déménage dans la grande maison. J'ai décidé de racheter la part de Pete et de Georgia pour qu'ils puissent acheter la maison des Oliver.

Je pousse un petit couinement et je lui saute au cou. Il sent délicieusement bon et je respire son parfum.

– Oh mon dieu, c'est génial ! Je suis tellement fière de toi.

Il me prend dans ses bras.

– Merci. Je n'aurais jamais rien fait de tout ça sans toi.

Je me presse contre lui.

– Je pense que nous avons beaucoup de choses à rattraper.

– Que du bon.

– Pete et Georgia doivent être super contents.

– Oui. Et tout ça, c'est grâce à Brad. Il a dit qu'il était prêt à attendre un peu plus longtemps que je puisse racheter sa part.

J'arrête de l'étrangler et je me rassieds.

– Je suis tellement heureuse pour toi. Et pour eux. Et Brad est génial aussi.

Jack hoche la tête.

– Pour la première fois depuis des années, j'ai l'impression de pouvoir respirer. Et il me tarde de vivre la suite.

Je ne peux pas m'arrêter de sourire.

– Tu ne sais pas à quel point ça me rend heureuse.

Il m'installe sur ses genoux et je passe les bras autour de son cou.

– Tu ne sais pas à quel point tu es belle quand tu es heureuse. Je veux te faire sourire tous les jours. (Il fronce les sourcils.) Mais j'espère que je n'aurai pas besoin de porter ce costume pour ça.

J'éclate de rire.

– Tu peux me rendre heureuse en étant tout nu et crois-moi… c'est ce que tu vas faire.

– Oh que oui, promet-il sur un ton traînant. Le plus tôt sera le mieux.

– Pas si vite, cow-boy. Ce costume te va divinement bien et je veux en profiter avant de te l'enlever morceau par morceau.

Je me penche en arrière pour l'admirer, et les papillons dans mon ventre prennent leur envol.

– Je ne savais même pas que tu en possédais un.

– Parce que je n'en avais pas.

– Jaime ? je demande en haussant les sourcils.

– Et Quinn. Il est sympa ce mec. Et il en connaît un rayon côté fringues. (Il secoue la tête.) Je me suis contenté de le laisser m'habiller.

– Ils ont fait du bon boulot. Quand je t'ai vu traverser la pièce dans ma direction, j'ai couiné. Et j'ai failli tomber dans les pommes.

– Je t'aurais rattrapée.

Il me serre plus étroitement contre lui.

– Je te rattraperai toujours.

Je te rattraperai toujours moi aussi, je songe tandis que nos lèvres se joignent de nouveau. *Laisse-toi tomber*.

CHAPITRE 35

MARGOT

Je n'ai pas envie de rester plus longtemps au cocktail, mais je veux absolument présenter Jack à ma famille. Mon père est en train de draguer quelques électeurs dans le Grand Hall et serre la main de Jack avec enthousiasme quand je lui dis qu'il possède une ferme. Il doit penser que je suis en train de « travailler la base », mais ça m'est égal. Je finirai par expliquer que Jack ne possède pas une propriété immense et qu'il n'a certainement pas les mêmes opinions que lui sur la politique agricole, mais le fait qu'ils se soient rencontrés me suffit.

Mon frère Buck hausse un sourcil quand je lui présente Jack comme mon cavalier, peut-être parce que je n'ai amené personne en soirée depuis Tripp. Mais il est charmant comme d'habitude, il serre la main de Jack et lui donne une tape dans le dos comme s'ils étaient deux vieux potes de classes préparatoires. Lorsque mon frère apprend que Jack habite à côté du lac Huron, ils se mettent à parler de pêche, activité qu'ils aiment tous les deux. Tant pis si quand ils étaient enfants, Jack a travaillé sur les bateaux tandis que Buck était passager, c'est quelque chose qu'ils ont en commun et j'en suis ravie. J'adresse un sourire reconnaissant à mon frère, puis nous allons trouver ma mère.

Muffy est toujours à l'endroit où je l'ai laissée, à côté du bar, évidemment.

– Mère, je te présente mon ami, Jack Valentini. Jack, voici ma mère, Muffy Lewiston.

– Ravie de faire votre connaissance, fait ma mère en lui tendant une main que Jack serre pendant qu'elle l'examine. Valentini tu as dit ? Bonté divine, il y a beaucoup trop de syllabes.

Je lève les yeux au ciel. Muffy a une théorie sur les syllabes dans les noms de famille. Une ou deux c'est l'idéal, trois ça passe si la dernière n'est pas une voyelle, mais quatre plus la voyelle à la fin, c'est trop.

– Euh, oui, répond Jack en me lançant un regard alarmé.

– Jack possède et gère la ferme des frères Valentini à Lexington. C'est là que j'étais en début de mois.

Ma mère réagit comme si j'avais dit quelque chose d'absurde.

– Tu es allée dans une ferme ?

– Oui. Pour le boulot. Je te l'ai dit, mère.

Elle l'observe de nouveau.

– Il ne ressemble pas un fermier.

– J'ai pensé la même chose quand je l'ai rencontré.

Je lui adresse un petit sourire.

– Tu veux bien nous excuser ? On va partir.

– Bien sûr, fait-elle avec un geste du menton.

– Je suis ravi d'avoir fait votre connaissance, dit Jack. Ouah, fait-il une fois qu'on a quitté la pièce. Pour une petite femme, elle a l'air d'être en acier.

J'éclate de rire tout en me dirigeant vers la sortie.

– Je pense qu'elle l'est.

– Comment je m'en suis sorti ?

– Tu as été fantastique. Tu étais nerveux ?

– Comme pas possible. J'avais l'impression que tout le monde me regardait.

Je passe le bras sous le sien et je le serre.

– Tu n'as rien à craindre. Ils ont été impressionnés par ta beauté et par le fait qu'ils ne t'avaient jamais vu. On voit toujours les mêmes têtes dans ce genre d'endroit.

– Ah oui ?

– Oh oui.

Nous confions nos clés aux voituriers et nous attendons à l'extérieur qu'on amène nos voitures. Je me tourne vers Jack et je lisse les revers de son smoking.

– Merci d'être venu. Je sais que ça n'a pas été facile pour toi.

– C'est un monde différent du mien, c'est sûr.

– Comme moi dans le poulailler.

Il éclate de rire et m'embrasse.

– C'est ça. Et tu sais ce que ça signifie, pas vrai ?

– Quoi ?

– Camping.

Je plisse le nez.

– Ah oui. Mais pas ce soir, hein ?

Il rit de nouveau et je sais que je ne me lasserai jamais de ce bruit.

– Pas ce soir. Ce soir, j'ai réservé la suite de luxe au MGM Grand, me taquine-t-il. Est-ce que tu voudrais la partager avec moi ?

– Est-ce que tu as prononcé le mot « luxe » ? C'est mon mot préféré.

Je m'évente avec la main.

– Je suis tellement excitée, je murmure.

– Tant mieux, fait-il en attirant ou contre lui. Parce que j'ai des plans pour toi.

Je frissonne.

– Quel genre de plans ?

– Le genre à te faire jouir toute la nuit, crier mon nom et me supplier d'en faire plus.

Je me pâme.

Cette fois-ci, il me rattrape.

***

L'ascenseur de l'hôtel est bondé, et Jack me serre contre lui.

– Il y a tellement de monde ici, murmure-t-il au creux de mon oreille.

Je pense qu'il veut dire par là qu'il ne se sent pas bien, mais je me trompe.

– Est-ce que tu crois qu'ils savent ce que je m'apprête à te faire ?

Je me fige, écarlate.

– Est-ce qu'ils savent que je ne vais pas tarder à avoir la langue entre tes jambes ?

J'ouvre la bouche.

– Est-ce qu'ils savent que je veux te faire hurler ?

Je ne peux plus respirer.

– Est-ce qu'ils savent que je vais te prendre bien profond ?

Mes jambes tremblent.

– Est-ce qu'ils savent que je bande déjà en pensant à toutes les façons dont je vais te baiser ce soir ?

Nom de Dieu. Je me retourne et je murmure dans son oreille :

– Si je portais une culotte, elle serait trempée.

Son souffle se fait court.

Dix secondes plus tard, les portes de la cabine s'ouvrent, il m'attrape brutalement par le bras et me tire derrière lui. Il remonte le couloir si rapidement que j'ai du mal à le suivre avec mes escarpins et dès que la porte de la chambre se referme derrière nous, il me repousse contre elle. Mon sac heurte le sol.

Sa bouche couvre la mienne, sa langue plonge entre mes lèvres et ses doigts remontent ma robe. Il gémit quand il se rend compte que j'ai dit la vérité et il fait courir ses paumes sur mes fesses nues et sur mes cuisses. Je repousse sa veste, toutes mes bonnes résolutions quant à la façon de le déshabiller lentement oubliées. Je ne pense qu'à une chose :

ce que cachent ses vêtements. J'ai besoin de sentir sa peau nue contre la mienne, ses muscles durs sur moi ; j'ai besoin que sa puissance, son pouvoir et sa taille me submergent tout entière.

Il laisse tomber sa veste sur le sol et mes doigts bataillent avec le nœud de sa cravate. J'ai du mal à me concentrer parce qu'il a glissé une main entre mes jambes et que sa caresse me paralyse : il fait aller ses doigts sur ma fente humide et sur mon clitoris. Je parviens enfin à défaire le nœud juste au moment où il glisse deux doigts en moi et je m'agrippe à ses épaules, vacillante.

– Je veux être là.

Sa voix est basse, rauque et intense. Il enfonce ses doigts plus profondément.

– Oui, je gémis, en m'agitant contre sa main. Je te veux tout de suite.

Je caresse la bosse qui tend son pantalon : j'aimerais déchirer ce costume très cher avec mes dents comme une louve. Cet aspect de moi-même m'a manqué. Le laisser prendre le dessus est à la fois un soulagement et un plaisir meilleur que n'importe lequel.

Jack s'agenouille, enfouit son visage entre mes cuisses et pose la langue sur mon clitoris. Mes jambes tremblent. Il en fait passer une sur son épaule. Puis il se relève, et je me retrouve le dos contre la porte, les mains au plafond. Comme il est fort ! Il me maintient ainsi sur ses épaules, ses mains agrippent ma taille, et il me lèche jusqu'à ce que je m'affole et que je crie si fort que je suis certaine que les gens nous entendent à tous les étages. Probablement les personnes dans le hall du bas aussi et même celles qui sont toujours à la réception.

Et oui, je crie son nom et je le supplie de continuer.

Il me repose sur le sol et je me précipite sur lui comme un cyclone, je lui arrache cravate, chemise et pantalon. J'enlève mes chaussures et ma robe, et je le repousse dans la chambre jusque sur le lit où je lui enlève le reste de ses vêtements. Je monte sur lui, je le chevauche, je prends son sexe entre mes mains et je fais courir le gland sur ma fente.

– Tu ne sais pas à quel point ça m'a manqué.

– Si tu crois ça, tu es folle.

Je m'empale sur son sexe et il grogne. Il pose les mains sur mes seins et joue avec mes tétons.

Je me mords la lèvre tout en le prenant plus profondément, en allant et venant au-dessus de son corps. Il se redresse pour poser la bouche sur l'un de mes seins tandis que ses doigts pincent l'autre. Il le lèche, le mord et le titille, tout en agitant les hanches afin de suivre mon rythme. Nous bougeons de plus en plus vite. Quand il murmure mon nom, je sais qu'il est prêt à jouir.

– Jack, je murmure doucement, je veux que tu te mettes sur moi.

En deux secondes, il me fait rouler sur le dos et recouvre mon corps du sien. *Oui, oui, oui,* je pense tandis que son poids m'épingle au lit, que son sexe me prend profondément et brutalement et que les muscles de ses bras, de sa poitrine et de son dos se tendent au-dessus de moi. J'aime sentir son poids, son pouvoir et ses coups de reins brutaux. J'aime le grondement de sa voix, la transpiration sur sa peau, la rugosité de ses mains dans mes cheveux. J'aime qu'il soit venu me chercher, qu'il veuille que je fasse partie de sa vie et qu'il soit prêt à faire des changements drastiques pour me le permettre.

Et soudain, toute la tension accumulée dans nos corps se libère en contractions puissantes et concentriques : nous arrêtons de respirer, nous n'y voyons plus clair, nous faisons exploser toutes les barrières qui se dressent entre nous et d'une façon inexplicable, je sais dans mon cœur et dans mon âme que j'aimerai cet homme pour l'éternité.

Je le guérirai, je le chérirai et je l'adorerai. Je croirai en lui, je le soutiendrai, je travaillerai avec lui. Il sera un amant, un mari, un père. Et je resterai avec lui toute ma vie.

Mais pour l'instant, je profite de la chute.

ÉPILOGUE

JACK

Je me réveille plus tôt que d'habitude, mais ça ne me surprend pas.

Aujourd'hui est un grand jour.

Après avoir vérifié que Margot dort toujours, je me glisse hors du lit sans même l'embrasser comme j'en ai envie. Je ne veux pas la réveiller.

Rapidement et en silence, j'emprunte le couloir. Quand je passe devant la chambre qui appartenait à Cooper, je souris. Elle est vide à présent et Cooper dort dans sa nouvelle chambre de « grand garçon » de l'autre côté de la rue, mais j'espère qu'elle abritera bientôt un berceau et un rocking-chair. Peut-être même dans l'année.

Mon cœur bat sous l'effet de l'excitation tandis que je descends l'escalier lentement, en faisant particulièrement attention d'éviter les marches qui grincent. Je connais tellement bien cette maison ; sa familiarité me réconforte. Quand j'ai déménagé, j'avais peur qu'elle ne soit trop grande. Je pensais que vivre tout seul ici me rendrait triste et me rappellerait que je n'ai pas de famille pour la remplir.

Mais je ne suis pas resté seul bien longtemps.

Pendant quelques mois, Margot et moi avons mené une relation à distance, mais à Thanksgiving, je lui ai demandé de s'installer chez moi. Elle passait déjà plusieurs jours par semaine ici et elle avait des vêtements dans le placard, une brosse à dents dans la salle de bains et une table qui lui servait de bureau dans l'une des chambres d'amis.

Elle avait même un cheval dans mon écurie.

J'adorais quand elle était là et je détestais quand elle partait. Mes journées se passaient toujours mieux quand je pouvais l'embrasser le matin, et mes nuits étaient toujours meilleures quand elle était près de moi. Il m'arrivait encore de faire des crises d'angoisse ou des cauchemars, mais Margot s'était adaptée sans problème. Elle est mon calme, mon roc, mon havre. Elle insiste quand j'en ai besoin et me laisse respirer quand il le faut. Elle me comprend. Elle m'aime.

Et je l'aime.

Je referme silencieusement la porte de la cuisine derrière moi tout en me souvenant de la première fois où nous avons prononcé ces mots, peu de temps après avoir commencé à sortir sérieusement ensemble. Elle était venue m'aider à déménager, et après une longue journée de ménage, de transport et de déballage, elle avait dit qu'elle avait une surprise pour moi.

Un bain moussant.

J'ai éclaté de rire pendant qu'elle me déshabillait et m'ordonnait de rentrer dans la baignoire. Mais l'odeur des bulles et la caresse de sa peau humide sous mes paumes m'ont ramené à cette nuit, des mois plus tôt, quand je m'étais senti suffisamment proche d'elle pour tout lui avouer.

Quelque chose en moi savait déjà.

Et tandis qu'elle était tout contre moi, la tête sur ma poitrine, je l'ai enlacée et je me suis senti submergé par un sentiment de paix, de chaleur et de gratitude à l'idée que j'étais vivant, en bonne santé et avec elle.

– Je t'aime, ai-je dit tout à trac.

Elle s'est figée et a levé la tête. Son regard a plongé dans le mien et elle a compris que c'était sérieux.

– Jack, a-t-elle murmuré.

– Ce sont des mots que je dis difficilement, et pas aussi souvent que je le devrais, mais je veux que tu saches que c'est vrai.

Ses yeux se sont remplis de larmes.

– Je sais. Et je t'aime moi aussi.

Margot n'a pas l'air de m'en vouloir du fait que je ne le lui dise pas souvent, même si je le pense. Je le ressens tout le temps. Elle prétend même que ça lui plaît que je ne le dise pas en permanence. Ça a plus de sens quand elle l'entend.

Et peut-être que les mots sortent difficilement, mais le sentiment lui, pas du tout.

Je n'ai aimé qu'une autre femme avant et je la connaissais depuis si longtemps que je ne me souviens pas être tombé amoureux de cette manière : vite et follement. J'aimais profondément Steph, mais j'aime Margot avec une intensité qui me bouleverse. Je ne m'en savais pas capable.

Cela me donne envie de faire des choses, de lui passer la bague au doigt, de voir mon nom sur son permis de conduire et de remplir la maison d'enfants.

Je ne serai jamais riche, je ne pourrai jamais lui donner toutes les choses auxquelles elle a été habituée, je n'aurai jamais une maison de vacances à Harbor Springs ni une Mercedes.

Mais je connais suffisamment bien Margot pour savoir qu'elle se fiche de tout ça et qu'elle m'aime. C'est toujours une citadine, même quand elle porte un jean et des bottes, mais c'est ma citadine et je l'aime plus que tout.

Je souris en entrant dans le poulailler et en glissant la main dans ma poche.

Je n'aime pas les surprises, mais Margot adore ça.

Et je veux lui faire la surprise de sa vie.

MARGOT

Je me réveille et je cherche Jack à tâtons. Il a promis de rester au lit un peu plus longtemps ce matin, puisque c'est un jour spécial pour nous :

l'anniversaire du jour où nous nous sommes rencontrés.

Il nous arrive de nous souvenir de cette journée et de rire en pensant à la façon dont nous nous sommes regardés dans la cuisine, lui désagréable et moi essayant d'être charmante.

– Est-ce que vous avez eu un coup de foudre ? nous demandent parfois les gens.

– Certainement pas, répond Jack, taquin. Je ne voulais surtout pas qu'une riche citadine se mêle de mes affaires.

– Et je le trouvais insupportable. Il était sale, en nage et désagréable.

Mais nous sommes faits l'un pour l'autre et il ne nous a pas fallu longtemps pour nous en rendre compte, tout bien considéré. J'ai fait les trajets pendant un temps, mais j'étais folle de joie quand il m'a demandé d'emménager chez lui. Il a fallu que je m'ajuste à la vie de la ferme : les odeurs, les journées qui commencent très tôt, la liste sans fin de tâches à accomplir, mais j'ai rapidement apprécié la vie à la campagne. Les matinées tranquilles, l'absence de circulation, le charme de la petite ville, le soleil qui se lève sur le lac et les arbres, le ciel plein d'étoiles. Quand les restaurants, les salons de coiffure, les bars ou les boutiques me manquent, je vais retrouver mes amis en ville pour un après-midi ou une soirée. Mais je n'ai pas tardé à me rendre compte que la vie en ville ne me manquait pas tant que ça et que j'adorais me retrouver de nouveau avec les chevaux.

La chose la plus difficile a été de laisser derrière moi Jaime et Claire et notre rendez-vous hebdomadaire, mais je parviens à les voir au moins une fois par mois et elles sont heureuses pour moi. Au départ, j'ai gardé mon job mais en faisant moins d'heures, j'ai passé beaucoup de temps à aider Georgia avec sa nouvelle maison, à préparer le Bed & Breakfast et à gérer le marketing. Le B&B a ouvert en mai et j'ai quitté ma compagnie pour me consacrer entièrement au marketing de la ferme et de l'auberge. J'ai aussi continué mon travail de bénévole pour aider les fermiers et les familles de la région et œuvrer pour le développement de l'agriculture durable.

Je n'ai jamais été aussi heureuse de toute ma vie, ce qui surprend profondément mes parents, mais ils ont l'air satisfaits de se consacrer à la carrière politique de mon père – il a gagné son élection – et ils me laissent tranquille.

Jack a l'air heureux lui aussi et nous sommes infiniment plus proches depuis que j'ai déménagé. Ses humeurs et ses silences sont plus faciles à comprendre, et son anxiété plus facile à gérer. Ses cauchemars sont rares mais terrifiants et j'aimerais pouvoir l'aider davantage, mais il jure que ma présence est suffisante. Il m'aime, je le sens, même s'il ne le dit pas souvent.

Je m'assieds et je regarde autour de moi.

Il a laissé les volets fermés et il fait donc assez noir dans la chambre, mais le soleil les transperce. Je jette un coup d'œil au réveil qui indique qu'il est un peu plus de 8 heures.

– Jack ?

Rien.

Je ne pense pas qu'il ait pu oublier parce que nous en avons parlé juste avant de nous coucher. On avait prévu de faire la grasse matinée. Et Jack tient toujours ses promesses. Je me rallonge et je lui donne dix minutes avant de soupirer et de repousser les couvertures. Il y a peut-être eu une urgence de l'autre côté de la rue ?

J'enfile un jean et un T-shirt et je descends. La porte d'entrée est ouverte et je jette un coup d'œil sur la véranda. Il n'y a personne dehors mais je remarque que son pick-up a disparu.

Qu'est-ce que ça veut dire ? Il m'a oubliée ou quoi ?

L'idée de ne pas passer la matinée au lit me rend grincheuse et je me dirige vers la cuisine. Il n'a même pas fait de café !

Furieuse, je verse l'eau et les grains dans la cafetière avant de croiser les bras et de bouder pendant que le café coule. La vieille cafetière met un temps fou, mais Jack ne veut pas que je remplace les choses. Non pas parce qu'il y est attaché, mais parce qu'il ne veut pas que je paye.

– Je vis ici, je n'arrête pas de lui rappeler. C'est ma maison aussi, non ?

Il répond toujours que oui, bien sûr, je suis chez moi, et il me fait un câlin pour s'excuser. Récemment, nous avons eu une conversation à propos de la cuisine que je voudrais refaire et quand il a commencé à protester à propos du prix du carrelage, je me suis montrée ferme.

– Écoute. Je n'essaie pas d'acheter ton amour. Je veux juste ajouter un petit peu de luxe dans nos vies parce que j'aime ça, que je peux me le permettre et que je suis une fille gâtée, d'accord ? Tu ne veux pas que je rachète la part de Brad, alors laisse-moi au moins acheter un plan de travail.

Il a grommelé puis il a fini par céder et un homme est censé venir prendre des mesures cette semaine. Je suis ravie. J'adore habiter ici avec Jack, mais il y a quelque chose de mon ancienne vie qui me manque. Et quelques meubles luxueux dans cette vieille ferme la rendront encore plus belle. J'arrive à le convaincre petit à petit. Je suis bonne pour ça.

L'odeur du café frais me met de bonne humeur et je pivote pour attraper un mug. C'est alors que je remarque le petit mot posé sur le comptoir.

Je dois filer faire une course.
Je n'en ai pas pour longtemps.
Est-ce que tu peux ramasser les œufs ?

Je grommelle. Non seulement il a oublié sa promesse, mais en plus il me demande de faire la seule chose que je déteste à la ferme. Pour une raison qui m'échappe, je n'aime toujours pas ça. Je suis sûre que les poules me détestent.

Mais j'enfile mes bottes, j'attrape un panier et me dirige vers le poulailler.

Les poules caquettent quand je rentre.

– Oui, je sais. Bonjour à vous aussi.

J'ouvre le premier pondoir dans lequel il n'y a qu'un œuf. Je l'attrape et le dépose dans le panier. Dans le second, je trouve un œuf aussi et quand je le range à côté du premier, je remarque soudain qu'il y a quelque chose d'écrit sur la coquille.

Tu es belle.

Ça me fait sourire. Je retourne le premier œuf et mon sourire s'agrandit.

Bonjour.

L'écriture est celle de Jack et je regarde autour de moi, m'attendant à le voir. Mais il n'est pas là.

Je me dirige vers le troisième pondoir et j'en sors un œuf.

Est-ce que tu crois que j'ai oublié ?

Je me mets à glousser et mon rythme cardiaque s'accélère. Il s'est souvenu ! Et voilà qu'il est intelligent et romantique !

Un grand sourire aux lèvres, je ramasse l'œuf dans le pondoir suivant.

Je t'aime.

Et dans le suivant…

Je t'aimerai toujours.

Mes mains tremblent tandis que j'atteins le dernier pondoir de la rangée.

Tourne-toi.

Je pousse un petit cri et je me retourne.

Il est là, agenouillé devant moi.

Mon cœur s'arrête.

Il ouvre un écrin et me le tend, son expression étonnamment calme, un éclat lumineux dans ses yeux sombres.

– Je ne prétends pas te mériter, Margot Thurber Lewiston, je prétends juste essayer aussi longtemps que tu me le permettras. Je n'ai jamais aimé personne comme je t'aime. Tu as fait renaître tout ce qui était bon en moi, tu m'as ramené à la vie et je veux la passer avec toi. Veux-tu m'épouser ?

Je suis figée, tremblante dans mes bottes, et j'essaie de trouver le moyen de bouger, parler, respirer, n'importe quoi. Des larmes coulent sur mes joues.

– Oui, je couine, le panier toujours à la main.

– Tu ne veux pas poser les œufs un instant, ma chérie ? demande-t-il en souriant.

J'opine, je pose le dernier œuf dans le panier avec soin puis je pose ce dernier sur le sol. Je m'approche ensuite de Jack et lui tends la main, tout en sanglotant. La bague scintille sur le petit coussin de velours noir de chez Tiffany : un magnifique solitaire monté sur un anneau de platine. Je tremble tandis qu'il me le glisse au doigt.

Je pensais que l'anneau choisi par Tripp était parfait mais celui-ci… Celui-ci, c'est le mien. Simple et exquis. Moderne et classique. Il est parfait.

– Je l'adore, parviens-je à dire entre deux sanglots.

Il se lève en riant.

– J'en suis ravi. À la façon dont tu pleures, j'avais des doutes.

Je me jette à son cou : il me serre contre lui et me soulève du sol.

– Je t'aime, me murmure-t-il à l'oreille. Je veux que ça dure pour toujours.

– Moi aussi, réponds-je en enfouissant le visage dans son cou. Pour toujours.

J'ai le cœur tellement plein qu'il déborde.

BRITTAINY C. CHERRY

THE SILENT WATERS

SÉRIE THE ELEMENTS

THE FIRE

THE AIR

THE SILENT WATERS

TITRE CANADIEN

L'AIR QU'IL RESPIRE
LIVRE 1

Hugo Roman